U0901654

漳州作家丛书

陈燕松/主编

逆向奔跑

黄荣才/著

中国華僑出版社
·北京·

图书在版编目（CIP）数据

漳州作家丛书 / 陈燕松主编 .—北京：中国华侨出版社，2018. 10

ISBN 978-7-5113-7767-8

Ⅰ . ①漳… Ⅱ . ①陈… Ⅲ . ①中国文学－当代文学－作品综合集 Ⅳ . ① I217.1

中国版本图书馆 CIP 数据核字（2018）第 216910 号

漳州作家丛书：逆向奔跑

主　　编 / 陈燕松
著　　者 / 黄荣才
责任编辑 / 高文喆　桑梦娟
责任校对 / 孙　丽
经　　销 / 新华书店
开　　本 / 670 毫米 ×960 毫米　1/16　印张 /324　字数 /4281 千字
印　　刷 / 三河市华润印刷有限公司
版　　次 / 2018 年 11 月第 1 版　2020 年 2 月第 2 次印刷
书　　号 / ISBN 978-7-5113-7767-8
定　　价 / 980.00 元（全 24 册）

中国华侨出版社　北京市朝阳区西坝河东里 77 号楼底商 5 号　邮编：100028
法律顾问：陈鹰律师事务所
编辑部：（010）64443056　　64443979
发行部：（010）64443051　　传真：（010）64439708
网　址：www.oveaschin.com
E-mail：oveaschin@sina.com

《漳州作家丛书》总序

漳州是中国历史文化名城，历史悠久，文化深厚。在文化的星空，群星璀璨，先后涌现出黄道周、林语堂、许地山、杨骚等文化名人，令我们引以为傲。

四十年改革开放，四十年风雨兼程。漳州土地，生机盎然，文学创作也迎来繁荣发展的春天。应是春风吹拂，应是文脉相承，一支包括了老、中、青三代作家的队伍正在悄然形成。2004 年，漳州市委宣传部、漳州市文联编辑出版了第一套《漳州作家丛书》，有十二人，十二本。时隔十多年，在祖国改革开放四十周年的今天，漳州市委宣传部、漳州市文联再次编辑出版第二套《漳州作家丛书》，展现活跃在省内外文坛的二十四位当代作家的创作风采。十二到二十四，这不仅是作家作品数量的增加，更是漳州文学创作水平质的飞跃。

《漳州作家丛书》的出版，旨在展现漳州作家的创作成果和创造实力。以期让更多的人，通过这套丛书，了解漳州，关注漳州，热爱漳州。同时，我们也希望，通过这套丛书的出版，能够激发漳州作家深入生活，体验人生，潜心于文学创作，用更好的作品回馈家乡，回馈人民，回馈时代。

《漳州作家丛书》编委会

2018 年 10 月 1 日

目 / 录

别人的城市

1

黄大伟拿回6万元的时候，他一点也高兴不起来。黄大伟不高兴倒不是因为原来交了6.3万元只拿回6万不高兴，黄大伟不属于那种想不开的人。这笔钱黄大伟讨了三年了，这笔钱是买房子的钱。三年前，黄大伟屁颠屁颠地拿着这笔钱交给了城中村的村主任，当时城中村有块土地开发房地产，规定每个村民可以买一套，每平方米比市场价优惠500元。黄大伟的老家在离县城30多公里的地方，和城中村村民的身份八竿子打不着，他只是一个在县城卖肉圆子的小贩。只是那时候，黄大伟的女儿黄秋香正和城中村村主任林国民的儿子林秋来谈恋爱，确切地说起初是林秋来缠着黄秋香，村主任就开口给了黄大伟一个名额。黄大伟交钱之后，就期盼这房子快快盖好，他恨不得这盖房子也能像给庄稼浇粪水施肥一样，让房子快快长高。不过没等房子“长高”，房子的价格噌噌地往上涨。黄大伟咧开嘴，幸亏自己的房子买得早，要不得多花多少钱啊。黄大伟就对经常来串门的刘全顺表示无限同情，说全顺这名字是不错，可是一点都不顺。不过，黄大伟的高兴劲儿还没过，黄秋香和林秋来的事黄了，这一黄，村主任林国民反悔了，不给黄大伟房子了。黄大伟打了黄秋香几顿，黄秋香还是坚决不答应嫁给林秋来，看着“宁死不屈”的黄秋香，黄大伟让步了，总不能真的让女儿去跳水或者喝农药。垂头丧气的黄大伟去找林国民，想讨回那预付的买房款6.3万元，结果让黄大伟目瞪口呆的是林国民不退钱。

林国民端了一杯茶给黄大伟，就把自己肥硕的身体放回沙发靠在那里，口气里透出一股蛮横：当时让你买房子是因为你我可能是亲家，现在你女儿成不了我儿媳妇，这亲家自然做不成。黄大伟小心翼翼地把沾在凳子上的半边屁股挪了挪："这都是秋香不懂事，没福气。""是啊，不过我们亲家做不成也没有成冤家，我可是没有强制你女儿一定要嫁给我儿子。问题是你当时交的钱是买房子的定金，现在是你女儿反悔了，你买房子的资格就没有了，是因为你这方面出了问题，当然责任就要你承担，这定金就要取消了。"黄大伟听了半天，明白林国民是要把这钱吞了。他急了，絮絮叨叨地说个不停，林国民不耐烦了，下了逐客令，最后连推带搡地把黄大伟推出门，砰地把门关上了。

费了三年时间，钱讨回来了。黄大伟随手把塑料薄膜袋装着的钱丢在饭桌上，吼着让老婆黄美丽收起来。钱是讨回来了，不过房子的价格是涨了又涨，三年前6万元基本就是一套100平方米套房的首付，现在就只能买单身公寓。黄美丽嘟囔了一句："把钱收了起来。""滚。"黄大伟突然吼了一嗓子，黄秋香知道是骂她的，眼泪唰地下来，她怀里一岁多的儿子被吓得哇地哭起来，黄秋香的老公凌胜平拉着黄秋香起身要回去，黄美丽快速地挪动着她肥胖的身躯，好像滚过来一样扑到黄秋香面前，手里轻轻拍着外孙的后背，轻声说着："乖乖不哭，乖乖不怕。都是外公不好，外公老货子没用。"黄美丽边拍着外孙的后背，边推着黄秋香往门外走，凌胜平拖着左腿，一瘸一拐地跟在身后。黄美丽回过身来，想骂几句黄大伟，发现他已经倒了一碗米酒，喝了起来，边喝边流眼泪。黄美丽没有再说什么，把晚上的剩菜端了出来，拿了一双筷子塞到黄大伟手里，像拍外孙的后背一样，拍了拍黄大伟的后背："慢慢喝。"黄美丽端过黄大伟手中的碗，昂头灌了一大口，被米酒呛得咳嗽起来。她递回碗，默默地拉了一个凳子，坐在那不说话。黄大伟也不说话，自顾往嘴里灌酒。黄大伟的日子已经被房子折腾得乱七八糟了。

黄大伟喝着酒，就把自己的日子在脑海中过了一遍。黄大伟来到县城已经10多年了。黄大伟老家在离县城30多公里的旮旯村。在村里，黄大伟属于典型的会折腾的人。黄大伟家里穷，中学没读几天，他就在和老师吵了一架之后，对着中学的大门撒了一泡尿，半路上把书连同书包卖给一个废品收购站，回到家找了一根扁担两个筐，挑着担子走村入巷收废品。后来他收购了一辆自行车，换了几个零件之后，把扁担丢了，两个筐子分别架在两边，开始成为“有车一族”。

黄大伟个子瘦小，每次他推着叠满纸板、塑料带等废品的自行车吭哧吭哧爬坡的时候，就在心里把自己的父亲咒骂一遍。黄大伟认为自己长得瘦小完全是因为父亲的缘故。黄大伟的母亲死得早，在黄大伟还是个孩子的时候，乡村里普遍的穷日子并不是黄大伟抱怨的理由。黄大伟咒骂父亲完全是因为母亲生完自己坐月子的时候。那时候家里穷得叮当响，根本没有什么鸡鸭鹅之类的，在那连人都养不活的年代，养鸡鸭鹅是异想天开。黄大伟的父亲把目光投向自己家的那条狗。炖狗肉的时候，守在旁边的父亲忍不住诱惑，舀了一碗汤先喝了，有了第一碗就有了第二碗，最后父亲把第一遍汤全部喝了，顺带捞了几块肉，然后才重新加水让母亲喝第二遍汤。母亲的奶水不足，满月之后，劳累的农活让母亲很快就“回奶”了。黄大伟就靠米汤和先在母亲口里嚼烂的地瓜活了下来，活得瘦骨嶙峋。咒骂完父亲，黄大伟就咬牙对自己说：一定要搬出父亲的房子，自己盖房子。

黄大伟收废品，有了一点小钱，居然让同村的黄美丽不顾父母的反对，嫁给自己。当然也不仅仅是因为那点钱，还有个关键是黄大伟能说会道，经常把黄美丽逗得笑得蹲在地上。其实黄美丽的父母反对也是虚张声势，黄大伟让人上门提亲的时候，他们已经生米煮成熟饭，黄美丽的父母纯粹是摆个架势给自己捞回一点面子。黄大伟用这几年收废品积攒的钱，再加上借了一部分，在老屋旁的空地上建了两间土木结构的新房子，房子一完工，他就领着黄美丽住了进去，不搭理父亲和岳父要办个婚礼的说法。那时候，黄美丽的身体已经像水桶一样，加上她个子矮，走动起来整个就像水桶在挪动。两个老人长叹一声，你看我，我看你，也只得闭上嘴。

搬新房、结婚，黄大伟同一天办了人生两件大事。没过多久，黄大伟还办了一件事，就是从同村一个开手扶拖拉机的人那儿把那部手扶拖拉机买了下来。当时的农村，手扶拖拉机因为轻便，运送肥料、柴禾、煤等还挺有市场。黄大伟买回拖拉机，一副撑起家庭重担的男人架势，到处拉生意，赚的钱比收废品还多。黄大伟看着刚出生没几天的女儿，得意地盘算：再赚个两年，把房子装修了，然后就生儿子。这辈子无论如何要生个儿子，这一房的香火可不能断了。黄大伟的新房还没装修，儿子倒是先生出来了。黄大伟说自己这叫没有计划，不过儿子生了也是大好事，房子以后再装修，不就是顺序问题吗？黄大伟乐颠颠地拉货赚钱，到女儿上小学的时候，建房子的钱还清了。黄大伟开始筹划装修房子，就在黄大伟觉得生活无比美好的时候，出事了。那天黄大伟开着手扶拖拉机帮人从山上运载那些修剪下来的果树枝条的时候，翻车了。命是保住了，不过小腿被砸断了，黄大伟凄厉的哭喊声在山谷里回荡。村邻顺着黄大伟的哭喊声赶到，把黄大伟送到县医院。黄大伟出院后，欠下了一屁股债，再开手扶拖拉机，不知道要到猴年马月才还得清。树挪死，人挪活。黄大伟用一只蛇皮袋装着几件衣服，到了县城。

2

黄大伟到了县城之后，在城中村找了一处民房租下来。那民房其实就是以前的老房子，瓦房结构，房主盖了新房子搬出去了，老房子空置没用。如果在黄大伟老家，也就是放锄头、畚箕等农具的地方，甚至被拆了算了。不过城中村这些老房子都不拆，就算摇摇欲坠也不拆。用黄大伟的房东的话说，谁去拆房子除非脑袋有问题。这些老房子到了拆迁的时候，一处老房子换个几万元很简单，能折腾的，说不定就能换来一套新房子……黄大伟就租了这么一间房子，一个月 200 元，门口有水龙头，走廊里可以放个煤炉做饭。黄大伟龇牙咧嘴，这房东很会算计，把老房子化整为零，每个房间都分开出租，一处即将废弃的老房子，居然成了聚宝盆，月月来钱。

黄大伟租了房子住下，关键是要找个活干。转了几圈，发现县城要找个活还不是太容易。黄大伟决定踩三轮车。三轮车黄大伟会骑，在街道上转悠，有客拉客，有货拉货。黄大伟去街上修车铺，花了几百块钱，买了一辆三轮车，就开始上街拉生意。第一天，黄大伟就赚了 40 多块钱，黄大伟很高兴，觉得是个不错的开始。黄大伟在心里谋划开，等自己路更熟悉了，赚的就更多，那时候就把黄美丽和孩子从老家接出来。黄大伟记得自己曾经给黄美丽承诺：要让她过上好日子。尽管这是结婚前说的话，当时黄大伟一门心思就是想把黄美丽哄到手，什么话好听就说什么话，不管能不能做到。黄大伟就是在那天晚上，说至少要让黄美丽在县城过日子，要在老家建房子，要在县城买房子。黄大伟把前程描绘得非常美好，画饼一般，让黄美丽感动得一直抬头看星星，没有及时发现黄大伟的不良企图。等到黄美丽有所警惕的时候，生米也煮成了熟饭。黄大伟拿着第一天赚得 40 块钱，在自己那间矮小的老房子，把十天、一个月、半年、一年的收入算得很清楚，好像那些钱已经在自己的手里，可以点得哗啦啦响。

黄大伟的三轮车没骑几天，就出事了。黄大伟人长得矮小，踩三轮车的时候就无法直踩到底，要顺着脚蹬子的高低左歪一下，右歪一下，左右来回，才能把三轮车踩整圈，否则就是半圈，使不上劲儿。黄大伟觉得自己辛苦一下无所谓，美好生活就在前头呢。就像他和黄美丽说的那样，前途是美丽的。这句话黄大伟说了没几天，他的三轮车被扣了。因为他的三轮车没上牌，也就是没有交通执法部门的牌照。其实一开始，黄大伟就知道这是个麻烦，交通执法部门核定县城允许有 200 辆的三轮车，统一黄色的车篷，每辆车都有个编号的牌照。说是统一管理，而且每辆车都要上缴管理费。黄大伟知道自己这三轮车就像当年他和黄美丽一样，属于无证经营。起初黄大伟总有一点侥幸心理，想着自己踩三轮车是流动的，总不至于运气那么不好。可这种天上掉石头的事情很快就让黄大伟碰上了，三轮车被拉到指定地点，黄大伟在脑袋里过了几遍，也没想出谁可以帮自己的忙。黄大伟只好絮絮叨叨地自己为自己求情，把自己翻车受伤什么的事情都兜出来，如顺着一棵树绕圈的牛犊子一般，围着交通执法队的人，可是那个人根本不听他说，到了地就叫人把车拉去拆了。黄大伟扑过去，想护着自己的车。那个人使劲一拽，黄大伟就踉踉跄跄地被拉回来，在那人“再乱来就把你抓起来，当妨碍执行公务处理”的吼声中呆立。火花四溅，没几分钟，三轮车就成了一堆四散的废品，黄大伟看着很熟悉，想起当年收购废品的日子。黄大伟蹲在地上，眼泪扑簌簌地往下掉。没有谁搭理他，黄大伟哭了一阵，低着头回到出租屋。

黄大伟在出租屋转了好几圈，决定另谋出路。就在黄大伟还想不出干什么好时，刘全顺过来聊天。刘全顺也是乡下人，不过他到县城已经十几年了。他是个卖菜的，夫妻俩守着个菜摊，孩子已经上中学了。刘全顺就冲着让孩子在县城读书才扔下老家到的县城。刘全顺租了一间老房子，他的心愿就是买一套属于自己的房子。刘全顺和黄大伟很聊得来，主要是因为两个人都来自乡下。黄大伟说起自己的三轮车被拆了，刘全顺开始为他打抱不平，两个人你一句我一句……说完刘全顺长叹一声：“也没办法啊。头顶别人的天，脚踩别人的地。要不你也盘点菜去卖，不过像你这种没有固定摊位的人，属于城管驱逐对象，也是麻烦。我那个摊位，每年的租金就 8000 块。”黄大伟心头一亮：卖菜不可能，那就卖肉。不过这肉不在县城卖，而是到乡下卖。就是把县城里肉摊子的猪大油、肥肉等低价收购，运到乡下农村去卖，赚个差价。

打那起黄大伟当起了肉贩子。那时候乡下的生活水平还没那么高，许多家庭买肉还是考虑多出猪油。虽然做菜不像以前只是把肉板拿来在热锅里擦几圈，冒出点油就捞起来。不过也没放开使劲用，膘厚油多的白肉还是挺受欢迎。黄大伟每天用一部二手买来的摩托车拉着 100 多斤肉回到老家，走村串户，挣下一沓票子。黄大伟每天晚上回到出租屋的时候，就是数钱，看看当天赚了多少。那些钞票沾上猪油，油腻腻的，不过黄大伟数起来还是非常高兴。

黄大伟数钱的时候，刘全顺经常在场。刘全顺卖完菜，喜欢到黄大伟这聊天。黄大伟决定盘肉卖的时候，刘全顺主动借给他 1000 元钱。这可是天大的人情。黄大伟出车祸之后，欠了很多钱，黄大伟跟谁谈到钱，大家都不理他，也有人主动和他说钱，不过那是讨债的。黄大伟会到县城，就是因为欠债，他不想看到那些人有点无奈又有点痛心的眼神，他知道这些人在心里嘀咕借给自己的钱不知道猴年马月才还得清。刘全顺主动借钱，让黄大伟对他很感激，两个人原来平起平坐，这时候刘全顺好像“高”了一点，其实是黄大伟自己“低”了一回，黄大伟看刘全顺的目光就有点要抬起头的样子。

刘全顺和黄大伟说起自己的房子梦。在县城买房子，这对黄大伟很遥远，他想挣钱，先把那些债还了。刘全顺说自己已经攒了 3 万元，等攒到 5 万元就买房子。黄大伟对 3 万元这数字不陌生，不过这 3 万元对他来说是套在脖子上的绳子。他出车祸就借了 3 万多元，黄大伟不时拿出欠账的本子数一数，36850 元，这数字让他的头一阵阵疼，他就拍打着自己受伤的腿，骂自己受伤的是腿又不是头，怎么疼到那里去了。黄大伟对刘全顺很有希望买自己的房子就很羡慕，感觉身子又“矮”了一点。黄大伟突然就感受到自己的矮小，又很想把父亲数落一番，不过他很快发现自己没有理由数落父亲，他已经搬出来了，自己成了家，前几天他回去，看到父亲的腰已经弯了，说话底气都不足，他扔了几斤肥肉给父亲，也不多说。

3

黄大伟家正鸡飞狗跳的时候，刘全顺来了。刘全顺拎着一瓶大可乐瓶子装的米酒，坐下后也不客气，自己从碗橱里掏出两个碗，一人倒了一碗，端起一碗，朝黄大伟比了一下，就把一碗酒灌下去。黄大伟也不说话，端起另一碗，也灌了下去。黄美丽看到他们这样喝酒，想说什么但最后还是没有开口，拿出一小包肉圆子放进汤锅里热开，打出热汤放到两个人的面前。他们两个各自喝了一口汤，放下汤勺，几乎是同时骂出一句“他妈的”。刘全顺也是为房子苦恼，当年他在黄大伟面前说自己有了3万元的存款的时候，把黄大伟羡慕得要死。不过他到现在还是没有买房子。黄大伟起早摸黑当肉贩子，终于把债还清了，自己还有点小积蓄。刘全顺的钱已经到了10来万，可是他还是没有买房子。说他没有买房子也不准确，其实刘全顺有几次差点就买了房子了。一次是已经下了定金，就差签协议过户了，可是后来有人说那房子闹鬼，说这话的人是原来房主人的亲戚，说亲耳听女主人说的，她还有个佐证是男主人为此身体不好，整年病恹恹的。刘全顺赶快退了房子，连定金也不要了。等他再想买房子，老婆生病住院，把那些积蓄全花光了，还欠了一些债。他和黄大伟聊的就不是房子，而是还债。他和黄大伟喝酒的时候，说两个人是难兄难弟。等刘全顺又积攒到5万元的时候，房价涨了。他看中另一套二手房，因为和主人讨价还价，差了5000元没有谈成。等他过几天想通，再去看的时候，房子卖出去了。刘全顺只好想慢慢再找合适的。刘全顺来自乡下，量入为出是他经常挂在嘴边的话，缺口太大他下不了决心。“我们当年盖房子，想的都是几年内能把债还清才敢动工，哪像现在一说就是按揭贷款，干的都是寅吃卯粮的事。”刘全顺说得很有道理的样子，可是房价噌噌地往上升，等刘全顺攒到原来的钱，房价早升一大截，缺口更大了。刘全顺就急得老是找黄大伟一起喝酒倒苦水。

黄大伟早就不当肉贩子了。肥肉在农村也不好卖了，和县城的肥肉几乎没什么差价。黄大伟改行做肉圆子好多年了，黄美丽和两个孩子也都到县城来好多年了。黄大伟做肉圆子并没有开店，只是在租来的老房子里加工，加工完黄美丽拿一部分到市场摆摊，更多的是做批发，把肉圆子送到县城各餐饮店，乡下也送。肉圆子的生意不错，黄美丽天天喝肉圆汤，把自己喝得更胖，和肉圆子一样，腿又短，走路就像在滚动。

当时黄大伟想做肉圆子生意的时候，就回了一趟老家，把那两间房子给卖了。是卖给了自己的堂弟，两间只卖了1万元。堂弟要买房子的时候，问黄大伟是否真下了决心，黄大伟说不卖房子我哪来那么多钱？不就是别人会说我卖祖业，是败家子吗？可是那房子是我自己建的，我又没有祖业。我要败也是败我自己，再说我是到县城做生意，我以后就在县城买房子，长住县城，说不定多年之后在写族谱的时候，我就是我们这一脉在县城的开基祖了。如果你不要我就卖给别人了。堂弟看他坚决，说我不要你卖谁？你以为这房子是在县城？我也就是买来做蘑菇房用的。那就签字吧。黄大伟签完字之后，去祖祠烧了一炷香，说我黄大伟从今天开始在老家就无家无业了，老祖宗要保佑我在县城发展，以后才好回来猪羊祭拜祖宗。堂弟笑话黄大伟说搞得像当年下南洋一样。

刘全顺又倒了两碗酒，两人喝了，把碗往桌上一蹾。刘全顺说："看来没办法，只能是按揭贷款买房子了。可是你看这房价，一个月要还几千元，那可是人要无灾无病，生意要顺风顺水的，要不房子就是银行的了。"黄大伟不吭声，又倒了一碗酒，仰头灌下。黄美丽想说什么，看看又不说了。刘全顺知道黄大伟想什么，自己凑凑首付差不多，可是黄大伟连首付都不够。三年前，6万元够交首付和契税。现在，6万可是差了一大截，也就是首付的零头。刘全顺不说什么，也就倒酒。两个人成了喝闷酒。刘全顺不说话的原因是他以前说过话，就是城中村村主任林国民的儿子缠着黄秋香的时候，刘全顺说了赞成的话。

黄大伟夫妻俩人长得不怎么样，可是女儿黄秋香却很俊秀，虽然身高差了一些，只有一米五多一点，不过五官搭配得好。到县城几年，读书不怎么样的黄秋香干脆不读了，在家里帮忙做肉圆子。长时间在家里帮忙做肉圆子，肤色挺白的，往县城餐饮店送肉圆的时候就吸引了不少的目光。林秋来就是在黄秋香往客满堂酒家送肉圆子的时候看上她的。那天林秋来酒喝多了，正走到包厢外接电话，黄秋香走进店里的时候，林秋来看傻了，忘了说电话了。黄秋香走了之后，林秋来还看着她的背影发呆。第二天黄秋香再到客满堂送肉圆，林秋来已经在那边等了。林秋来和黄秋香在大堂里聊了一会儿，林秋来问起黄秋香的生意，谈到如果个人要预订肉圆是否给送货什么的。黄秋香看到有客户的架势，就和林秋来聊了起来，后来看到林秋来一直盯着自己看，就赶快告辞。林秋来追出来，说要用自己的车送黄秋香，黄秋香拒绝了。连续几天，林秋来都到客满堂等黄秋香，他在第三天就公开向黄秋香说，要黄秋香当他的女朋友。黄秋香不说话，把肉圆交给客满堂老板就走，林秋来追出来，要用车送黄秋香，黄秋香不理会。林秋来就开着车，一路跟着骑着自行车的黄秋香，人多一点的就按喇叭，好像为她鸣锣开道的样子。

从那黄秋香就不去客满堂送肉圆了。两天没去，黄大伟接到一个订货电话，要订 10 斤的肉圆，要求送货上门。黄秋香按照地址送肉圆子过去的时候，发现开门的是林秋来，他一脸坏笑地招呼：“肉圆西施，请进。”黄秋香狠狠瞪了他一眼，林秋来笑嘻嘻地说：“别那么凶好不好，对待顾客这样可是会影响生意的。”黄秋香接过钱，也不说话，就走了。林秋来在后面说：“慢走，走好。明天给我再送 10 斤过来，而且是要你送的我才要。”第二天，黄大伟果然再接到林秋来的订货电话，黄秋香不去送，黄大伟只好自己送，林秋来一看不是黄秋香送的，拒绝收货付款。黄大伟只好回来，让黄秋香送过去。黄秋香不愿意，黄大伟说他也没强迫你做什么。你不当他的女朋友，他也没骂人，只是订购肉圆。我们做生意的，怎能拒绝大客户呢。黄秋香只好再次送过去。林秋来依然笑嘻嘻地开门，请黄秋香喝茶。黄秋香不接腔，只是把肉圆子放下，伸手接钱，然后掉头就走。林秋来依然在身后热情地招呼："慢走啊，肉圆西施。"连续10天，林秋来都订10斤肉圆。黄秋香感觉奇怪，林秋来家怎么那么能吃，这绝对不可能。第十一天，林秋来的电话没来了，县孤儿院打来一个电话，要求订10斤肉圆，送货上门。黄秋香送肉圆过去的时候，林秋来在院子里笑嘻嘻地招呼："肉圆西施，以后你就天天送10斤肉圆到孤儿院，我在这里付钱，省得每天我还要自己送肉圆子到这里。"那些小孩子一听，嘻嘻哈哈地说："肉圆西施，肉圆西施。"黄秋香满脸通红，瞪了林秋来一眼，连钱也没拿，掉头就走。林秋来开车，继续为黄秋香"鸣锣开道"，跟着到了黄秋香的家里。林秋来把肉圆的钱交给黄大伟，还从车上抱出一束鲜花要送给黄秋香。黄秋香不接，林秋来也不管，把鲜花放到桌上，然后和黄大伟招呼告别。

又是连续10天，林秋来天天跟着黄秋香到家里，天天给她送一束玫瑰花，还在自己的车外贴了一条标语：肉圆西施黄秋香，我爱你。县城里不少人在议论这件事，黄秋香成了名人。刘全顺和黄大伟也在商量这件事，刘全顺要黄大伟劝劝黄秋香，答应林秋来。刘全顺说这可是难得的机会，林秋来是城中村村主任的儿子，能攀上这门亲戚，那可是黄大伟走狗屎运了。黄大伟也很动心，他不是不想结这门亲戚，可是他还没想好。刘全顺说完走了之后，黄秋香回来了。黄大伟正想要不要趁机和黄秋香说说，不过一出门，他就知道不用说了。黄秋香不是骑自行车回来的，她从林秋来的汽车上下来的，自行车在林秋来汽车的后备厢里，后备厢无法盖上，就那么搭着，车一走，吧嗒吧嗒地一上一下，点头一般。黄秋香下来的时候，林秋来也跟着下来，依然是一束火红的玫瑰。

4

黄秋香开始和林秋来往来，这让林秋来很兴奋，更为兴奋的是黄大伟。黄大伟和刘全顺喝酒的时候，对黄秋香的前途十分看好。刘全顺说黄秋香属于跌进蜜罐的人。黄大伟兴奋除了可以看得到的物质之外，其实那天刘全顺说到黄大伟的心坎上，那就是黄大伟很需要一个靠山。黄大伟喝多的时候曾经和刘全顺说过，他走在县城的街道上，有一种不自在。有一次他对刘全顺说："我刚到县城那阵，脚步抬得高高的，落下去却很轻。记得有谁说像我这样走路的人是因为长期生活在农村，习惯爬山，其实还有个问题，那就是有点害怕。你想啊，我头顶别人的天，脚踩别人的地，我没有房子，没有固定的工作，没有户口，我感觉这城市就是别人的，我就是个来投靠亲戚的人，可是到了才发现亲戚已经死了的那种。无依无靠。我有次走路，到了一个小巷拐弯，差点被一个年轻人撞了，他骑摩托车。可是他停下来之后，起先还向我道歉，我看他挺有礼貌，就说没关系，也没撞到哪里。谁知道我一开口，他就知道我不是县城的人，是从乡下来的。我知道我嘴角流血了，可是我不敢和他吵。他的目光，厌恶、轻视、不耐烦，还有对我的不屑一顾，我感觉那目光就像刀子，可以杀我好多遍。我只好不断道歉，在那些刀子般的目光中灰溜溜地跑了。回到家，我连黄美丽都没有告诉这件事。说了她会害怕，她还能怎么样？"

黄大伟自己喝了一大口的酒。他和刘全顺经常喝酒，随便一碟菜，打一碗肉圆汤，喝自己老家的米酒。黄大伟说着说着，眼角就泪光闪闪，黄大伟喝酒的时候比较容易动感情。黄大伟和刘全顺经常说到房子，他们说现在的人动不动就说自己是房奴，可是自己连想当房奴都没资格，只能老是做房梦。黄大伟想买房子的心思动了不短的时间了，老家的房子卖了，自己再不在县城买套房子，那算什么。他经常和刘全顺一起在算房子的账，可是攒钱无论如何也跟不上房子涨价的速度。

黄秋香和林秋来进进出出一段时间，黄秋香回到家，告诉黄大伟有个事。那天黄大伟心情不太好，黄秋香跟林秋来出去的时候多了，耽误了几次送货，订货的人有点不高兴了，说如果再出现这样的情况，他们就跟别人订肉圆了。又不是什么独家生意，非得你这边买啊。黄大伟在电话里一直道歉，答应坚决不再出现这样的问题。看到黄秋香哼着小调进来，黄大伟就没有好气，让她有事快说。黄秋香看父亲生气了，不敢卖关子，告诉父亲说，林秋来他们那要开发个小区，他父亲答应给黄秋香家一套，一平方米比市场价优惠 500 元，100 平方米可就是 5 万元，这可不是小数字。黄大伟的血哗地往上涌，黄秋香没有注意，要不然可以发现父亲的脸唰地红了。黄大伟立即跟着黄秋香去拜访林秋来的父亲林国民。林国民看到黄大伟，还算客气，并确认黄秋香说的没有假。还让黄大伟回去把定金 2 万元准备一下，过几天就签协议交首付款，一共是 6.3 万元。末了还叮嘱黄大伟如果有人说闲话，就说是买给秋香的，你们夫妻是投靠女儿、女婿的，等风头过了再说。

黄大伟看林国民的眼光就有点仰视的样子，坐椅子都不自在，大半的屁股沾在椅子上，一小半腾空着，好像有风哗啦啦地吹着。黄大伟对林国民说的话，一律点头。黄大伟 3 天后就把定金 2 万元交上，10 天后就把首付款交到林国民手上，连收据都没要。自己亲家，谁跟谁啊。黄大伟觉得自己无论如何也没办法开口跟林国民要收据。黄大伟把订房的事情悄悄告诉刘全顺，刘全顺和黄大伟连喝三碗。刘全顺很得意，说自己说的没错吧。攀上林国民这样的亲家，黄大伟还何愁事情不顺？刘全顺言语中多少有点讨人情的味道，好像黄大伟在那摇摆不定的关键时刻，是自己那句话起了定海神针之类的作用。黄大伟送肉圆的时候，喜欢拐到规划建房子的地方看看。尽管还没动工，黄大伟头脑中已经无数遍想象过自己房子的样子，他甚至考虑如何把两房的改成三房。

黄大伟的房子梦越来越清晰，刘全顺却是唉声叹气。原来刘全顺再次看中了一处房子，去看房子的时候刘全顺感觉头被敲了一下，心头堵得慌。那是座位于路口的楼房，只有两层。就是当年刘全顺差了5000元没买下来的房子。当时抢先买下房子的人，在市里买了一套套房，就想把这处房子卖了。同样的房子，这主人住了几年，房价反而多了将近30万。刘全顺喝着酒，一直摇头叹息。看着刘全顺的样子，黄大伟心头悄悄有了幸亏下手快的小得意，不过他很快把这份得意压下去了，和刘全顺一直摇头叹息……黄大伟这点控制得很好，气氛就朝着刘全顺想要的方向发展，刘全顺找到知音一般，连珠语更是呼隆隆地出来。

黄大伟一高兴，黄美丽就更高兴。黄大伟实现当初对黄美丽的承诺：无论如何，无论黄美丽怎样变化，自己都是负责任的老公。黄美丽肉圆汤喝得多，身材长得异常粗壮，关键她又矮，形象就不容乐观。黄大伟却依然心疼黄美丽，整天美丽、美丽挂在嘴上。那天晚上，刘全顺正和黄大伟小喝，黄秋香哭着回来了，只说了一句：我再不和林秋来这混蛋来往了。就再也不说话，躲进自己的房间。黄大伟和刘全顺都目瞪口呆，好像演奏得很娴熟的曲目突然就换了节奏，让他们都很有茫然的感觉。

黄美丽用了三天的时间，才搞清楚。当天晚上，林秋来请黄秋香唱歌、喝酒，以前也有这事情，不过都是一群人，那天只有他们两个人。喝了几瓶酒，林秋来借着酒劲儿，搂住黄秋香说下定决心要和她结婚了，但最后确定之前必须证实一件事，那就是黄秋香必须是个处女。证实的方式简单，不用去医院检查处女膜什么的，那太复杂。林秋来想在KTV的包厢里现场证实，如果黄秋香流血，那就证实她是处女，第二天马上订婚。如果不是，那黄秋香就立马滚蛋。林秋来的理由很充分，说他是下定决心和黄秋香过日子，不是随便玩玩的那种。玩玩可以随便，结婚需要慎重。林秋来说完就想把黄秋香按在包厢的沙发上，黄秋香一听差点气晕，把喝了不少酒的林秋来推到一边，夺路而逃。回到家，黄秋香声明自己的决定，坚决不再和林秋来接触。王八蛋，以为自己有几个钱，是个城里人，就可以不把别人当人。

黄大伟眼看出了这么的波折，把林秋来臭骂了几回。不过黄大伟臭骂林秋来是在背后进行，林秋来并不知情。林秋来来找过黄秋香好几次，黄秋香都坚决不见面。林秋来找过黄大伟，也让林国民把黄大伟找到家里面谈，刘全顺也数次出面。黄秋香坚决不原谅林秋来，面对黄大伟的劝说，黄秋香说宁愿死也不会再和林秋来交朋友。折腾了一段，林秋来看没有挽回的余地，只好作罢。林秋来一放手，林国民就把原来说好给黄大伟的买房指标给收回去，而且不退定金。

黄大伟的天空瞬间倒塌了。

5

黄大伟开始自己的讨债生活。黄大伟依然卖肉圆，黄大伟的肉圆已经打出名声，生意日益起色。不过生意再好，如果 6.3 万元就这么说没就没了，黄大伟也不甘心。黄大伟讨债很不顺利，林国民开始还听黄大伟说两句，后来一见黄大伟，扭头就走。黄大伟想去林国民家，林国民家安有可视摄像头，一看是黄大伟，连门也不开。黄大伟只好给林国民发短信，短信内容是编好的“女儿大了不由爹娘，孩子的事情是孩子的事情，求求您把这些钱还给我吧。这是我这么多年的积蓄，您大人有大量，高抬贵手吧。”黄大伟天天在上午 9 点给林国民发短信。他不想早发，早发可能吵到还在睡觉的林国民，惹怒他可能更讨不回钱。

短信发了一年，林国民连个回信也没有。黄大伟也曾到林国民家守着，想看看能否碰上林国民，也确实遇到过几次，可是林国民根本不把他放在眼里，要么一进家门，把门砰地关上，不理黄大伟。要么一头钻进车里，扬长而去。黄大伟咨询过律师，打官司很难有胜算，黄大伟当时就是把钱交给林国民，连个收条也没有。林国民说他已经交了钱，也没给他收据。林国民原来就说好的，这房子本来没有黄大伟的份，是用林秋来的名誉申请的，就是有发票，落的名肯定也是林秋来的。林秋来如果是黄大伟的女婿，那还和黄大伟有关系，现在林大伟和黄秋香的事情黄了，那就是不相关的路人了，拿到发票也赢不了官司。黄大伟把这前因后果和黄美丽说了，黄美丽哭了起来。黄大伟想发火，可是看到黄美丽哭得伤心，自己也伤感起来，只好倒米酒喝，把自己灌糊涂了，暂时不去想这个问题。

黄大伟最近和刘全顺聊得不多，基本是刘全顺在讲，他整天在找房子，可是带回的消息基本上就是一个涨价，刘全顺说得越多，黄大伟就越心急，越心惊肉跳，发现房子离自己越来越远。黄大伟有时候就想让刘全顺不要说了，可是刘全顺还喋喋不休，刘全顺是心虚啊。他起早摸黑，贩菜卖菜，可是房价像年轻的孩子，跑得飞快。刘全顺原来以 130 平方米为目标，算算自己还差多少钱，还差多少首付，每个月要还多少按揭，每天要赚多少钱来养房？现在刘全顺已经把目标调到 100 平方米以内，二手房也考虑，80 多平方米的也可以。可是他算来算去，每天要赚的钱还是往上跑，他每天收摊的时候，恨不得把那些剩菜往路人的手上塞，当然不是白给，还得卖个好价钱。他当然知道这不可能，只好晚上到黄大伟这里喝酒发牢骚，想和黄大伟推心置腹地谈房子。黄大伟这时候根本没心思，刘全顺越说他越急，他很想夹个肉圆子把刘全顺的嘴堵住。

黄大伟为钱着急的时候，黄美丽被打了。黄美丽是在林国民家门口被林秋来打的。黄美丽到林国民家门口等着，还真让她等着了。林国民喝完酒回来，车一停下来，黄美丽就挪动那短腿，肉圆一样扑过去。黄美丽当然不是表示亲切，当初林秋来和黄秋香在谈着的时候，黄美丽来过林国民家几次，尽管林国民压根看不起黄美丽，不过是未来的亲家母，也不好太冷淡化，场面上的客气还是有。黄美丽把林国民吓了一跳，林国民酒喝多了，是个朋友送他回来。他有点迷糊，一下车，看到一堆肉突然在眼前出现，发现是黄美丽，进门的路被拦住了。黄美丽说：“主任，求求您了。”话刚开口，林国民就想绕过黄美丽挤进家门，林国民不想和黄美丽纠缠。林国民没有绕过去，眼前的那堆肉矮了下去，黄美丽跪下了。黄美丽跪下之后，想林国民至少要和自己说几句。林国民家就在大路旁，黄美丽一跪下，路过的人就停下脚步，看热闹。林国民看人多了，大声呵斥，黄美丽顾不得了，说你欠钱怎么不还。也不管有谁问起，就要开始哭诉。听到呵斥声，林秋来从家里冲出来，黄美丽看到林秋来，指着他骂，黄美丽没有骂几句，林秋来就把黄美丽给打了。林国民不管这边，自己回去了。刘全顺刚好路过，赶快给黄大伟挂电话，黄大伟凑巧送货就在附近，赶到的时候林秋来还在骂着，说黄美丽如果再胡言乱语发疯就见一次打一次。看到黄大伟，林秋来气势汹汹地说赶快把这疯子拉回去，让她闭嘴，要不然就不是今天这样子了。黄美丽还想跟路人哭诉，林秋来瞪着眼睛把围观的人都赶散了。黄大伟想和林秋来说话，林秋来掉头就走。黄大伟只好和刘全顺一起，先把黄美丽扶起来，带回家。黄美丽原来就胖，脸再一肿，就更胖了。

回到家，黄秋香看到母亲被打成这样，哭了起来。黄美丽也哭了，黄大伟吼道："哭什么哭，又不是死了人。"黄大伟在外面有点缩的身材，回到家多少挺了起来。这个家本来就黄大伟说了算，他一嚷，两个人就不敢放声哭了，抽抽噎噎的。黄大伟想如果自己也能对林国民吼一嗓，也许他就还钱了。可是自己敢吗？欠债还钱，天经地义，可是每次见到林国民，自己反倒像要跟林国民借钱一样。不行，自己得改变一下，要不这钱永远也要不回来。最后一步，自己回到老家，不到县城了。黄大伟看到黄美丽、黄秋香还在抽泣，很不耐烦，让她们去把眼泪擦了。

黄大伟的不耐烦是对黄秋香，事情是因为黄秋香而起。黄大伟想买房子，可是他想买位处县城郊区的房子，那房子便宜不少，一样也是县城。谁能说郊区不是县城？可是黄秋香就像突然画了一个饼，给了黄大伟一个希望。黄大伟美得做梦都要笑的时候，这饼没了，钱也没了。黄大伟憋得慌，就把气撒到黄秋香头上。黄秋香和林秋来散了，把黄大伟的房子梦搅得支离破碎，黄秋香又交了一个男朋友，黄秋香一说，黄大伟断然否定，没有丝毫的商量余地。小伙子人长得不错，可是也是从乡下来的，踩三轮车，当搬运工。黄大伟坚决不同意，黄大伟要黄秋香嫁给凌胜平。凌胜平是刘全顺做媒人介绍的，其实凌胜平和黄秋香认识，刘全顺只是负责把这件事情说开了而已。

黄秋香不想嫁给凌胜平。凌胜平人也不错，家里开个加工隔壁响的作坊。隔壁响就是花生酥糖，顾名思义就是用花生、糖加工的一种食品。这隔壁响因为质地清脆，香酥可口，咬上一口隔壁都可能听见声音而得名，是当地的特色糖果。这隔壁响，也就是花生糖还有个故事，传说花生糖的最早出现时间是在公元前475—公元前221年的战国时候，由于当时各地都是战火纷纷，人人自危，一些稍微有钱的人家为了生命安全，都纷纷逃避，远离战火。在兵荒马乱的时期，为了携带方便，有钱的人家就将饴糖和花生加在一起熬煮，熬煮过后，再切成不规则的一小块一小块的，这就形成了花牛糖的始祖，也是世界上最早的花生糖，在十二三世纪，花生糖传到希腊和欧洲乃至世界各地。这当然是凌胜平说的，不过黄大伟和黄秋香对这故事都不感兴趣。他们都知道隔壁响名气很大，当地嫁女儿都要订购隔壁响分送亲戚朋友，那作用类似于城里人的请柬，亲戚朋友看到隔壁响，就得到通知了，要准备贺喜的红包，后来还成为政府部门推荐的伴手礼。隔壁响的销量很大，销量大生意就好，凌胜平家的经济条件就不错。黄大伟其实看中的就是凌胜平家的经济条件，关键是还有一幢五层楼的房子，作坊就开在自己家里。不用租房子，生意又好，生活肯定错不了，再说凌胜平老实，人也长得不错。黄大伟就用这个理由劝说黄秋香。

“还人长得不错，你看他瘸了一条腿，走路都一瘸一拐。”黄秋香顶嘴道。“你反了你，你看看，你先找个林秋来，那人不瘸，可是对你如何？还有你自己看中的那个？踩三轮车当搬运工？你和他要到什么时候才能是出头天？别跟我说什么有感情没感情，夫妻两个人，哪有那么多感情，就是过日子。你看看现在离婚的那么多，他们开始时不是也有感情，现在感情都到哪里去了？”黄秋香还是不同意，说就是把她的腿打断她也不干。黄大伟火起来：“你以为我不敢打你？把你的腿打断，你以为这样和人家就般配了，你腿断了，人家谁要你啊。”黄秋香突然想到自己的腿如果断了，那走路就和凌胜平一样一瘸一拐地画圈。那如果结婚了，两个人一起上街，一人一边画圈，那不是太好玩了？黄秋香想着想着，突然扑哧笑了。黄大伟说了老半天，发现原来哭着的黄秋香笑了，以为她发神经了。张大了嘴巴说不下去了。

6

黄美丽被林秋来打的那天，黄大伟看着相拥哭泣的老婆和女儿，把凌胜平的事情又拿出来说：“你看看，不就是因为房子，我们家现在怎么样了。如果你嫁给胜平，房子就有了，日子也就好过了，说不定林秋来也不敢这么对你的妈妈，胜平毕竟是本地人。”“他，就他？指望他和林国民对着干？爸，你是不是气糊涂了。”“我没糊涂，我也知道胜平家不敢和林国民对着干，但只要你嫁一个可靠的人，至少你不会那么苦，爸就生了你和你弟弟，你有房子了，日子好过了，我的压力就少一半。我再如何拖如何累，我也要买一套房子给你弟弟，那我们就算是在县城站稳脚跟了。要我买两套房子，我知道不可能。可是你和你弟弟对我来说，手心手背都是肉，你还有这样解决的办法，可是你弟弟就得靠我们自己，要不娶老婆都难，秋香，你就听爸爸一句话，感情当不得饭吃，再说你怎么就感觉和胜平没感情，感情是过日子过出来的。”说到后面，黄大伟都声泪俱下了。黄美丽也哭了起来，黄秋香咬咬嘴唇说：“行，我嫁给他。”

黄秋香答应嫁给凌胜平，这让刘全顺这个媒人很有面子。刘全顺从认识黄大伟开始，就一直在黄大伟的生活里晃荡。黄大伟家的大事，刘全顺基本上都参与了，或者说推动。刘全顺认为对朋友就要真心，热心。黄大伟喜欢和刘全顺聊天，觉得他和自己是同类人，都是房工，就是为了买房子打工，还没上升到房奴的层面。

黄大伟没想到林秋来会在黄秋香结婚的时候前来捣乱。之前林秋来就多次到黄大伟家骚扰，林秋来在黄大伟家门前骂过黄秋香，说黄秋香不嫁给自己就算了，居然嫁给一个瘸子，简直就是对他的侮辱。感觉很没面子的林秋来骂完之后，把一个装满农药的玻璃瓶子扔到黄大伟家里。玻璃瓶子一摔破，满屋子的农药味，好几天都无法完全散尽。黄秋香打电话报警，派出所警察到了的时候，林秋来已经走了。当天晚上，黄大伟家门口被泼上粪便，臭烘烘的。不用说也是林秋来干的。黄秋香打电话给林秋来，林秋来不否认。你不是会报警吗？那你就去告吧，把我抓进去。我真的进去了，出来你们就没有一天好日子过。黄秋香想再报警，刘全顺却不同意，说再报警只会把事情惹得更大，只能忍了。黄大伟也赞同刘全顺的话。忍，忍到什么时候。黄秋香爆发了，看到站在旁边的凌胜平，想起他的瘸腿，号啕大哭起来。凌胜平想拍拍黄秋香的肩膀，看到黄大伟、黄美丽和刘全顺都在，手就缩了回来，只是在那站着，表情倒很无辜，那架势就是个充满同情心的看客。

黄秋香结婚那天，凌胜平在饭店里订了几桌。基本都是凌胜平这边的亲友，黄大伟这边只有刘全顺和几个也是在县城谋生的老乡。婚宴正进行的时候，饭店外面突然响起“肉圆西施花生糖，花生糖肉圆西施”的叫声，听声音是小孩子的，不过不是一个人。黄秋香和凌胜平走出去，看到几个孩子在门口叫嚷，林秋来一脸坏笑地站在后面。看到他们出来，小孩子的叫声变了“肉圆西施嫁瘸子，一拐一拐扫大街”。黄秋香要哭出来了，黄大伟也气得发抖：怎么能这样欺负人？怎么能这样欺负人？林秋来不仅仅不相让，还笑嘻嘻地说：“我就欺负你了，怎么样？你能怎么样？”凌胜平猛地冲过去，可是还没动手，林秋来手一推，脚下一扫，凌胜平就摔倒在地，新郎装也沾上尘土，新郎的胸花都掉了。饭店里的客人已经都拥出来，看到林秋来这样，纷纷谴责他太欺负人，林秋来歪着头满不在乎。

林秋来很得意，等他发现有几个小伙子从侧面包抄过来的时候，人已经靠得很近了。那几个小伙子一把揪着林秋来，拳头就招呼上去。别看林秋来咋呼得厉害，打架可没半撇，几个拳头下去就鬼哭狼嚎。那几个人揍了几拳，也不多打。带头那个揪着林秋来的衣领，恶狠狠地说："小子，别以为你牛。别仗着你是城里人，口袋里有几个钱。以后你再敢捣乱一次，我就打你一次。学你的话，你也可以去告，不过我出来后，你就死定了。信不信由你。"小伙子说完，狠狠地把林秋来推开："滚。"林秋来赶快跑开，跑了几步回头嚷道："这事没完，你们等着。"小伙子冲了两步，林秋来一看，不再出声，一溜烟跑了。婚宴继续进行，可味道已经变了。几乎没人说刚才的事情，刘全顺对黄大伟说这些人都是怕说什么话传到林秋来，其实是传到林国民耳朵中，会给自己惹事。不让嘴巴说话，要么睡觉，要么吃东西。接下来的菜大家都吃得比较快，有一些人说还有什么事情，提前走了。事后凌胜平说那小伙子叫杜运达，自己的表弟，在广东打工，这次自己专门让他回来参加婚宴，其他那几个人是他的朋友。黄秋香拍了拍凌胜平新郎装上的尘土，第一次笑得比较灿烂。

婚宴结束，没有发生什么事。黄大伟回到家里还是很不安，和黄美丽忧愁地说："这日子以后怎么过。得罪上林秋来的，是个混混，顶多想一些损招，捣乱捣乱。今天把他给打了，不说他不会罢休，就是林国民，恐怕也得出面了……"黄大伟又倒酒喝上了，黄大伟已经形成习惯，心情不好，想不出办法就喝酒，先把自己喝倒，脑袋晕晕的就不会想事情，好睡一会儿。黄美丽转了一圈，抓到拖把，洗地板。红砖铺的地板，黄美丽总是洗得很干净。黄美丽心情不好的时候不像黄大伟那样喝酒，而是洗地板。钱被林国民欠着讨不回来，黄美丽洗地板就更频繁。黄美丽洗地板很用心，边边角角她都跪在地板上，用布擦。她说如果是自己的家，她会洗得更干净。

7

林秋来并没有打上门来，林国民也没有。上门的是食品卫生部门，查健康证、食品卫生许可证，检查肉圆子原料来源，隔几天就来一趟，每次都有问题，要黄大伟限期整改，否则就关门。黄美丽的摊点也被城管驱逐了几次。黄美丽在市场外摆摊卖肉圆已经好几年，其他一些卖卤料、卖水果、卖生姜大蒜的也不少，一直以来就是这样摆着。这几天不行了，黄美丽的摊点最靠近公路，城管来了，说她占道经营，要她往里面挪。就那么一点空间，每个摊点都占一点点的空间，往哪里挪？可是城管不管这些，说不往里挪就走，要不然就没收。那些原来对黄美丽不错，做生意空当有说有笑的人，对黄美丽有意见了，说黄美丽肯定得罪了那些人，害得大家受牵连。黄美丽回家一说，黄大伟就知道是林国民在搞鬼。

黄大伟回了一趟老家。黄大伟事先没有和黄美丽说回去干什么，从老家回来之后，黄大伟把自己又灌醉了。酒醒之后，头疼的黄大伟长吁短叹，老半天才和黄美丽说："老家我们也是回不去了。"黄美丽才知道黄大伟回到老家是去看房子。当年黄大伟把老家房子卖了的时候，他是不想回去的。这次黄大伟突然想起，要不干脆回老家生活算了，哪里不是过日子，哪里不能活人？回去要有地方住啊，黄大伟想回去看看。当时的两间老房子被堂弟买走，黄大伟想和堂弟商量，干脆把房子买回来，自己住。房子做了多年的蘑菇房，不能住了。要就要盖新的，可是老家的地基价格上涨了。"你是我哥，这地本来也是买你的，我算最低价，8 万元卖给你。别人一间都卖到 5 万了，这可是两间。"堂弟的话让黄大伟缓不过来。他也知道老家的地也涨价了，但没想到涨得这么厉害。地基就 8 万元，加上盖房子，再怎么算也要十几万，还是土木结构的。如果盖钢筋水泥砖砌的，更贵。

老父亲已经很老了。黄大伟去他那里看他的时候，他正坐在一把竹交椅上打瞌睡，头低垂着，一点一点往下探，眼看快到底了。他猛一怔，抬起头来了，然后再一次一点一点地往下探。有只猫窝在老人的椅旁，也在睡觉。黄大伟看着，感觉眼角有点湿，咳嗽几声。老人醒过来，看到是黄大伟，要站起来。黄大伟让他坐着，自己搬了一把椅子，坐下来。父子俩第一次安静地聊天。黄大伟张了几次口，还是没有把林秋来的事情说了。老人说如果感觉不好就回来，和自己一块住，这房子还空着呢。黄大伟说："不用了，我还好，快要买房子了。""好什么好，如果真好，你不早就蹦到祖祠那烧香放鞭炮出风头去了。你出门这几年，连祖祠都不敢去，祖宗都不敢去拜，你有什么好。就不要死鸭子硬嘴巴了。想回来就回来吧。我知道你不想低头，你今天能和我坐下来说那么多，已经很好了。我这几句话和你说完，就是死也安心了。我等着你回来和我说几句话呢。当年那狗肉汤是你母亲让我喝的，那时候我生了一场大病，身体很差，她说我不能出事，我如果出事，全家就都完了。我就要找她去了，她已经在地下等了我很多年了，她怕冷。"

黄大伟的父亲说完话，就又合上眼睛。黄大伟兄弟四个，两个给人当上门女婿，大哥在本地，也建新房子了。黄大伟当年把房子卖给堂弟，他大哥挺有意见，说黄大伟出事的时候，自己借给他 5000 元，自己也没房子，可是黄大伟把房子卖了。黄大伟知道大哥想拿那房子抵 5000 元的债务，可是那时候黄大伟太需要钱了，堂弟出的价高，还是现金。堂弟也借给黄大伟 3000 元，但没有直接抵扣掉。大哥就和黄大伟有了距离，侄女黄秋香结婚的时候，大哥也没有去，只是寄了一个红包，说县城请客比较费钱，一个位置要摊不少钱呢，省个座位费。

黄大伟从父亲家里出来的时候，乡村里没有什么人。原来挺热闹的晒谷埕都长出几棵野草，在风中摇摇摆摆。也没有狗，只有几只鸡在那里，很懒散地走来走去。黄大伟走过去，鸡往旁边挪了几步，继续低头。黄大伟知道自己不可能回头了。这个自己生长的地方，以前很熟悉的地方，现在有一种做客的感觉。黄大伟走到公路边等车，他要搭班车回到县城，去找林国民讨钱。

黄大伟回到县城，醉了几回，喝了许多次的酒，但是钱还是没有讨回来。林国民要么不见，即使见了也不理他，林国民唯一一次和黄大伟说话，就是告诉黄大伟，他大人不计小人过，不和黄大伟计较了，让他自己好好做生意，别老是说他林国民只会欺负外来户。林国民说话的时候，那叫一个居高临下，说完吐了一口口水在地上，掉头就走。林国民在城中村威望挺高的，这个人会干事，虽然土一些横一些，但对村民的事情上心，征迁总是要到最高价，村民的新农合都是村里出钱，孩子升学、上了年纪的老人都有生活贴补。黄大伟说林国民的不是，村民们很有意见，不是针对林国民，是针对黄大伟，说黄大伟一个外人，老是说林国民的坏话，黄大伟看要惹了众怒的样子，只好不说。黄大伟去上访过，可是信访局那个长得挺好看的姑娘告诉黄大伟，像他这种没有凭据的债务很麻烦，一个说有一个说没有，只能来来回回拉锯。那姑娘要黄大伟自己和林国民好好商量，黄大伟很生气，要是能商量还找她干什么。可是黄大伟无法骂人，那姑娘很好声好气，每句都是是的，是的，然后再说个一二三四。归根结底，这钱是很难讨回来的。那姑娘还告诉黄大伟，要有契约精神，有凭据才可能打官司。黄大伟很郁闷地走了。

黄大伟要去找刘全顺，这人点子多。黄大伟没走多远，电话响了。是大哥的电话，一看是大哥的号码，黄大伟知道肯定是父亲的事了。果然，大哥在电话里说父亲去世了，通知他回去。黄大伟一家回到家的时候，父亲已经穿好寿衣停放在床上。黄大伟想掀开床单看看父亲，手伸到一半缩了回来。当晚黄大伟守灵，他才掀开盖住父亲的被单，摸了摸父亲的脸，一脸冰凉。黄大伟想起上次回来的时候父亲说的话，突然失声痛哭。

父亲的丧事办完了，大哥和两个哥哥吵了起来。为的是那房子的事，大哥说房子是父亲留下来的，现在父亲去世了，当然是归儿子。不过两个哥哥是去给人当上门女婿，房子就只能归他和黄大伟共有。那两个哥哥不同意，儿子就是儿子，必须四个人分。黄大伟不掺和，他们三个人说得唾沫横飞，把理由找出一条又一条。黄大伟听了许久，出去一会儿，带回一把锄头，对着墙角就挖起来。大哥大吃一惊，问黄大伟想干什么。黄大伟说就那么两间土房，不好分，挖掉，当菜地，一个人占一个角落。三个哥哥都说黄大伟疯了，哪有这样分房子的。黄大伟也不管，还亲兄弟呢。为了这么一间老房子，都要动手了，有什么不可以想的，有什么不可以做的。三兄弟看黄大伟在那边嚷着，都停了下来。房子先放那儿，怎么解决再说。黄大伟带着黄美丽离开的时候，很想再回头看看父亲的老房子，但他没有，而只是低着头往前走，黄美丽胖胖的身体挪动着，很急促地跟上去。

过了几天，二哥和三哥都给黄大伟打来电话，说父亲留下的老房子如果黄大伟要，他们就同意给他。反正不能便宜了大哥，他都有新房子了，还不满足。两个哥哥都说得很气愤，黄大伟说：“你们想弟弟了，有空来喝肉圆汤。我还是那句话，没有办法解决就把房子挖掉，分成四份种菜。我一定要在城市里买房子，要不这城市永远是别人的。我不想要老家的房子。”黄大伟下定决心，无论用什么办法都要要回这笔钱。

8

刘全顺买了一处房子。房子在郊区，便宜一点，花了 40 多万。其实那房子以前刘全顺去看过，那时候还不是那个价，刘全顺觉得那不在城市中心，就没要。房子还是那房子，还少住好几年，价格倒是上去了。刘全顺说想通了，再不买，估计这些钱只能最后给自己买个墓地了。说到墓地，刘全顺说自己把老家的房子卖了，凑钱买房子。不过他留了一间只有 10 来平方米的杂物间。“我跟儿子说了，等哪天我快死了，赶快把我送回老家，就住在那小屋子，至少墓地不用花钱，乡里乡亲的，看中谁的山地，说一声，这面子还是有的……”黄美丽插嘴道：“你现在房子买上了，虽然欠了不少债，毕竟以后就是供房还债，债还一点少一点，有个奔头。我们呢，现在房子不知道在哪里，攒钱永远跟不上房价，越打拼离房子越远。”黄大伟很是惆怅，长叹一声：“我都想拿把刀去找林国民，他再不还钱，我就把他给捅了。”“那不行，那不行，你可不能这样干。我们可不能把自己给赔上。”林全顺忙劝道。

黄大伟又去找了好几次林国民，依然没有结果。黄大伟带上香纸，在林国民家门口烧香烧纸钱。林国民回来，看到黄大伟，奇怪黄大伟究竟要干什么。黄大伟也不躲着他，他就是等着林国民回来要让他知道的。黄大伟烧了香，大声说：“爹，就是这家人吃了我们的钱，我带你来认认门，以后你就来讨钱。反正你在地下也没事干，你可以多约几个人来。”林国民的老婆从屋里冲出来，拿着扫把挥舞，说你这人怎么把晦气送到我家来了。林国民原来黑着脸，要发作，后来突然笑了起来：“黄大伟啊黄大伟，你这是搞什么把戏，你说你那老爹，他能把我怎么样？做梦吧，你。我就不信这套。”林国民呸地吐了一口口水，把老婆拉进门，把门关上了。黄大伟本来以为自己找到绝招，被林国民一说，傻待在那。站了一会儿，垂头丧气地走了。

凌胜平的表弟杜运达听了，哈哈大笑。说黄大伟想的这个招数，起不了作用了。得另想办法，杜运达说这件事就交给他了。

过了三个月，林国民主动给黄大伟打电话，让黄大伟去他家拿钱。到了林国民家，林国民把装钱的黑色塑料薄膜袋丢给黄大伟说：“里面是 6 万元，当时就有规定，如果中途退房要扣 5000 元，算了，我也不跟你计较，就给你个整数。钱拿好，你赶快走吧。以后别再烦我，叫你那个什么亲戚，也别再玩什么花样。我是不想和你们纠缠，并不是怕你们。”黄大伟不知道林国民说的究竟是怎么回事，但他知道这肯定和杜运达有关。

黄大伟请杜运达来家里吃饭。杜运达说大家是亲戚，自己也就是施个小计。黄大伟拿回钱了，只是黄大伟开心不起来，他不知道什么时候能买得起房子，当年够首付的钱现在只是零头。他希望自己能有个好运气，多赚点钱，早点买房子。无论如何，这辈子要买上房子，不能老是头顶别人的天，脚踩别人的地。我买不起，儿子也一定要买。我的孙子一定要住上城市里自己的房子。黄大伟喝着家酿的米酒，边喝边想，越想越不清楚，越喝越糊涂。那就先醉一会儿，醉过再说吧。黄大伟就在租来的老房子里，坐在那张方桌旁的竹交椅上睡着了。

逆向奔跑

1

陈地理死的那天，是大年三十，农历除夕上午。

陈地理死在陈氏家庙。

除夕那天祭拜祖宗，是当地的风俗。逝去的人要比活着的人先过年。陈地理用箩筐挑着一担供品到达陈氏家庙的时候，正是除夕那天上午9点，陈氏家庙很热闹。排成4排的16张供桌上满满当当，摆满了鸡、鸭、香肠、猪肉条、甜粿、菜碗等供品，家庙里香火缭绕，门口不时传来阵阵鞭炮声。陈氏家庙很新，刚刚重新装修，雕梁画栋，大红底色的屋梁，描绘着龙凤。

陈地理挑着供品走进大殿的时候，有人和他打招呼，也有人只是看着他不说话。陈地理放下担子，刚好有个人祭拜完毕把桌上的供品收拾了，给陈地理腾出个位子。陈地理一边往桌上放东西，一边回应着招呼。当陈地理点燃香的时候，没有谁想到他会突然发飙。男人在烧香的时候，往往是默默祈祷的，即使念出声，那也是声音极低，只有站得很近的人才听得到。陈地理却声调很高，有点刻意的成分“陈氏祖宗在上，今天我陈地理给祖宗烧香了，我陈地理等人辛辛苦苦带头募捐，重修了陈氏家庙，却被一些人嚼舌头。各位祖宗明鉴，如果我陈地理有吃了修家庙的钱，我不得好死，今天就死在祖宗前面。如果我没有占便宜，那就让说这话的人嚼了舌头，断子绝孙。”陈氏家庙里原来很热闹，烧完香的人在等着祖宗收受供品的同时聊一些过年的话题，听到陈地理居然如此祭拜，家庙里顿时安静下来，大家面面相觑。

陈地理是重修陈氏家庙的理事会成员之一。该理事会共有 5 个人，从前一年开始，他们就发动募捐，筹集资金 40 多万元重修了陈氏家庙。陈氏家庙原来破破烂烂，有点颓败，重修后显得富丽堂皇。按道理，理事会应该收获许多称赞，但事实是，理事会听到的骂声远远多于表扬。陈氏家庙开始修的时候，有人就对理事会的账目表示质疑。陈地理作为主事人之一，听到质疑声，很是恼火，在背后骂了好几次，后来曾经当面和人吵架。问题的关键是无论是吵架还是背后乱骂，理事会依然没有把账目公开，而且重修宗祠的泥水匠、木匠和运送材料的司机都是理事会成员的亲属。陈地理等人无可避免地让人猜疑。

陈地理烧完香，脸很红，好像喝了酒，边把要烧给祖宗的寿金、银子等纸钱搓开，口里边继续骂："现在不少人都是没良心，良心都让狗吃了，好像说出去就是话，也不怕死光光。"没有谁接腔，大家都知道这几年陈地理脾气越来越差，谁接腔谁就可能撞到枪口上。陈地理也没指望谁接腔，他就是要借今天的热闹场合骂给大家听。陈地理看到当时和他吵架质疑账目的几个人也在祭拜祖宗的队伍当中，骂得更加起劲。

陈地理蹲在天井烧纸钱的炉前，烧纸钱给祖宗。火苗升腾而起，陈地理嘴里不停"祖宗你可要开眼啊，把说谎的人抓去吧。如果我说谎今天我就死在这里，如果没有，谁乱说就去找谁啊。"陈地理的纸钱烧完了，吹过的风裹起一点点纸灰，升腾而起，飘了一会儿又掉落地面。陈地理刚要站起来，好像有点费劲儿，摇晃了几下，噗地扑倒在地。静寂的人群突然发出几声惊叫，有人赶快过去，扶起陈地理，陈地理喉咙里咕噜咕噜作响，手指着供奉祖宗牌位的神台，说不出话。有人赶快给陈地理的侄儿陈大眼挂电话。等陈大眼和陈大牙兄弟俩赶到陈氏家庙，陈地理已经不行了。陈大眼兄弟俩哭喊着"叔——叔——叔"，在几个人的帮助下，把陈地理抬走了。

过年的喜庆气氛一下子变得凝重。几个人看着供台，从一世祖开始，一排排用木头刻成的祖宗牌位按照世系排列整齐。供台上，有个碗特别醒目，碗里装着八分满的大米，竖着插了一个纸做的牌位，用墨水写着“显考陈公天文之位”，有点突兀，有点孤零零地放在供台的角落。

拜祖宗的人回到村里，得知陈地理已经死亡。有几个近亲前往，看到陈地理已经躺在堂屋，从头到脚蒙着被单，灵前放着用泥团做成的香炉，三炷香很孤单地燃烧，一只煮熟的鸡摆在泥香炉前。陈大眼、陈大牙兄弟失魂落魄，跌坐灵前。

陈地理没有结婚，陈大眼、陈大牙既是侄儿，也是过继给他的儿子，大家一起过。陈大眼的母亲，也就是陈地理的嫂子罗菊花已经哭过一场，坐在屋里的竹交椅上，不时发出哀哀的几声哭泣。陈大牙的儿子陈小木，脏兮兮的，流着口水，看到有人来，指着灵床上的陈地理，含混不清地说：“叔公死翘翘了，叔公死翘翘了。”陈大牙一巴掌打过去，他摸了摸嘴巴，撇了撇嘴，好像要哭起来，最后只是跑到一边，追着几只鸡跑远了。

陈大牙回头，看到陈小板，陈小木的弟弟，正想去揪灵前的鸡翅膀，陈大牙一脚踹过去，把陈小板踢到旁边，陈小板哭得惊天动地，引发了陈大眼老婆和陈大眼兄弟俩的哭声，陈大眼兄弟哭得号叫一般，陈小板反而不哭了，颠颠地跑出去。看着陈大牙两个疯儿子，邻居摇了摇头，眼光瞄一眼躲在角落的陈大牙老婆细月，她用手随便抹一下脸，用手指着大家，嘻嘻地笑了。细月是个弱智的女人，笑了也就笑了。

“陈天文，你怎么死了几十年，也没有保佑一下家人。你在地下就那么好吃好睡吗？你这夭寿鬼啊。你看看这几个，这是人吗？”罗菊花突然放声，顺着竹交椅滑下来，瘫倒在地上。

罗菊花是陈地理的嫂子，陈天文的老婆。

2

陈天文是陈地理的哥哥，死去多年。

陈天文当过保长，国民党任命的保长。陈天文在当保长之前，在陈家保就是个名人，村民说陈天文为人仗义，举例就是有一年旱灾，村里许多人家里揭不开锅，陈天文把家里粮仓的稻谷全部送到碾米厂，加工成大米，按人口分发，大米，还有米糠。当时陈天文还不是保长，只是家里有一片田地，收获的粮食囤积了好几个粮仓。陈天文家里经常客人很多，陈天文有什么东西就上什么东西，光是自家酿的米酒，一年要喝几十瓮。陈天文的人缘就很好。

陈天文很会打架。当时陈家保和邻村的林家铺世代不和，经常为了一点什么事就械斗。陈地理到老的时候，还经常讲故事给陈大牙听，说起当时鸟铳、锄头柄、砍刀齐上，惊心动魄。相当长一段时间，陈家保在和林家铺械斗中，处于劣势，陈家保的人，见了林家铺的人，经常有惹不起躲得起的举动，这让陈天文很不爽，陈天文觉得陈家保好像少了一根柱子的草房，随时有倒塌的可能。陈天文回想父亲陈铁锹临死前说的话，陈天文的父亲很早就死了，被气死的。那时候陈天文兄弟还小，他们跪在临死的父亲陈铁锹面前，陈铁锹说得很伤感：我这次被人瞧不起就是因为说话不算数，人穷说话不算数，人不硬气说话不算数，你们要过上好日子，要在乡里说话硬气，说大声话。陈铁锹挂着眼泪死了。陈铁锹老实，但要面子，偏偏陈家保里几个有钱人瞧不起他，他们不时拿陈铁锹逗乐，好几次陈铁锹被气得够呛。这次陈铁锹进门的时候，几个人在泡茶，主人端着茶盘，挨个送上一杯热茶，到了陈铁锹这里，就跳过去了。陈铁锹端茶的手僵在半空，老半天收不回。那几个还没感觉到什么不妥，依然嘻嘻哈哈地说陈铁锹还用得着喝茶。陈铁锹一口气没上来，滑溜到桌下，抬回家就不行了。“爹，我一定活出个人样。”陈天文跪在陈铁锹的坟墓前，哭得号叫一般。

那年清明节，陈家保二十几号人去扫墓，人都是陈天文点的，是经常和他在家里喝酒的那帮人，清一色青壮年。陈家保祖宗的坟墓在林家铺的地界，到了地方，林家铺有人几乎把菜地开垦到陈氏祖先的坟头，陈天文看了很生气。很生气的陈天文二话不说，拿起锄头就铲，其他人也一起动手，菜地很快就被铲得不成样子。往年也发生过这种情况，陈家保的人最多就是把靠近坟头的几棵菜拔掉了事，往往还和菜的主人要吵一架。菜的主人是林木枝，陈家保的人来扫墓的时候，林木枝就招呼兄弟林木棍等人，预防陈家保的人拔菜。林木枝没想到陈天文一上手就是铲菜。关键林木枝敏感性不足，没有细心看清楚，今年陈家保来扫墓的清一色是青壮年男子，没有妇女、小孩和老人。

林木枝拿着扁担带着陈木棍跑过来的时候，嘴里边大声叫骂，气势汹汹。陈家保去的人没有像往年那样选择后退，坟墓不大，而且在野外，陈家保的人呈扇形站立。林木枝冲过来，陈天文毫不含糊，他不叫骂，只是用行动说话。陈天文迎上，一锄头过去。林家铺的人愣了一会儿，掉头就跑，陈天文起身直追。林家铺的老人见势头不妙，招呼村里的人后退，先忍下这口气，好汉不吃眼前亏。

林木枝死了。陈天文那一锄头铲到林木枝的头部。林木枝的弟弟林木棍召集了一帮人，想到陈家保讨回公道。陈家保的气势在陈天文的号召下，空前高涨，林家铺的人知道占不了便宜，一纸诉状告到县政府。陈天文找了关系，当时的国民党县长出面调解，陈家保的人赔了林木枝“人命钱”，给了一笔款，这件事就算了结。陈天文在陈家保的威望迅速上升。

陈天文是在一个雨天遇见陈天木的。陈天木不是陈家保人。冬天的陈家保有点冷，又下雨。陈天文在家里，让老婆罗菊华炒了一盘米粉，喝自家酿的米酒。当陈天文把一碗米酒端到嘴巴的时候，门被推开了。陈天文一看，这个人不认识，放下酒碗刚想发问。那个人已经走到桌前，端起米酒猛喝一口，说“我是陈天木”，陈天文明白了，陈天木是另外一个乡的，关键他是游击队长，传说中的神奇人物。

陈天木把一碗酒分几口喝完，长长地呼出一口气，抹了抹嘴，说：“本家兄弟，我不跟你客气。我现在子弹有，但粮食没有了，你得帮我。”陈天文看了看陈天木，说：“我为什么要帮你？”陈天木盯着陈天文，顿了一会儿，说：“很简单，你也姓陈。”陈天文再倒了一碗酒，推给陈天木。陈天木不端碗，说：“外面有我100多号弟兄，我不能自己喝酒。我要让他们吃饭。”陈天文想了一会儿，站起来往外走。陈天文“破谷仓”了。这“谷仓”是陈氏宗族的。陈氏家族有一片田地，30多亩，租给陈氏族人耕种，每年收到的田租用于年末谢平安演社戏，还有清明节祭拜祖宗。陈天文把粮仓打开碾米，也叫“破谷仓”，一个“破”字，稻谷使用得很彻底，碾出大米有3000斤。当时陈天文不是保长，也不是陈氏家族的族长，不过陈天文做了。他这样做有点霸道。林木枝就曾经说陈天文是土匪。

陈天文让陈天木手下把碾出来的大米全部带上，离开陈家保。“米我可以给你，但你们必须马上走。我要为全村大小考虑。”陈天木在离开村子的时候，拍了拍陈天文的肩膀“兄弟，你哪天想参加游击队了，找我。我们随时欢迎你。”陈天文挥了挥手，笑笑，转身走了。

陈天木走后，陈天文当了陈家保保长。国民党县长原来就想让陈天文当保长，陈天文的威望高，他知道乡村需要这样的人物，强龙不压地头蛇，他想依靠陈天文这地头蛇把陈家保管好。陈天文不干。陈天文打死林木枝，县长替陈天文摆平了这件事，只是让陈天文赔钱，但没有偿命。陈天文几乎就挡不住县长的要求了，拒绝的声调很低。陈天木走后几天，县长把陈天文找去，只是说了一句“3000斤的大米，不少了。当保长吧。”陈天文无话可说，陈家保保长的帽子戴在陈天文的头上。

3

其实林木枝说得没错。陈天文确实当过土匪。陈天文当土匪的生涯不长，三个月。在陈天文把锄头砸向林木枝的时候，陈天文当土匪的历史已经过了一年多。陈地理还记得，那年冬天，家里的粮食空了，米缸很干净，陈地理把身子扑向米缸，使劲抽了抽鼻子，大米的香味已经很淡了。墙角的地瓜也越来越少，老鼠还不时来抢地瓜吃，陈天文用木板拍死过几只老鼠，炖汤喝了。陈天文看着很香甜地喝老鼠汤的陈地理，叹了口气。摸了摸当时才12岁的陈地理的头，陈地理把装老鼠肉汤的碗推给陈天文，说：“哥哥，你也喝，很好喝的。”陈地理说话的时候，眼睛很快回到汤碗，盯着那块老鼠肉。陈天文又摸了摸陈地理的头，走了出去。

多年之后，陈地理才知道，那天晚上陈天文约了同村的几个人，上了角头山当了土匪。角头山位于三个乡镇交界处，有多股土匪出没。其实这些土匪都是当地村民，平时种地，冬闲的时候被逼无奈上山当土匪。陈天文几天回一趟家，带点粮食什么的回来。除了陈地理外，陈天文家里还有一个母亲。陈天文在夜里经常想起父亲临死前说的话，要过上好日子，做人要硬气。陈天文要保证自己和母亲、弟弟不能饿死，这土匪他就当下去了。

陈天文的土匪生活结束在那年春节前，频繁的土匪出没让国民党县长很恼火。他也明白这些土匪其实就是饿极的村民，隔三岔五带着几个兵进山一回，吓唬吓唬也就算了，没有动真格。让县长勃然大怒的是有股土匪把县长的表弟给抢了，还把他表弟给杀了。这不是国恨，而是家仇，于是他就带了一帮人马进山围剿，杀了几个人，把人头挂在县城的门楼上示众。陈天文他们见势不妙，回家了。他们当土匪连枪都没有，就几把砍刀，还有就是木棍，典型的乌合之众。

陈天文和林家铺的人打架，其实底气就来自当土匪的经历。陈天文曾经和陈地理说过，打架就是靠狠，靠胆大。当时陈地理和林家铺的一个孩子打架，打输了，回家哭诉。陈天文甩了陈地理一巴掌，说男孩子打架打输了还有脸哭，父亲在地下都会被气得爬出来打他一巴掌再死去。甩了陈地理一巴掌后，陈天文就和陈地理长谈了一次，不管陈地理听懂没有，陈天文那天说了很多。告诉他："碰到什么事情，哭没用，越哭越让人瞧不起。输人不输阵，输阵鸡巴面。摔倒了就爬起来，他打你一拳，你还他两拳。哪天哥哥不在了，你就是男子汉，不能哭。记住爹的话，要过上好日子，做人要硬气，说大声话。"

陈天文当了陈家保的保长，还种着自家的地。有人告诉陈天文，当了保长，不要再种地了。陈天文骂了一句："放狗屁。我就是个农民，今天是保长，明天也许就不是了。只有农民的身份，不容易丢，只要我种地，只要我靠种地过日子，我就是农民。不种地，那我不当保长的时候，我岂不是狗屁都不是。"

陈天文再次见到陈天木，还是在晚上。陈天文正要睡觉，门被敲响了。陈天文以为是哪个村民，门一打开，陈天木就闪了进来。拖着一把椅子，坐在陈天文面前，笑了笑。陈天文说你简直就是个鬼魂，缠着我。我这次可没有粮食给你了。陈天木很干脆，说我这次不是要粮食，我要药品，还有情报。陈天文说宗亲只能偶尔用用，不能老用这个理由。陈天木听了，拔出腰里的驳壳枪，放在桌上，说我今天不用宗亲说话，用这个。你要知道，现在游击队不是以前的游击队了，你也不是以前的小土匪，你是国民党的保长。我不跟你认宗亲了，这陈字，什么时候都在那里。我给你说道理，大道理。你要对自己的老婆、孩子负责，以后你才不会后悔。陈天文看了看内屋，罗菊花拥着周岁的儿子陈大眼已经睡着了。

陈天木告诉陈天文，我这次不要你搞大动作，不要"破谷仓"，你应该听说过"白皮红心"，简单说，你还当你的保长，但你在替国民党县政府干活的时候，也要替游击队干活。还有就是，你给国民党干活，要出工不出力，替游击队干活，可是要想尽办法真出力。怎么做，你自己想办法，我只是告诉你原则。我们同姓陈，怎么写也是这个字，我不想哪天要用枪顶着你的脑袋。

陈天木说完，盯着陈天文。陈天文用手搓着烟叶，把一撮烟丝都捻碎了。陈天木也不说话，好像他今晚就是来看陈天文捻烟丝。夜很安静，连狗都不叫，只有一丝丝风吹过，陈天文家的灯罩着灯罩，风也只能微微带动油灯火苗抖动，屋子里只有两个男人的喘息声。过了很久，陈天文终于开口，说我尽力吧。别把我逼太久，绳子拉太紧容易断。陈天木把枪别回腰里，说我是农民，我干过农活，牵过牛，绳子硬拉会断，但太松就掉地上了，牛不听使唤。再怎么说，我们都姓陈，我知道分寸。狗屁，陈天文也不客气，说我宁愿不姓陈，省得和你扯不清楚。陈天木拍了拍陈天文肩头，说这由不得你，今天你不姓陈，只要你当保长，我还找你，不过可能就不是用姓陈说话。记住，今后我单线和你联系，你不能告诉任何人你是游击队的人，这也是保护你，保护你的家人。

陈天木走出去的时候，陈天文没有起身送他。看着门关上，村里有几声狗叫，带动其他的狗也叫起来。陈天文吹灭油灯，但他一个晚上都没睡。

4

陈地理一直都记着哥哥陈天文被抓的情形。

陈天文被抓那天，天气很好。陈天文正在门口，看着家门口那条小河发呆。县城解放的消息前几天就传到陈家保了。陈天文知道陈天木的游击队已经进入县城，陈天文有种扬眉吐气的感觉。陈天文是陈家保的保长，征粮征兵的工作，他不干不行。陈天文还记得陈天木的出工不出力的话，陈天木过一段时间就到陈家保，告诉陈天文近阶段要干什么。

陈天木从陈天文手中拿走了不少药品、食盐，还有县城的兵力布置等情报。陈天文曾经想辞去保长职务，干脆跟陈天木干。陈天木听了陈天文的想法，坚决反对：“我现在不缺少一个战士，但我需要一枚楔子，楔在敌人心脏的楔子，你就是。”“可我不想就这么夹在中间”，陈天文还想争取。“革命不是你想不想的问题，只是需要。”陈天木结束了和陈天文的谈话。

几个民兵走过来的时候，陈天文以为是陈天木派他们来接自己的，陈天文觉得自己没有功劳也有苦劳，这回可以公开自己的身份了，陈天文其实很讨厌“白皮红心”，他认为要么是白，要么是红，虚虚实实就像女人化妆，看不到真实面目。陈天文暗自庆幸自己当时没有拒绝陈天木的要求。陈天文回头看到陈地理和自己的老婆罗菊花，还有儿子陈大眼。陈天文意识到不对的时候，那几个民兵已经扑过来，其中两个把陈天文的手反剪按住，另外几个拿枪对准陈天文。罗菊花吓得已经说不出话来，陈地理想扑过来，有个民兵调转枪口对准他，陈天文叫道：“地理，别过来。照顾好你的嫂子，我会说清楚，很快就会回来的。”陈大眼哭了，罗菊花只是搂紧他，身子直发抖。

陈天文没能回来，陈天文是国民党的人，伪保长，县里要求押送县城。陈天文说自己是地下党，是根据陈天木的安排干工作的。看管陈天文的民兵哄地笑了，说陈天文病急乱投医，当保长吃香喝辣的，到了落进游击队之手，就说是地下党。陈天文吼道，陈天木可以做证。有个民兵说，那看来你这地下党只好到地下去才说得清楚。陈天文意识不妙，果然陈天木在攻打县城的时候牺牲，唯一能够为自己做证的人已经到了地下，陈天文无话可说。

陈天文出发那天，看到押送自己的人中有林木棍，林木枝的弟弟。陈天文要求换人，可是区公所的人一巴掌过去：你以为你是谁啊？连押送的人你都想挑，是请你吃饭还是请你喝茶？陈地理要去找区长，区长不见，让陈地理赶快回去，否则连他也捆起来送到县里。陈天文说：“地理，一切听天由命。千万别逆天。你回去，万一我有不幸，你一定要照顾好你嫂子和侄儿，她肚子里还有一个孩子，无论男女都过继给你。

陈天文走在路上，要求尿尿。林木棍在他身后，拿枪对着他。看其他两个人不注意，林木棍告诉陈天文：虽然你杀了我哥哥，但毕竟我们隔壁村，你不仁我不能不义，再说我敬佩你是条汉子。如果你到县里，你肯定得死。等会经过暗潭，我会故意踩重脚步，你赶快跳潭，然后我对空放枪。我知道你水性好，能否逃过这一劫就看你自己的命了。等会我把你的绳子放松一点，老乡我就帮你这一次。信不信由你。”

陈天文在心里想林木棍的话，按道理林木棍恨不得自己死，怎么会帮自己？但如果到了县里，陈天木已经死了，没有谁能够证明自己是“白皮红心”的保长，自己绝对是死路一条。那就赌一把了。陈天文点了点头，他知道林木棍在看着自己给信号。走了几百米，暗潭在前方。暗潭陈天文很熟悉，他知道暗潭有四五米深，他经常到暗潭游泳，从路上跳下去，往下游十几米，有个凹进去的弧形，从路上看不到。只要能游到那里，就可以仰着把鼻子露出水面。陈天文潜水很有一手，可以在水里潜两分钟。从岸边跳到水里，游到那凹进去的地方，平时就 10 秒的工夫。现在手被反绑，但只要到水里，不用手，单靠脚，有个 20 秒也就够了。

看到陈天文点头，林木棍故意喝道：陈天文，站住。陈天文听令站住，林木棍走过去，拉了拉反绑陈天文的绳子，把绳子打结的地方松了松，重新打结。陈天文感觉绳子有松了一下，他想转头对林木棍笑一下，林木棍不让他转头，喊道：别动。林木棍小声说：注意，我重踩第三步时你起跳。第六步我就要开枪。陈天文微微点了点头。有三步的时间，够了。

暗潭在前，陈天文深深地吸了口气。他没有看到，身后，林木棍把枪平端着。机会来了，林木棍故意踩重脚步，一步、两步、三步，起跳。陈天文纵身斜跃。没等到第六步，就在陈天文刚刚起跳的时候，枪响了，正中后心。陈天文挣扎一下，滚落暗潭。在他滚到路边的时候，又连续响了两枪。当陈天文掉进水里，林木棍扑到岸边，又补了一枪，另外两个押送的士兵也扑过来，开了好几枪，血从水里涌出来。

陈天文被定性为“反革命分子”，畏罪逃跑。陈天文的尸体从暗潭里被捞出来，被示众三天，才允许家属领回尸体下葬。没有人敢帮忙，罗菊花和陈地理用一扇门板，抬回陈天文的尸体，用草席裹了，下葬在一个荒坡上。他们连哭都不敢，埋葬一只死猫一样。

林木棍成为功臣，光荣立功，到处宣传自己知道陈天文水性好，如何保持警惕性，预防他会在暗潭边跳潭逃跑，做好准备，及时开枪，让“反革命分子”陈天文受到惩罚。林木棍只字不提他对陈天文说的那些话，也不说他看到陈天文的尸体被捞出来的时候，心里默念着：哥哥，我替你报仇了。林木棍还念了另外一句：你不死，我这辈子永远没有出头之日。

5

陈天文死的那年，陈地理 17 岁。陈天文的老婆罗菊花 24 岁，陈大眼 3 岁。3 个月后，陈大牙出生。

罗菊花嫁给陈天文的时候，父母已经去世。她孤身一人，一出嫁就没有了娘家。在陈地理的印象中，陈天文死后，陈家保的人与他们家好像突然就离得很远。陈地理原来还想召集保里的人控诉林木棍公报私仇，但他发现除了自己外，其他人都不感兴趣。到后来，看到他走近，路上的人就走开了。他想到谁家串门，没等跨进门，门就毫不掩饰地关上了。

罗菊花带着两个孩子，生活得很困难。陈天文活着的时候，罗菊花从来没下地干过农活。陈天文死后，家里的水田被当作“反革命分子”财产被没收分给农民了，只留了两亩山地，还有 5 分山田。农活全部靠陈地理。

陈地理没有娶老婆，“反革命分子”的弟弟，谁愿把女儿嫁给他。陈地理把所有的气力都用在那田地里，一心一意帮嫂子罗菊花维持家庭，抚养两个侄儿。陈家保已经更名为陈家村。村里开始有人说，陈地理和罗菊花其实是事实上的夫妻。要不然，陈地理那么出力干什么。说的人振振有词，一种很暧昧的口气。陈地理也听到流言，很气愤。有一回扛着锄头回家，刚好听到有人在说这事，陈地理抡着锄头追了很远，把那个人吓得够呛。

陈地理回到家不久，村里的民兵就上门了。一根绳子把陈地理捆到村部，召开批判大会，罪名是反革命家属意图殴打革命群众。被追打的村民上前踹了陈地理几脚，陈地理低着头，任他踹打，还有几个妇女，朝陈地理吐口水，陈地理也不动。陈地理听到被打的村民在鼓动：如果陈地理态度不好，就把罗菊花这破鞋也拉出来批斗，让这对狗男女丢人现眼。

陈地理被批斗三天，放回家。一到家，他洗洗就到自己的房间里，陈大眼和陈大牙叫了几次，让他吃饭，他也只是挥挥手，让他们走开。半夜的时候，罗菊花端着一碗稀饭，还有几块咸菜，到陈地理的床头，陈地理不动。罗菊花跪了下去“地理，你不吃饭。我和大眼、大牙怎么办。天文死了，你就是我们家的主心骨啊。”陈地理翻身，看罗菊花跪在地上，他急忙想拉罗菊花起来，罗菊花不起来，陈地理也跪下了，两个人相互跪着，拉扯着。

陈地理家不时有人趁夜里拿大粪泼在大门上。罗菊花从来不叫骂，早晨开门后看到大粪，只是默默地拿水桶装水清洗，也不像开始的时候眼泪流得欢，她没有眼泪，好像干的就是一件普通的农活。陈地理好像也不想找出来是谁干的，有时候也帮罗菊花洗大门。陈大眼10来岁了，看到大门被泼大粪，曾经有一次拿着个两齿的铁耙在门前挥舞，对着远远张望的人叫骂“哪个绝后代的干这事，全家死。”罗菊花喊了几声，陈大眼不停嘴，陈地理从家里出来，手指头弓起来，敲了陈大眼的头，低声叫骂“骂有屁用，你想找事啊。”陈大眼的脑壳被弹打得生疼，不敢吭声了。

陈大眼十几岁，记得每年冬闲叔叔陈地理都要出门一趟，好几天。后来陈大眼才知道，陈地理是去看望他的一位师傅，看风水地理的师傅。陈天文还在当保长的时候，曾经收留过一个人，那个人是江西赣州人，看风水地理的。那个师傅走到陈家保病倒了，是陈天文找了医生，给他看病，还让他住下来，治好病再走。风水先生在养病期间，陈地理跟他黏在一起，风水先生教陈地理看风水的常识。病好之后，风水先生曾经想替陈天文找块好地，可是陈天文不感兴趣，说风水是哄人，算命也是骗吃的。风水先生很生气，就走了。陈地理追了一段路，把几个饭团交给风水先生，风水先生要陈地理如果想学，就把自己教给他的口诀背熟，以后有机会还会教他。

风水先生在中华人民共和国成立后入赘隔壁县，陈地理经常在冬闲的时候，去他那住几天。陈大眼后来听陈地理说过，这风水先生不仅能看风水，还会算命，连阴阳，念咒语。在陈地理眼中，这风水先生就是全才。陈地理说他有一回去看风水先生，约了另外一个朋友前往。回来的时候走在山路上，有月亮。这条路陈地理已经走了好几回，很熟悉。可是走着走着，陈地理发现不对劲，感觉路中间突然多了一些树。陈地理记得很清楚，来的时候是白天，这路上没有树，这时候出现树，情况不妙。陈地理没有吭声，拉了同行者一下，右手拇指抵在手心，口中低声念念有词，埋头疾走。路上树影婆娑，好像路要被堵死了，陈地理的汗唰地下来了，加快念咒语的速度，树影终于退了，最后路还是路，没有了树。陈地理不说话，拉着同行者的手，疾走。最后几乎是跑了起来。走到村口，陈地理几乎要瘫下来，回到家里就大病一场。那是鬼魂挡路要收人啊，陈地理告诉陈大眼。陈大眼听得惊心动魄。

陈地理还是每年去看风水先生，不过再也不晚上赶路了。陈地理记住风水先生临死前的一句话：你陈家劫数不断，你要找一门好地，重新安葬你哥哥。最好让你哥哥进祖祠。这句话盘旋在陈地理的脑海里，但他知道目前不可能，要等待机会。陈地理告诉自己要有耐心，当年父亲给自己取名地理，给哥哥取名天文，或许就是一种命运。

6

林木棍在相当长时间里活得不轻松。林木棍因为预见陈天文会逃跑，及时采取果断措施，在区公所当副区长，后来区公所改为乡，改为公社，然后又改回乡，林木棍也就从副区长变成副乡长，副社长，然后又是副乡长。

林木棍最初的快意恩仇和生活上的得意消退之后，有点愧意。这愧意就像家里酿酒水缸里加了酒酿的糯米饭，慢慢发酵。到后来，林木棍经常做梦，梦见陈天文满身血污向他索命。骗子、阴险，林木棍不时在陈天文的怒骂中醒来。醒来后，林木棍就哆哆嗦嗦，尽量向床角缩。林木棍睡觉一定要睡在里面，而且后背一定要向着墙。林木棍睡觉不敢翻身，他觉得只要把后背背向床外，好像陈天文就会突然出现，掐住他的脖子。

林木棍走路的时候，感觉到陈家村人越来越明显的敌意。陈家村的人已经从最初对陈地理家的敌意和疏远中走了出来，他们是宗亲。林木棍告诉老婆：陈家村的人在背后议论我，说我是杀人凶手，不是英雄。老婆安慰林木棍，说你就别疑神疑鬼了，陈家村的人现在谁会去管这事，谁会去干这事。林木棍摇摇头说着，他们现在不敢公开说，但他们想说，我看得到他们的目光，他们在想哪天敲死我。我哪天突然死了，就是他们干的。

林木棍在一个晚上，拿着一沓纸钱，跑到村口，烧纸钱给陈天文。林木棍蹲在路旁，念念叨叨：陈天文，你和我哥一命抵一命，你又赔我家钱，我没有。我现在烧纸钱给你，希望你在地下过得好一点。林木棍用一根竹枝翻着燃烧的纸钱，纸灰飞舞。突然，林木棍感觉到一种凉意，似乎陈天文就站在身后。林木棍的屁股被什么拱了一下，他嗷地叫一声，起身狂奔。林木棍没有听到，一条黑狗被他吓得也是一阵疯跑。林木棍跑回家里，开门之后，迅速关门，靠在门后还是抖个不停。

林木棍自杀了。陈地理在哥哥陈天文每年的忌日，都会去扫墓。从最初的悄悄进行到后来的公开祭拜。陈地理祭拜的时候，高声祷告：哥啊，你在地下有灵，你就去找害你的那个人吧。林木棍听人说过这事，光景不同了，林木棍无可奈何。

林木棍自杀那年。陈地理看风水地理已经小有名气，不时有人请陈地理去看风水地理。陈地理在林木棍家对面的山包上，替人看了一穴地。这坟地大凶大贵，坟墓修完之后，对着的那户人家会凶气罩宅，家人会逐一死去，但坟墓的主人会日益发达。陈地理在坟墓完成之后，大肆宣讲。林木棍很生气，可是他无法让坟墓的主人迁墓。很生气的林木棍就向自己的脖子下手了，他用菜刀割了自己的脖子。菜刀不够锋利，林木棍又没有医学常识，力度又不够。林木棍没有死成。当气管咕噜咕噜往外冒气的时候，林木棍爬起来，拍打邻居的门，倒在邻居家门口。带着孩子回娘家的老婆知道消息后，林木棍已经在医院抢救了。

出院之后，林木棍就很少出门了，偶尔出门，也是围着一条大围巾，把脖子重重包裹住。就是夏天，林木棍也围围巾，林木棍成为林家铺唯一一个常年围围巾的人。林木棍的家里也没有镜子。

陈地理听说林木棍自杀，他高兴不起来。陈地理不是同情林木棍，他是为自己的家事着急。陈地理没有娶老婆，可是陈大眼和陈大牙兄弟已经到了娶老婆的年龄。兄弟俩长得还可以，不过只要听到是陈天文的儿子，媒婆再怎么说，对方都是摇头，甚至被竹扫把扫出门。

陈大眼是在帮人建房子的时候遇到龚得梅的。当时建房子，是用土夯墙。地基打好后，一个长方形的墙合，一畚箕一畚箕的红土倒进合里，四个男人分别站在四个角落，把土夯实。然后一个人提合，重新夹合倒土夯墙。墙逐合延长，逐层升高。跟在墙合后面，还有个打墙的，就是用一个米把长的木拍，拍墙，把表面拍打实，拍打光滑，遇到墙有空洞或者缺口的，用木拍的一角挖土，补上，然后拍实。陈大眼负责拍墙，他把木拍飞快挥舞，墙被拍得啪啪作响，墙会颤动。龚得梅帮忙耙土，陈大眼拍墙在她眼里，是个技术活，陈大眼也就是个高手。

陈地理请媒婆去提亲，龚得梅的父亲龚老西一口回绝。龚得梅的堂哥龚冬瓜更是拿着一根木棍要追打媒婆。龚得梅家就父女两个人，母亲很早就死了。龚冬瓜是龚得梅叔叔的儿子，龚老西曾经答应，如果龚冬瓜给他养老送终，他就让龚得梅姑换嫂，给龚冬瓜换回一个老婆。龚老西开口后，在龚冬瓜的眼中，自己的老婆就靠堂妹龚得梅了，陈大眼要娶龚得梅，陈大眼又没有姐妹，那岂不是直接抢了自己的老婆。龚冬瓜不拼命才怪。

龚得梅和陈大眼私奔了。龚老西发现女儿不见了，不用想，他也知道女儿去哪里了，他带着龚冬瓜赶到陈家村陈大眼家门口。两个人堵在家门口，扬言如果龚得梅不跟他回家，他会一把火烧了房子。陈地理解释龚得梅没有前来，龚老西不相信，坚决要搜房子。陈地理劝道，要搜房子可以，你先喝杯茶，等会让你好好搜，你看我家就一个门，你坐在这里，谁也跑不掉。龚老西觉得有道理，就坐下来喝茶，龚冬瓜在旁边急得绕圈。龚老西到了一叫嚷，很多邻居就赶过来了。陈大牙趁乱出去了。

龚老西喝了几杯茶，不理众人的劝说，在房子里细细搜了一番，没看到龚得梅。在楼上，他看到龚得梅常穿的一件衣服。龚老西扑到后窗，他知道问题所在。陈地理家在一条路的下面，屋后的路距离后窗只有两三米，路高和后窗的高度差不多。龚老西下楼赶到屋后，对着后窗的路沿，有几个新蹭出的痕迹。龚老西明白，这是架木梯的痕迹，刚才龚得梅就是被自己堵在楼上，只是在自己喝茶的时候，她从后窗逃跑了。

龚老西急眼了，开始捡石头砸屋顶，龚冬瓜更是利索，泥块、石头、砖头，捞到什么东西都砸。陈地理家瓦房的屋顶被砸得乱七八糟。陈地理拦住忍不住气的陈大牙还有邻居，陈地理把嫂子罗菊花拉到门外，说让他砸，砸过气就顺了。

龚老西和龚冬瓜砸累了，看看龚得梅不知道在哪里，不理会陈地理的招呼，走了。后来又来了几次，都没找到龚得梅，也就懒得来了。龚冬瓜看见换老婆无望，不管龚老西了。等龚得梅的女儿出生之后，龚老西又来了，不过，这次他是提着两只鸡，陈地理把龚老西迎进家，亲家公亲家公叫得亲切。龚老西对陈大眼嚷道，还藏着啊，赶快把孩子抱过来让外公看看。

很多年来，陈地理家难得响起笑声。

7

陈大牙没有哥哥陈大眼幸运。

陈大牙也是个好青年，但陈大牙不仅没有好出身，还没有好运气。陈大牙娶不到老婆。陈大牙其实有过老婆，两天的老婆。陈大牙买过一个老婆，外省的。陈地理反对陈大牙买老婆，陈地理觉得买来的老婆靠不住，说不定几天就跑了，到时候人没有钱也没有。陈大牙翻脸了。你偏心。我哥哥娶老婆，你让人家把房子砸了，屁都不放一个。我娶老婆，花钱你就心疼，我还没让人砸房子呢。陈地理气得说不出话。罗菊花抄起扫把，打陈大牙，说不是你叔，你能活到现在？现在有本事能吵嘴了，敢吵架了。陈大牙不停嘴，道他就是偏心，要不然就是有病，自己娶不到老婆也不让别人娶老婆。陈地理原来刚想站起来拉罗菊花，听到陈大牙的话，他跌坐回竹交椅。罗菊花哭了，让陈大牙跪下，给陈地理赔礼。陈大牙不干，罗菊花看扯不动陈大牙，也就不拉了。“好，你不跪，我跪。”罗菊花跪到陈地理面前，哭着说，“小叔，大牙不懂事，我给你赔礼了。

我知道，没有你，我们三个人早就不知道在哪里，可能骨头都可以打鼓了，大牙是个不孝子。你别见怪。我和你哥知道你的好。”

陈地理看罗菊花跪下，他也从竹交椅滑到地上，跪在罗菊花面前，眼泪唰唰地流下来：嫂子，你别说了。这些年，你更苦。你是为了我们陈家的血脉，为了陈家的香火。要不然，你丢下两个孩子，你就不用受那么多的苦。嫂子，你起来，当年我们是被逼无奈跪下来，我们现在自己不能跪下来。那么多年的苦我们都过来了，我们不能跪。陈地理要把罗菊花拉起来，罗菊花听到陈地理说到往事，放声大哭。

陈天文死后，陈家村的人看到罗菊花、陈地理都躲得远远的。罗菊花被迫下地干活，最苦最累的活都是她的，没有人愿意跟她搭伙，没有人和她说话，来往都是她自己一个人。有阵日子，她还经常要白天干活，晚上跪砖头、跪杉木枝，罚挑大粪。罗菊花已经哭到没有眼泪了。曾经有人悄悄介绍，要罗菊花丢下两个孩子，嫁到外地。罗菊花没有答应。

罗菊花其实没有那么坚决。有一回，她已经走了，走到村外了。她站在高处，回头看看自己家的房子，好像门口有个人影。她突然转身回来，到最后是用小跑。跑到家门口，看到陈地理站在门口。陈地理只说了一句：回来了。再也无话，转身干活去了。罗菊花的脸唰地红了，她知道陈地理已经看出自己想走。屋檐下，柴禾堆得很整齐，进家门后，罗菊花看到自己挑满的水缸，水还是满满的。

陈地理把罗菊花连拉带抱，放到竹交椅上。自己又跪回地上：哥，我答应你，我一定让大牙娶上老婆。陈大牙看罗菊花哭得伤心，眼泪也掉下来，蹲到罗菊花跟前，说：阿母，你别哭了。我不说了。罗菊花甩了陈大牙一巴掌，哭着说，大牙，这是阿母第二次打你，你要记住，做人要有良心，饭可以随便吃，话不能随便说。陈地理站起来，出门，他不走出去，也许会痛哭失声。

陈大牙是在10多岁的时候，被罗菊花打过一次。陈大牙也是在和陈地理吵架的时候被罗菊花打了。陈大牙想参加红卫兵，可是人家不收。陈大牙回到家，和陈地理哭闹。闹到后来，陈大牙说你以为我不知道，你有时候就睡在我阿母床上。要不是你，我就可以参加红卫兵了。陈地理还没发话，罗菊花的巴掌就甩过来了。那天，罗菊花让陈大牙罚跪了一个晚上。

陈大牙娶了一个外省的老婆，花光了家里的钱，还跟别人借了债，当时钱不够，陈地理在家附近还捡到 4000 元。陈大牙刚高兴两天，老婆跑了，陈家村的人很多人出动，但那个女的就像长了翅膀，飞了，比当年龚得梅在她父亲眼皮底下消失得更彻底。陈大牙坐在家的竹交椅上，一句话说不出来。帮忙找人的邻居安慰了几句，都回去了。陈地理把一碗饭放到陈大牙面前，说，吃，死不了人。钱没了，再赚，老婆跑了，再娶。娶不到好的，我们就娶差一点的。我答应过你爹，一定让你娶上老婆。

陈地理到处托人，给陈大牙找老婆。可是，还真不好找。两年后，陈大牙终于娶了一个老婆，本县人。陈地理给人家送去了一笔彩礼，陈大牙就有了个叫细月的老婆。细月名字挺好，整天笑嘻嘻，细月会笑不是因为性格好，是她有事没事都笑，细月其实是个疯子，当时村人说是“半丁”，后来时髦的说法就是智障。细月的父亲收了陈地理的彩礼后，让陈地理把人领走，以后就不用回娘家了。要回也是女婿来就可以。陈地理知道细月的父亲是吓怕了。细月其实嫁过三次，每次嫁后一回娘家，男方就找机会走了，丢下细月不要了，直接退货。陈地理知道细月的父亲其实就是卸包袱。村人倒是羡慕细月的父亲，开玩笑说细月是个次品，却卖了个上品的价钱。每次彩礼不多，不过多卖几次也就不少。

陈大牙看到细月，心凉了，好像夏天浇了井水。在门口坐了半天，也就认了。陈大牙不会说自己是歪瓜，也就只能找个裂枣，但他知道。

陈大牙认命后，和细月过起日子。其实就是他带着细月过日子，细月的唯一作用就是和他睡觉，连吃饭有时候都得陈大牙满村子找。细月连续给陈大牙生了两个儿子，陈小木和陈小板。

8

陈地理一直想给哥哥陈天文找块好地，陈地理相信人有命运，好风水会庇佑家人过上好日子。陈地理在头脑中把自己看过的风水一遍一遍过滤，电影回放一般。陈地理还是没有满意的。

陈地理是偶然相中一块地。那地方原来树木丛生，陈地理曾经走过多次，觉得那地方不错，但总感觉那地方原来有个坟墓，风水再好，但如果叠在别人的坟墓上，除非是无主的，好像欺负人家是空房子一样，住了也就住了。如果那是有主的坟墓，岂不是强入民宅了。

陈地理是在一场山火之后，发现那地方仅仅是个土包，没有坟墓。树木被烧光了，视线也就没有阻隔，长驱直入。陈地理很激动。陈地理找到山地的主人，协商想在那做个坟墓，陈地理没敢说是迁葬他的哥哥陈天文。虽然到陈地理想给哥哥陈天文修坟墓的时候，“反革命分子”的称呼已经不为人注重，人都死去那么多年了，但毕竟这是“顶帽子”，“帽子”不能因为旧就不是“帽子”。

山地主人答应得很爽快，山村里不是城市寸土寸金。陈地理很快找了黄道吉日，开始动工。事情很蹊跷，动工当天，陈地理回到家，嫂子罗菊花告诉他，家里的猪死了一头。陈地理说这是坟墓动工煞打的，大凶大吉。陈大眼抱着感冒的女儿，有点担忧，陈地理安慰说已经制煞了，接下来没事了。

陈地理是在晚上的时候，挖了陈天文的坟墓，不少骨头都化为尘土了。陈地理捡了剩下的一点骨头，装到金斗瓮。陈天文的坟墓完盆的那天，陈地理喝了酒。自从哥哥陈天文死后，陈地理就戒酒了。陈地理喝酒的历史其实很早，十岁就开始喝酒。陈地理知道自己喝完酒喜欢说话，陈天文死后，陈地理滴酒不沾，他担心自己酒后乱说，惹事。陈地理喝了一碗米酒，睡着了。

陈地理是在哭声中醒来的，陈大眼的女儿死了。小孩子感冒多天，陈大眼红着眼，说叔是不是因为我爹的坟墓犯冲？一句话，让陈地理像寒冬一样发抖。陈地理扛着锄头出门，前一天刚刚完盆的坟墓还很簇新，没有墓碑。陈地理在手掌心吐了一口唾沫，说哥，福地福人居，我们的福还不到啊。陈地理把哥哥陈天文的坟墓给挖了，背了金斗瓮，来到原来的坟墓旁，挖了一个洞，把金斗瓮塞进去。陈地理双手合十拜了三拜，说哥，你就在这继续住着吧，我争取让你进陈氏家庙。

陈氏家庙已经有几百年的历史了。陈地理对家庙的历史不感兴趣，他感兴趣的是想让哥哥的灵位进家庙。陈氏子孙去世，大多把灵位在家里供奉一年，“对年”也就是一周年之后，再请进家庙供奉。也有的是供奉到“三七”就送到家庙的，更为简单的是出殡当天就把灵位送进家庙。已经几十年了，陈天文的灵位进不了家庙，他是没有资格进家庙的，有污点，还是凶死。陈天文刚死那些年头，陈地理压根不敢提，只是在家里隐蔽的地方，用木板写了个陈天文的灵位，逢年过节悄悄祭拜。陈地理动了心思是后来的事情，可是他提了几次，族人都坚决反对。没有进家庙，陈天文就是黑户，是孤魂野鬼，陈地理耿耿于怀。

陈氏家庙破损严重，陈地理看到机会。他找了另外陈家村几个有威望的老人说事。陈地理这时候以风水先生的面貌出现，他从瓦片漏光说到漏财，从有些木头残损说到出不了人才，从墙体裂缝说到村风不正。为什么这些年我们村发展不如人家？为什么我们村会出现儿女不孝，甚至伤风败俗的事情？就是因为家庙破败，根出现问题了，祖宗住不安稳了，不出问题才怪。现在还只是祖宗不高兴，警告警告，如果再不修，不出三年，肯定出大事。陈地理的话让几个老人很激动，修，以前祖宗有我们现在好吗？他们都能修建这么好的家庙，我们连修一修的能力都没有，我们就是不肖子孙。我们百年后都没脸见祖宗了。

陈氏家庙重修工程很快启动，由5个人的理事会负责，陈地理是其中一个。陈地理就是在修家庙的过程听到许多闲话。陈地理原来已经从陈天文的阴影中走出来，他会看地理，人又实在，十几年前人家就不拿陈天文和他放在一起说事了。陈地理曾经和陈大眼和陈大牙说，别人差不多忘了你爹，这是好事，我们要做的是过日子，把日子过好。

陈氏家庙前后修了三年，前后募捐三次。有人不满意了，说理事会一再提高资金预算，没有计算好是一个方面，理事会成员肯定不干净。刚开始，陈地理他们不理会，在祖宗牌位前烧香，表明心志，以为自己问心无愧。闲言碎语并没有停止，好像越来越多。理事会成员有两个人在修家庙过程中去世，灵位被送进家庙，等待工程完工。

陈地理就是在家庙重修竣工后的那年春节，死在家庙的天井旁。陈地理死后，有关他吃了黑钱，被祖宗责罚，当场暴死的说法到处流传。陈地理已经死了，听不到，也不会辩解。陈大眼在陈地理灵前哭诉，叔，你何必这样。为了我爹进家庙，你要这样绕道吗？陈家村的老人感觉这话有玄机。陈大牙带着火气：我叔就是为了让我爹进家庙，才发动重修家庙的。在陈氏家庙重修竣工“进火”之前，我叔不是管着陈氏家庙钥匙吗？我叔把我爹的灵位连夜请进陈氏家庙。陈家村的老人才知道，陈氏家庙“进火”的时候，他们曾经一直阻止进入家庙的陈天文已经接受祭拜，生米做成熟饭。陈大牙的说法让陈家村的老人很生气，这陈地理，做人不厚道，耍阴谋诡计。陈大牙没想到自己说出真相，不仅没有让叔叔陈地理的死因得到洗清，还让陈家村的不少人愤愤不平，觉得陈地理死得活该。陈地理毕竟牵头修了陈氏家庙，这件事也不要再说了。也有陈家村的人这样说，只是这说法的声音很小，被淹没了。

陈天文的灵位已经进了陈氏家庙，没有人敢把他迁出去。陈大眼、陈大牙也许有人不放在眼里，但陈天文、陈地理没有人可以忽略，惹死人的事没人愿意干。陈地理以这样的方式让陈天文进了家庙。

9

陈大牙决定去上访。罗菊花曾经听陈天文说过，自己是“白皮红心”的保长，只是单线联系的陈天木死于陈天文之前，无人证明。

陈大牙去找了档案局、民政局，都没有结果。陈大牙不甘罢休，在信访局大吵起来。陈大牙后来说他这一吵，遇到贵人。有个副县长刚好路过信访局，听到吵闹声，就拐进来。副县长看到一个苍老的人，穿着一件已经洗得泛白，袖口和领子磨损严重的中山装，脚上穿着一双解放鞋，裤子沾着点泥巴。副县长耐心听完陈大牙的倾诉，现场办公，马上打电话叫来党史办主任和老区办主任。党史办主任一听这件事，说在哪个材料看过，是有关方面在整理陈天木材料的时候，从陈天木留下的材料中发现有这件事的记载。老区办主任也说对陈天文这名字有印象。副县长要求相关部门认真查证核实，给个说法。

事情简单得出乎陈大牙的意料。陈天文被毙一事，在 1952 年 7 月就有了说法，是被错杀的。当时陈天木牺牲的材料被移交相关部门，里面就有记载陈天文是“白皮红心”保长一事，也许是陈天木觉得战争期间，万事皆有可能，本着对陈天文负责，在自己的日记上写了一笔，也许是陈天木那天顺手写了一笔。陈天木为什么写下有关陈天文的事情，无从查证。事实是，陈天文是被错杀，而且这事在他被错杀三年之后就有了定论。

陈大牙很激愤，陈天文被平反之事为什么那么多年居然没有人通知家属？副县长也很激动，要求彻底查清。线团绕到林木棍这里，林木棍瘫在床上，看到人进来，刚提起话头，林木棍就长叹一声：我对不起陈天文，更对不起陈天文家的人。我不仅枪杀了陈天文，我还杀了陈地理啊。

当年陈天文平反，通知书送到区公所的时候，第一个看到的是林木棍。林木棍脸都白了，他没想到陈天文居然是“白皮红心”的保长，如果陈天文不是罪大恶极，那自己设圈让陈天文往里跳，就绝对是公报私仇了。林木棍找到他的领导。当时林木棍是英雄，领导听了林木棍的汇报，老半天说不出话。他家人没找，就不说。我估计他们这时候不敢找这事，陈天木死了，死无对证。林木棍咬咬牙，说了自己的想法。领导没摇头也没点头，林木棍走了。

林木棍把陈天文的平反通知书决定用塑料纸包了，塞到自己床后的墙缝里。看到后来陈天文家的遭遇，林木棍几次想说出来，但他不敢。他知道自己一说出来，陈地理他们会杀了自己。你们知道人陷在淤泥的田里，越挣扎陷得越快，最好的办法是别动。我就是这样子，我想爬起来，可是爬不出来，旁边连抓的草都没有。林木棍说得老泪纵横，我终于可以在死之前把这件事说出来，我要死了，要怎么处理都随便你们了。我原来想打死陈天文后，就可以成为功臣，全家就可以过上好日子，可以 得风光，硬气，在村里可以说大声话。可是，就那么几年后，我自己就说不出大声话了。我有罪。陈大牙和陈大眼听得目瞪口呆，想挥拳痛打林木棍一顿，可是林木棍已经病瘫在床，不用打，也已经快要死了。

大牙，你买老婆时捡到的那笔钱，是我故意扔的。林木棍喘了几口气，我当时听到你叔在借钱要替你买老婆，我把家里的4000元钱故意丢在你家附近，我藏在那等了三天，看到你叔要走过来了，我才丢的。陈大眼知道这事，当时他叔叔陈地理为了给陈大牙买老婆，到处借钱，后来在路上捡了4000元。陈地理还和陈大牙兄弟商量，决定不吭声，先用了再说。你想想，4000元也不是太少，如果有人真丢了，能不找吗？林木棍加了一句。林木棍指点儿子林火苗，在墙缝里掏出个塑料纸包，里面包着的是陈天文的平反通知书，已经泛黄。

陈大眼和陈大牙兄弟赶到陈氏家庙，烧了三炷香，告知陈天文和陈地理这件事，把陈天文的平反通知书复印件烧在纸钱炉。兄弟俩号啕大哭，瘫软在地上。后面赶来的罗菊花以及陈大眼的老婆、孩子也哭得一塌糊涂。只有细月笑嘻嘻的，一手抓着乱乱的头发，另一手用袖子擦了一下口水。陈小木和陈小板在旁边叫：哭了，哭了。看了看，自己也哇地哭出来。

陈天文是“白皮红心”保长，这让陈家村的人很尴尬。年轻人赶到陈大眼家，说着祝贺的话。有女人坐到罗菊花的床头，不断安慰哭得有气无力的罗菊花，说苦日子熬到头了，弄清楚就好了。虽然吃了这么多的苦，到底弄清楚了。以后你们家就可以挺直腰杆做人了。最怕的是没法弄清楚，你们还得顶着反革命家属的骂名。最尴尬的是当时那些批斗过罗菊花和陈地理的那些人，他们基本不上门，不知道怎么说。他们只好让自己的晚辈来。那几天，罗菊花家的鸡、鸭以及鸡蛋、鸭蛋很多，都是陈家村的人送来的，说“脱壳”，有坏事霉运远离，脱胎换骨的意思。

林火苗代父亲到罗菊花家请罪。林火苗在县精神康复医院当医生，那天刚好回家看生病的父亲，一向认为父亲是正义化身的他浑然不知道说什么。林火苗带着鞭炮、红花彩到了罗菊花家门口，长跪不起。陈大牙和陈大眼不看他，让林火苗在那跪着。罗菊花从床上起来，拉起林火苗，说你回去吧，告诉林木棍，陈天文一家人不会原谅他，他害了我们几代人。你看看大牙，他过的是什么日子。你让他想想，这几十年我们是怎么过的？林火苗听着罗菊花的骂，低着头，说我爸死了。就在刚才，他死前最后一句话就是让我来请罪。我知道，这罪大了，赔不起。

罗菊花听说林木棍死了，愣了一下，说你回去吧。恶有恶报，林木棍害了天文，害了我家。他自杀过，他大热天也要围围巾，他不敢见人。他病了十几年，瘫了五年，这是他的罪让他受到责罚。你回去吧，人都死了，说什么都没用。罗菊花说完，也不管林火苗，转身回屋里，让陈大牙把大门关了。

林火苗在罗菊花门前又跪了半个小时，磕了三个头，回家处理父亲的丧事。回头的时候，他看到陈小木和陈小板在门口玩，脸脏兮兮的，细月站在旁边，笑嘻嘻。

10

陈大牙的生意没法做了。陈大牙原来是卖豆芽的。自己在家发豆芽卖。陈大牙家里有一溜发豆芽的大水缸。陈大牙经常一大早就挑着豆芽走村串户叫卖，生意说不上怎么好，但一担豆芽一个早上卖光是正常情况，下午还可以做其他的事。

陈地理死后，陈大牙的豆芽卖不动了。陈地理活着的时候，他负责发豆芽，陈大牙出去卖豆芽。陈地理死后，陈大牙只好自己做，老婆、孩子帮不上，只会在旁边碍手碍脚，陈大牙经常在干活的时候要分心呵斥他们几句，或者用手推开他们，甚至用脚对着他们的屁股来一下。不过两个儿子和细月就像苍蝇，轰一下离开一会儿，等会儿又扑棱飞回来，落到豆芽缸边。

陈大牙发豆芽的时候，看到有人路过，会热情打招呼。小本生意，嘴巴要甜，图个人缘。陈大牙记得陈地理这句话。细月嘻嘻笑，两个疯儿子抹着口水、鼻涕要过来拉路人到家里。路人急忙闪开，陈小木和陈小板拉不到，回头拿个瓶子往豆芽缸里倒了一些水，陈大牙大吼一声，两个孩子跑了几步远，看陈大牙没有追过来，抹了一下鼻涕，顺手涂在靠近的豆芽缸上，细月嘻嘻笑着，用手去揪豆芽。路人想起前一天刚买了陈大牙家的豆芽，有把肚子里的东西吐空的感觉涌上来。

陈大牙家的豆芽很脏的说法悄悄流传。有人加了一点作料，说如果那傻老婆或者疯儿子在陈大牙不在家的时候，往豆芽缸里倒点农药什么的，不是完蛋了？这想法越来越让人害怕，有人拿出更多的证据，说细月这女人，连儿子都可以放在水里冲走，还有什么事不可能发生？陈小木几个月的时候，差点就让细月给溺死了。陈大牙家门口是条水渠，水量不小。陈小木原来都是罗菊花带的，细月带不了。那天陈小木在箩筐铺成的摇篮熟睡的时候，罗菊花上了一趟厕所。厕所出来，陈小木不见了。罗菊花很紧张，细月笑嘻嘻，说洗澡，洗澡。罗菊花一听坏了，跑到水渠前，看不到孩子的身影。罗菊花要瘫下去了。陈地理抱着孩子回来。水渠在陈地理家旁边顺势弯了一道弯，下地干活的陈地理在那冲洗脚上的泥巴，看到一个东西半浮半沉，捞起来一看，居然是陈小木。陈小木裹着婴儿被，没有马上沉下去，顺水漂了一段。细月被陈大牙打得鬼哭狼嚎，罗菊花让陈大牙别打了，“夭寿啊，差点孙子就没了。”

陈小木干的坏事多了，陈大牙就咬牙切齿，说早知道这样，当年被水冲走就好了。陈小木和陈小板，基本就是村里人眼中的祸害。把别人家的丝瓜花掐了，把刚种下的菜苗拔了，刚卷的菜包给挖个洞，菜花上给涂个牛粪。陈大牙基本上隔几天就会接到一次投诉，骂过，打过，可疯子没记性，你刚打完，他转身又惹个事。陈小木把要去上学的女孩子搂住，女孩子被吓得大哭，她的父母不干了，找上门来。陈大牙抡起个木棍把陈小木追得满村跑。

林火苗来的时候，陈大牙正对着空空的豆芽缸发愣。豆芽没办法卖了，陈大牙一下子想不出以后要靠什么生活。林火苗一进门，不等陈大牙开口，直截了当说你明天带着陈小木和陈小板到县精神康复医院。直接找我。林火苗说得很快，好像不赶快开口，陈大牙会把他轰出去。他看到陈大牙眼中的火了。陈大牙确实想把林火苗轰出去，只是话到喉咙口，被林火苗那两句话生生压回去。

县精神康复医院有个项目，就是上级补助，免费收治那些精神病患者，能康复当然好，更重要的是集中救治、集中管理，避免发生伤害事件。陈大牙曾经几次去找过，不过床位有限，陈小木和陈小板没能被接受。院长很客气，说你的情况让人同情。院长也很坚决，你看看，全县有 100 多名需要治疗的患者，可是只有 40 个床位。不少是武疯子，危害程度比你的儿子更大。不收治他们，可能就不是拔拔菜的事情，弄不好就是人命。

陈大牙知道两个儿子能进精神康复医院，肯定是林火苗的努力。

林火苗在医院是个主任，以前就有人建议陈大牙去找他，可是他是仇人的儿子，怎么开口？陈大牙突然有了重担卸下一大半的感觉，赶快要泡茶请林火苗，可是只有茶盘，没有茶壶，杯子也只剩下两个，还缺了个口。不用说，肯定是两个疯儿子干的。林火苗摆摆手，说不用客气，你明天带他们找我，记得把他们的衣物带上。林火苗说完就走了，只留下陈大牙在竹交椅上呆坐很久，眼泪从脸庞流下，细月站在旁边，看到陈大牙哭了，撇撇嘴，好像也要哭，马上又笑嘻嘻了。

11

陈小板在县精神康复医院里待了 18 天就死了。陈小板是被车撞死的，在县精神康复医院门口。接到医院通知，陈大牙和几个村邻赶过去，陈小板的尸体用白布盖着，陈小木坐在地上，看到陈大牙，陈小木说他睡觉了，睡觉了。陈大牙掀开白布，看到陈小板紧闭双眼。陈大牙想哭，却流不出眼泪，陈大牙有种想呼出一口气的感觉，好像又不对，就压住嗓子，让气流慢慢地呼出，拉得很长很长。

院长和林火苗一起见了陈大牙他们。院长说陈小板来后，一直闹要走，今天中午，他吃完饭趁医生不注意，跑出去。医生追出去的时候，陈小板刚要跑过公路，被一辆汽车给撞了。我们已经报警，司机也投案了。我们会配合交警部门和家属处理好善后事宜。

陈小板的后事处理得并不顺利。保险公司赔偿 20 万元，陈大牙向县精神康复医院提出赔偿要求。医院看管不严，让陈小板跑出去。医生处置不当，追出去让陈小板慌乱之中横穿公路，造成陈小板被车撞死。陈大牙提出县精神康复医院赔偿 50 万元，继续免费收治陈小木，增加免费收治细月。医院答应继续免费收治陈小木，但收治细月和赔偿 50 万元不可行。双方犟在那里，经过两天的谈判，县有关部门也介入调解，答应收治细月，但拒绝赔偿 50 万元。陈大牙也不继续谈了，他带着细月和陈小木到了县政府门口，系牛一样，用绳子把陈小木的一只脚绑了，另一头系在石柱上，细月也是。旁边放着一个纸箱板做成的牌子，写着“冤”“还我公道”“我要吃饭”，陈大牙扬长而去。

政府大院的人看到政府门口多了一个流鼻涕口水的疯孩子和一个笑嘻嘻的傻女人，傻眼了。陈小木无聊的时候，就把鼻涕口水往县政府几个牌子上涂抹。陈大牙不出现，吃饭的时候也不送饭，陈小木见了人就喊“饭”“饭”，还不时摇动县政府的牌子。信访局的人只好买了两份快餐送过去，两个人吃得很香，陈小木还用吃完肉的鸡腿骨在牌子上描描画画。信访局的人找不到陈大牙。罗菊花躺在床上，说她要死了，陈天文叫她去了。真的，他来叫我了。昨天晚上他来叫我了，就站在你站的地方。几十年了，他要叫我去了。信访局的小女孩吓得哇的一声，跳开了。信访局局长听得毛骨悚然。

天黑了，陈大牙依然没有出现。陈小木在县政府牌子下撒了几泡尿，还拉了一泡屎。细月在旁边笑嘻嘻。领导发火了，让卫生局马上把那两个人弄走。卫生局长让县精神康复医院院长派车，把两个人拉回医院，先安顿下来再说。医院的车来了，陈大牙出现了。陈大牙说没说好之前，谁动他就杀了谁，反正我这日子没法过了。夜幕中，陈大牙苍老的脸有几分狰狞，那件中山装已经抽纱了，发出一股馊味，胡子拉碴，头发花白，一说话，头晃动着，就像一团乱草在摇动。

林火苗说你能不能让步一下，当时我想做点好事，把两个孩子接进来，减轻一下你的负担。现在医院都怪我惹事。让步？哧。你减轻我负担，我这辈子的负担你能减多少？不是你父亲，我有这些负担吗？做了一点事就以为功劳很大，你父亲的罪，你三代人都还不清。我就是要让你试试，放在火中烤是什么滋味。陈大牙火气很大，大嚷大叫。是，我父亲有罪，我父亲对不起你们家。可是我大伯也是被你父亲打死的，你父亲当年就一土匪，你父亲也是为了自己树立威望才带领村民到我们村打架，你以为你父亲就多高尚？他就是个墙头草，为什么他不跟着陈天木去当游击队，为什么要当国民党的保长？他就是骑墙，看哪边好就倒哪边。我父亲是杀了你父亲，你以为就我父亲毁了你们家。你父亲也毁了我们家。我父亲自杀，还没死成，还要被人说是罪有应得，是报应。我读书，要被人说成是杀人犯的孩子，要被你们陈家村的孩子欺负，最后还上不了好学校。好不容易从医校毕业，就被分到康复医院，那是说得好听，其实就是整天面对一群疯子，到最后，我都羡慕他们，不管什么他们都不知道，都不会痛苦，不会焦虑，不会着急。你看你老婆，整天笑嘻嘻的，你幸福还是她幸福。陈大牙被林火苗一吼，愣愣的。

事情最后解决，县精神康复医院赔偿陈大牙 10 万元，免费收治陈小木和细月。保险公司把理赔款送到陈大牙家的时候，县精神康复医院的赔偿款也同时送达。县保险公司经理和康复医院院长约定，请来电视台记者，宣传县康复精神医院的人性关怀，宣传保险公司的及时理赔，把坏事办成好事。交接仪式之后，在电视台记者采访之前，陈大牙坚持在屋里支上小桌子，对空烧香，告诉陈天文和陈地理，还有陈小板，家里决定用这 30 万元翻修房子，陈大牙把 30 万元码在桌上，用有点颤抖的声音说：我们家要改变命运了，你们就放心吧。以后我们家可以过上好日子了，在村里不用低头做人了，可以说大声话了。烧完香，陈大牙还在天井旁烧了一沓纸钱，说我们家有钱了，给你们烧钱了，你们也多花一些吧。细月笑嘻嘻的。

烧完香，陈大牙到门口接受电视台采访。县保险公司和康复医院的人也到门口。屋里只剩下细月和陈小木。等陈大牙接受完采访，送走客人，回到家里。他的眼睛直了，桌上码得整齐的钱没有了，细月和陈小木正把最后一扎钱扔进天井旁的火堆里，陈小木嘴里还念叨着：烧钱了，烧钱了。细月笑嘻嘻的。陈大牙拿起一根木棍，猛地打过去，陈小木没有被打到，细月被打中头部，血噗地出来，细月倒了下去，笑嘻嘻的表情还没完全消失。陈小木蹿了出去，陈大牙摸了下细月的鼻孔，已经没有气息。死人了，死人了。陈大牙扔掉木棍。飞奔出去。罗菊花在里屋，想挣扎起来，扑到床沿就滚下来了。

许多来看陈大牙交接赔偿款的村邻，还在门口议论，说陈大牙总算熬到头了。看到陈大牙从家里飞奔而出，有人进屋看了，大喊死人了，死人了。陈小木在前，陈大牙在后，沿着山岭奔跑。后面是几个追着的村邻。死人了，死人了。陈大牙边跑边呼喊。陈大牙父子俩逆着正要落山的太阳奔跑，阳光有点刺眼。陈大牙跑得很快，村邻追不上。死人了，死人了，陈大牙的呼喊声越来越远。

前方有座桥

1

“晚上去鹅居喝两杯？”快下班的时候，鲁晋开的电话把正沉思的刘北惊醒。“你是安排领导还是邀请领导啊？没摆正位置。”刘北对着电话开玩笑。“算了吧，你这副县长在别人面前人五人六，我们兄弟之间你就别充大头了。没其他活你就直接过来吧，我先去安排。”刘北可以想象得到鲁晋开的那抹笑容，淡淡的，从嘴角翘起。

刘北跨进包厢的时候，菜已经摆上三盘。刘北很满意，鲁晋开在当交通局长之前是政府办副主任，原高县长的秘书，在细节上特别讲究。“就我们两个人？”刘北看到就两把椅子，两副餐具，有点落寞。“你就别不高兴了，你现在还想一桌子的人喝得热闹啊？”鲁晋开边拉开椅子边说。刘北点了点头“也是。现在不是说吃饭要先弄清楚在哪里吃？和谁吃？谁请客？否则后果很严重。”鲁晋开拧开一个土土的酒坛子，往杯子里倒酒。这酒坛子刘北很熟悉，他很小的时候就在老家的桌子上常看到，装自家酿造的米酒，一坛子大概可以装两斤，村里有人办好事，一桌先摆上两坛。不过这酒坛子有很长的时间没有在刘北的酒桌上出现了，也就这两年才再次重出江湖。酒的味道刘北也很熟悉，不用吸鼻子，就那味道飘过，刘北就知道那是茅台。

刘北的喉咙蠕动了几下，他端起一杯酒，哗地往张开的嘴巴倒进去，头微微后仰。杯是一口杯，喝啤酒的那种。刘北让酒在嘴巴里稍微停留片刻，然后顺着喉咙往下。酒香瞬间充盈了口腔，很饱满，还有一种霸道的香强劲进入。刘北把杯子放在桌上，鲁晋开倒上酒。鲁晋开端起自己的酒杯，轻轻碰了碰刘北的杯子，两个人都“一口闷”了。喝完第三杯，两个人才开始动筷子，鹅肉的香味和茅台酒的香味在口腔里交织混合，把味蕾调整得心满意足。吃了几块鹅肉，刘北拿起湿纸巾擦擦嘴巴，有点惆怅地说“现在吃饭没意思。”鲁晋开摇摇头“有饭吃就不错了。你没看现在晚饭后陪老婆散步的干部多了？没有应酬了，没有那么多的吃吃喝喝。规定出台后，老婆们最高兴，老公陪同的时间多了，也不至于要么在外喝酒要么喝完回家已经醉了放倒就睡。你就学会适应吧。”刘北看了看鲁晋开，又看了看窗户。鲁晋开边说：“刚才已经看了，关了。”边站起来，把窗帘拉开，确认窗户已经都关上，重新把窗帘拉好，才回到座位。刘北笑骂：“这神经过敏，迟早会发疯。你说喝酒要关门关窗，还要左右张望一下，才端起酒杯小声说干一杯？不说大呼小叫，至少也要放开喉咙说话，要不喝酒有什么劲？”鲁晋开点了点桌上的肉肠，说吃菜吃菜，缺啥补啥。刘北笑骂说：“你这家伙越来越滑头，说我牢骚太盛防肠断，也就和你敢这样说说，你总得让我有个出口。再说了，凡事有个适应过程。”“不敢，不敢，你是副县长，是领导，要挖出口还是填缺口，你说了算，我只有执行的份。”“你就别假惺惺地装，要不是我们从小玩一起，你有机会听我这肺腑之言？”“哦，你这肺太大，我这辈子不用吃猪肺了。缺啥补啥，我这已经是严重超标。”逗了几句，两人举杯比了一下，又一杯下去了。

“说，有什么想法？”刘北看着鲁晋开倒酒。鲁晋开知道刘北的想法是什么意思，今年是换届年，乡镇、县、市三级换届，人事肯定乾坤大挪移，以往换届前一年就有人开始谋兵布局了。曾经有个说法，说干部每届五年还是太短“第一年熟悉情况，第二年启动干活，第三年大力推进，第四年找关系托人，第五年拍屁股走人。真正干活的只有第三年，节奏一慢，遍地半拉子工程。”“现在还好，以前每届三年，第一年熟悉情况，第二年项目启动，第三年走人。那就基本寻找短平快项目，长线项目几乎就是前人种树后人乘凉，没有人愿意去干。”

“没有想法？哦，也不对，我想去人大。我这个交通局长，去干个环城委主任应该可以吧。我如今当个交通局长就像在高速上奔跑，想下高速了，走个国道省道，去比较冷门的单位。”鲁晋开端起酒杯，没喝。“不想再冲了？有没有和他商量下？”刘北也端起酒杯。鲁晋开知道刘北口中的他是谁，摇了摇头“我昨晚看电视，里面的人有句话，叫作见好就收。这几期有个共同点，如果求助过亲友团还赖在那里，想再冲一下，最后就都是折翼沙场，连之前攒下的一点家庭梦想基金也全部归零。我忽然想到这游戏规则很残酷也很公平。”“周末我们回去老家看看那座桥？”刘北没有在这个话题继续纠缠，拿起酒杯倒酒。“没问题。是该回去看看了。你更应该去看看这座桥。你没有退路。你属于在桥上看风景，别人也在看你的那一个。你肯定无法忘记那年你冲过桥的那件事。我很清楚地记得，那年我们读小学三年级，放学回家，因为大雨，山涧里涨水了。我走慢了几步，你已经走到桥中间过去一点，忽然水头冲下来，山里下雨，那突然涨起的水头很凶猛。你要撤回来已经不可能了。留在桥上，你可能会被水头冲下桥。唯一的选择就是往前冲。你有点迟疑，我只能狂喊‘往前冲，往前冲，快，快’，幸亏你没有迟疑多久，直接往前冲了。你刚冲过去，水头就扑上桥。我在桥这边腿都软了。”刘北往酒杯里倒满酒，仰头往嘴里倒下，长吁一声“大难不死，当年不是那一嗓子，我就是乡村里夭折的孩子而已，还副县长，屁。”鲁晋开笑笑：“当年没死，如今成为我们那小山村第二个当上县太爷的人，你那老祖宗地下有知，会很欣慰。”“人家清朝就是正七品，知县，我是副的，搁以前，充其量就是县主簿，从八品。还是不如老祖宗。”“那你就努力往前冲，争取来个正官正印。”“命里八升莫求一斗，我压根没想过这事。我现在想的，就是揪住你，把北水湾大桥建好。”

两个人把酒坛子里的酒喝完，已经微醺。抽烟，喝茶，但没有再上酒。鲁晋开说：“我就这点佩服自己，我知道自己在哪里、在什么时候应该停下来。”

2

鲁晋开和刘北在村口的桥一停下来，就有不少人凑过来，叫县长、叫叔、叫名字的，都有。两个人掏出烟，撒了两圈，说一些咸咸淡淡的话。刘北又掏出烟，重新撒一圈，就发话说：“该干什么干什么去，我和晋开商量个事。”直接把人都轰走了。鲁晋开边迈步往那座清朝小桥走去，边说：“也就你这县长有威力，能够一句话就把人全部轰走。我看有的地方，当官的回去，村民像苍蝇，轰都轰不走。”“算了吧。也不能说往前凑就是套近乎要找事，其实也就是有干点事，要不回来的时候，就是把喇叭按破天，也没有人理你。”

清朝的小桥在村口，就是那片风水林边上。石板桥不长，长大约六米，两边各有将近一米桥墩，依在岸边用条石砌成，石板悬空横跨。桥宽两米左右，当年没有车辆什么的，就是行人行走，还有村里那几头牛。简洁、实用。桥墩已经长了许多青苔，石板桥桥面上，两边也是青苔，中间因为数百年行走，石板显得特别光滑。桥没有名字，是村里的刘敏所建。刘敏是两姓村里刘姓的开基祖。“我那祖先不知道是怎么回事，当年会找到这么个山旮旯里下蛋。”刘北很早就对刘敏的举措不解。刘北的牢骚刘敏听不到，刘敏是康熙年间的进士，当到知县后就没有继续往前挪，而是辗转干了六个县的知县。刘北说当年老祖宗也不能说原地踏步，而是原地转圈。转来转去，刘敏干脆就告老退休了。退休后他没有回原籍，而是跑到自己曾经任职的地方，找了个山旮旯里过起了退隐生活。刘敏退隐的地方叫鲁家村，因为刘敏的到来，当时鲁氏的族长主动把村民改为两姓村。“我听我老祖宗说，这村民改性可不是我祖宗以官压人，而是你们鲁家老祖宗自己提出来的。原因就是刘敏出钱在村口建了石板桥，还在村里成立私塾免费教村里的小孩子读书。”刘北拿一块小石子，扔到石板桥下的流水。“嗯，我也听说了。我们鲁家的族谱还有记载这件事。看来我们鲁家人厚道，怕后人误解了刘敏进士，留字为证。关键的是有干事，人家就记得住。一座小小的石桥，能让人记住几百年。我这个交通局长，你这个前交通局长，我们建了多少桥？不知道是否有人记住？”“想流芳千古了？关键是人家这进士爷，300 多年前建的石板桥，今天还能用。我们建的桥能用多久？千万别流芳千古不成，反倒留下骂名。对了，北水湾大桥要抓紧。你就是要走，也不要留个尾巴。”

鲁晋开在石板小桥上走了几个来回，站在桥中间蹦了几下，说:“北水湾大桥我会跟进，这可是你当交通局长最后的一个项目，我明白你对它的感情。对了，前段子我让技术员把全县所有在用的桥全部检查一遍，让他们实事求是地开列出存在的问题。我还请了市交通局的技术员参加检查，最近在报危桥改造项目，我想争取一些资金，把可以改造的全部改造一下。”“我知道，这是好事。申报最后期限是什么时候？”“下个月，再说，换届是 6 月。所以我拖不得。”“有多少个项目？”“两年 35 个，占全县桥梁 16%。去年报了 15 个，剩下 20 个。”“哦，有那么多？”“我必须报，这个项目扶持今年是最后一年，过了这村没有这店。”鲁晋开感觉说得有点吃力，在前任交通局长面前说他手上建的桥有许多是危桥，就是亲兄弟也不轻松，他也捡起一块石头扔到桥下。“南山大桥准备如何处理？”刘北呼了一口气。“可能要炸掉。”鲁晋开点了一根烟，一口气吸了一截。“县委换届要求 6 月上旬完成，我问了气象局，今年的汛期可能会推迟到 6 月下旬。”刘北不看鲁晋开，只是看着石板桥上的那几棵风水林的树。这几棵树有椴树、松树，据说是当年刘敏种的，因为是风水林，没有人敢砍伐，如今已经都需要几个人合抱才抱得过来。“一个村庄，有几棵树那就不一样。”刘北淡淡地说。鲁晋开顺着刘北的视线，看到石板桥旁的新公路桥，还有前方的学校，以及停车的广场，有几个孩子在篮球场上打篮球，这些项目要么是刘北，要么是鲁晋开自己争取资金修建的。刘北或者鲁晋开回来，村民就会围着说村里有他们两个人是全村的福分。

鲁晋开用脚踢踢桥边的一丛草，说:“我们当年插香的地方是哪一边？”“北边。”两个人低头寻找，在桥边的草丛中，还有几根香脚。当年刘北没有被水头冲走，他的父母就让刘北认桥为干爹，说是桥的保佑。鲁晋开的父母也让鲁晋开认桥为干爹，说当年鲁晋开是跟在刘北身后，如果他也上桥，刘北跑得掉，鲁晋开可能来不及跑过去。再说，鲁晋开如果在桥上，可能就没有看到水头，没有他吼那几嗓子，也许两个人就都被打水冲走了。刘北的父母让刘北和鲁晋开结拜为兄弟，说以后“有福同享。”逢年过节，两个人就用篮子提着供品到桥头拜桥爹。

刘北点燃一根烟，放在桥头插香的位子。鲁晋开也点了一根烟，放上去。“去吃饭吧。饭应该熟了。”刘北和鲁晋开回来，在村主任家用大鼎煮咸菜饭，几乎已经成为惯例。刘北看了看村里的房子，感慨一声“炊烟越来越少了。”

“我再想想。”鲁晋开的目光越过村里老房子的屋顶，刘敏当年居住的房子已经有点颓败了，刘北原来说想争取笔资金回来维修，但鲁晋开坚持把那笔钱先用在建设学校的篮球场。鲁晋开说修个老房子是留存记忆，建个篮球场却是助力成长。成长还是比记忆重要。

“你可以写几首诗了。”刘北知道鲁晋开的想想是想什么，他没有接腔，而是绕了很远，说起写诗的事，不过，他的语调轻扬了不少。他了解鲁晋开，他说想想，肯定会去想，不是说说而已。

3

鲁晋开想了很久，烟灰缸里的烟头堆了很高。缭绕烟雾中，鲁晋开的思维很乱。鲁晋开想全身而退，用他自己的话说就是原来在高速上奔跑，突然想下高速，走国道或者省道。这念头两年前发芽之后，开始的时候，偶尔飘过脑袋，临到换届，就噌噌地往上长。鲁晋开想这是长竹子吗？听说竹子前四年，每年长 30 厘米左右，第五年开始，却是一年可以长 15 米。

鲁晋开明白刘北的意思，要他打时间差。换届 6 月上旬完成，人事至少要在换届完成前半个月到位，汛期 6 月下旬开始。鲁晋开差不多有一个月的时间，可是老天爷就那么听话吗？鲁晋开突然有点恼恨气象局，这些人吃饱了到底说的是不是人话？刚预报天要下雨可是艳阳高照的事又不是没有发生过，到最后人家说是局部有阵雨，只是这局部不知道在哪个旮旯里。说今年汛期延迟，即使到时候常规到达甚至提前，他们也可以说延迟是大概率事件，允许地区差异。鲁晋开却赌不起，他想变道下高速，不是出事故。

鲁晋开萌生退意，不要说刘北有点诧异，就是鲁晋开自己也出乎意料。鲁晋开原本就是想在仕途上再上层楼，所以在领导高县长成为副市长之后没有选择跟随到市里继续当秘书，而是在他临走前最后发挥一次力量，当上交通局局长。按照鲁晋开的想法，先是局长，换届的时候成为鲁副县长，然后鲁常委或者鲁副书记，最后弄个鲁县长之类，最差也来个县人大主任或者政协主席。鲁晋开掐灭了手中的烟，有点恶狠狠地说：“该死的卓敏。”就是这个卓敏，让鲁晋开在换届的时候，慢了半拍，没有如愿成为鲁副县长而是继续当交通局鲁局长，仕途上，慢半拍有时候就意味着慢了一辈子。

鲁晋开想到卓敏那矮矮胖胖的模样就想拎着他的耳朵绕三圈。“小时候不吃饭，导致个矮；如今爱吃饭，导致又胖又矮。”鲁晋开突然笑了，卓敏这家伙太能“吃”，早晚不是肚子拉泻问题，而是撑死。卓敏能“吃”，在全市范围内大家都知道，各县交通局长说到卓敏，都咬牙切齿地骂到这卓胖子，可是多少都有点无可奈何。卓敏是个路桥投资公司的老总，这老总大家见多了，不要说一抓一大把，随便一按好几个没有问题，问题是卓敏有个叔叔，卓夫，本市分管交通建设的副市长，大家知道卓敏是灯，也知道控制这盏灯的开关是卓夫。卓敏经常到鲁晋开的办公室，敲敲门，他那胖胖的身体就挪进去。大多的时候，卓敏就只是走走，说我叔叔问你好呢。鲁晋开知道，这是卓敏在宣示一种存在。

鲁晋开和卓敏杠上是因为北水湾大桥。卓敏想拿下北水湾大桥这个建设项目，卓敏没有太把鲁晋开当回事，鲁晋开当时是政府办副主任，尽管是县长的秘书，可是这秘书在卓敏的眼里真的不算什么，就是刘北这交通局长，那也是执行的层面才轮到他有说话的时候。项目确定过程，政府办副主任鲁晋开和交通局长刘北简直就是螺丝钉，几乎可以忽略不计。问题是刘北当时要当副县长了，内定接任交通局长的是鲁晋开，这两枚螺丝钉一联手，北水湾大桥这卓敏认为的煮熟的鸭子居然就飞了。“你要盯紧北水湾大桥，卓敏可死盯着。这座桥不能成为你的滑铁卢。”鲁晋开记得高县长荣升高副市长的时候，两个人在河边散步，他特别郑重地交代这件事。

鲁晋开当上交通局长的时候，卓敏几度上门拜访，要请鲁局长聚聚。鲁晋开知道这聚聚意味着什么，就推托了两次，说等忙完一定好好和卓董事长聚聚。鲁晋开知道自己绕不开卓敏，但总不能一请就去，大小是个交通局长，被一个老板召之即来算怎么回事。鲁晋开的骄傲没撑多久，卓夫到县里调研交通建设。卓夫的车刚停下，随同县领导等候在现场的鲁晋开首先看到的是带着笑容矮矮胖胖的卓敏从车上侧身挪下来。卓夫淡淡地介绍，路桥公司卓董事长。眼光就看向远方的道路施工现场。卓敏很亲热地握手，好像第一次和鲁晋开见面。鲁晋开感觉那手滑溜溜的，有汗，却不好甩开，只好顺势摇摇。

鲁晋开想从高速上溜号当然不是被卓敏吓退的。鲁晋开是因为建设局长出事刺激的。那天县里开会，鲁晋开和建设局长座位相邻。会议结束的时候，大家站起来刚要走，有几个人走了进来，直接走到建设局长面前，把他带走了。会场的气氛马上窒息，大家都认得那几个人是相关部门办案人员。直到建设局长被带出会议室，会场还极度安静，然后有人默默离开，没有平时散会的招呼寒暄。建设局长不是本县第一个出事的官员，这两年，本县被查处的官员已经达到17个，历史的峰值是5个。

鲁晋开当天回到家，脸还是青青的。老婆不知道怎么回事，半天鲁晋开才开口。老婆说："老公，要不我们别当这局长了好不好？"鲁晋开突然有点后悔，不该说这些事，老婆是个善良胆小的人，何必让她担惊受怕呢？可是这本县的事情，就是鲁晋开不说，别人也会说的，老婆还是会知道，知道了还是会害怕，会担心。

鲁晋开就是在那会儿萌生退意的，他觉得之前自己的想法有点可笑。当上副县长如何？当上县长又如何？谁能保证常在河边走不会湿鞋？自己被卓敏一搅和，不是焦头烂额了一阵子？要不是高副市长出手，说不定自己这时候已经不是鲁局长，而是罪犯鲁晋开。鲁晋开觉得自己要去一趟市里，找高副市长聊聊。

4

鲁晋开让卓敏挖了一道坑是在他当交通局长一年多后。鲁晋开和卓敏一直疙疙瘩瘩的，卓敏拿工程，最后拍板的肯定不是鲁晋开，但鲁晋开是业务部门，他这个局长有说话的地方，何况最后业主是交通局，拿钱、验收什么的，绕不开鲁晋开。卓敏想和鲁晋开搞好关系，有次酒桌上，卓敏喝多了说："我就是个生意人，商人重利，你鲁局长虽然不对我的眼，但我不是养小蜜，我就是从你手里拿钱，痛快给我拿，不痛快给我抢，我才他妈的不管你高兴不高兴。不要说我是老板，我知道自己就是条狗，我是狗我就要抢骨头。你鲁局长手里有我要的骨头，我就要找你，要扑过来。你就是打我都没事，只要你用你手里的骨头打。你他妈别想躲，小心我咬你一口。”鲁晋开脸色铁青，很想把酒泼过去，他端起酒杯，好像看到对面有个人淡淡地说这是路桥公司卓董事长。鲁晋开把稍向外的杯口拿正，一干二净。第二天卓敏打电话问昨晚自己酒喝多了，有没有失态。鲁晋开说自己也喝多了，失忆，只记得前半场，后半场没有丝毫印象。卓敏哈哈笑说上了年纪就没有用，那点酒就倒了，当年自己可是把白酒当开水喝。鲁晋开有点好笑，卓敏比自己年轻好几岁就说自己老了，那自己岂不是老得不成样子了。但既然卓敏演戏，自己就配合，他说“我也是有这样的感觉啊，沧桑，不堪回首。”两个人哈哈哈地聊了一阵，这一页就算过去了，但鲁晋开很清楚，这页翻过去还会有新的一页。

鲁晋开接到相关部门信访室的电话，知道麻烦来了。自从当上交通局长，和纪委信访室打交道在所难免。交通局是块肥肉，是肥肉就有人盯着，是非就多。但这回一接到电话，鲁晋开就咯噔一下，他有感觉，这事情可能比较难办。信访室林主任看到鲁晋开，把一封信递过来，说明天给个书面说明。鲁晋开匆匆扫了一眼，列举了好几个事情，有的好办，有的比较棘手。鲁晋开没有多说，只是点点头，态度很诚恳，说“我一定认真对待”。鲁晋开在政府机关多年，知道和某些部门打交道，如果硬碰硬，结局肯定就是一个字：死。

举报信上列举了几条，虚虚实实。鲁晋开点了一根烟，对着需要做出说明的几个问题，把自己纠结得七荤八素。其中为人狂妄，拉帮结派这些都好说，本来就很虚幻。利用公车接送孩子上下学，这个也好解释，不至于伤筋动骨。关键的问题有两个：收受某建筑公司贿赂，为其承揽工程提供方便；利用职务之便，为老家两姓村修路划拨资金一百万。鲁晋开清楚，贿赂这事确实有，一个交通局长，没有人送钱送东西，那几乎不可能，他大部分退了，但鬼迷心窍，他留了一笔十万元的。划拨老家修路资金一百万也确实存在。这两条，无论哪一条，只要认真查下去，鲁晋开的结局可能就只有一个：从鲁局长成为罪犯鲁晋开。

鲁晋开知道这是卓敏给自己挖坑，这坑够大。鲁晋开看完举报的内容，想了很久。他走出门去，到小区附近的学校操场绕了几圈，鲁晋开在沙坑旁的草地上坐下来，抽烟。他看着沙坑，想自己究竟能跳多远，能不能跳过卓敏挖的这个坑。他觉得立定跳远不行，必须助跑。鲁晋开掏出手机，从钱包里拿出另一个电话号码卡，换了旧卡，打通高副市长的电话。鲁晋开必须谨慎，谁知道这时候电话是否被监听了呢？高副市长很快接了电话，鲁晋开知道，如果没有特殊应酬，高副市长这时候应该是在家里的书房练字。操场上没有其他人，很空旷。鲁晋开可以放心说话，他把事情说了。高副市长在那边沉吟一下，说：“去做几个事，找卢小娟，把钱还了。修路这件事，会议记录要体现。”鲁晋开醍醐灌顶。

鲁晋开立刻打电话，找一个朋友，借了十万元。鲁晋开卡里有十万元，但这时候不能有大笔提现，否则到时候这就是办案人员的一条路。鲁晋开用了公共电话，给卢小娟打了电话，只简单地说“自己开上车到郊外工地路旁等我，我马上到”。卢小娟就是举报信中建筑公司老板的老婆。没有几个人知道，卢小娟其实是鲁小娟，鲁晋开的族妹，因为小时候送给姓卢的人收养。卢小娟对父母把自己送给别人耿耿于怀，很少提起这件事。鲁晋开当了政府办副主任，卢小娟找上门，认哥。鲁晋开有意识把卢小娟往自己的交往圈中带，有回和高县长几个吃夜宵，鲁晋开还中途把卢小娟叫过去。吃完夜宵，鲁晋开送高县长回宿舍，下车的时候，高县长说了句“卢小娟是企业界人士，不是说不能交往，但要有个度，还有，别把哥啊妹啊的关系说得那么清楚，否则，迟早是你的硬伤”。鲁晋开看着高县长走进宿舍楼的电梯，回头挂了卢小娟的电话，把她约到一个茶楼，喝了半宿茶。从那以后，卢小娟很少出现在鲁晋开的饭局，也不再提自己和鲁晋开的关系。

鲁晋开把车开到约定的地方，这工地刚动工不久，很少人来，连摄像头什么的都没有。鲁晋开把钱给了卢小娟，说“给我写张条”。当时卢小娟给鲁晋开钱的时候，鲁晋开推辞，卢小娟就说就当是妹妹借给哥哥的，自己家的事，要分得那么清吗？卢小娟的语气里有点调皮有点撒娇，就这语气打动了鲁晋开。鲁晋开原来有个妹妹，三岁的时候在家门口的小河里淹死了，这让鲁晋开耿耿于怀，也很遗憾。卢小娟第一次叫鲁晋开哥，让鲁晋开的心脏颤动了好久，一股柔情弥漫。

卢小娟看到鲁晋开的神情，不敢多说，立刻把钱放到自己车上，写了一张收到鲁晋开十万元的纸条，关键是日期写的是卢小娟给钱的第二天。鲁晋开看了日期，感慨卢小娟就是会办事。“这件事谁也别说，除非是特殊的人到特殊的场合问你。”卢小娟点点头：“我知道，就是我老公，他也不知道你第二天就把钱退回了。我当时正要买首饰，就没把你退钱的事告诉他。”鲁晋开点了一根烟，说：“你先走吧，我抽根烟。”卢小娟发动车，把头探出来：“哥，没有大事吧。”鲁晋开摇摇手：“我会处理，你先回去。路上小心。”看着卢小娟的车开远，鲁晋开多么希望自己三岁的妹妹不是被淹死，而就是被送给别人收养的卢小娟。

5

“我们还是别当这局长了，你去找找高副市长，我们就当个普通人就好了。”鲁晋开半夜醒来，发现老婆还醒着，鲁晋开的老婆在县进修学校当个普通的教师，是个善良的人，好像不知道发脾气是怎么回事。鲁晋开搂了搂老婆，说：“怎么还不睡觉？”“睡不着，我害怕。”鲁晋开知道老婆害怕什么，他再次搂搂老婆说：“别怕。”“我们还是别当这局长了，我要的不是局长，我要的是老公，孩子要的是爸爸。我看到那些进去的官员，他们留下的残缺的家，我就害怕，很害怕。”鲁晋开搂紧老婆说：“我知道，我知道怎么做。你好好睡觉，别乱想。”鲁晋开这会儿，感觉到心脏撕拉撕拉地疼。老婆是个好女人，平时很少插嘴鲁晋开的事，她觉得奋斗拼搏是男人的事情，自己就是做好家务管好孩子管好家里的事情。平时有谁去家里，老婆倒好茶就去忙自己的事情，但只要鲁晋开不在家，谁去她都不开门，任何一个东西，就是说破天，她也不收。她和鲁晋开说，我们的工资已经够花了。孩子以后就靠他自己，我们能为他做多少就多少，千万别收钱为他攒前途，得不偿失。

老婆睡着了，鲁晋开睡不着。鲁晋开看到老婆忽然动了一下，他知道她肯定是做梦了，还不是美梦。鲁晋开很自责，自己算什么男人？连保护老婆，不让老婆担惊受怕的能力都没有？鲁晋开想起岳母临去世的时候说的话。岳母是个老教师，鲁晋开娶老婆的时候，岳父已经去世，就她们母女俩。岳母临去世的时候，告诉鲁晋开，要他一定要好好疼爱老婆，“她在这个世界上就剩下你和你们儿子两个亲人了，你们两个就是她的天，她生活的全部，你可千万要时刻保持蓝天，不能让她的天变成阴天，更别让她的天塌了。”鲁晋开使劲点头，岳母就是在鲁晋开点头之下离开的。她相信鲁晋开答应了就会去做。鲁晋开对着夜空，好像对岳母说，“其实，我已经让老婆感觉变天了，已经不再是蓝天，所以她担心了，害怕了。”

鲁晋开悄悄起床，到了书房。看着电脑前的全家福，这是儿子五岁那年去海边拍的，夫妻俩靠在一起，儿子一手牵一个，很幸福温馨。当年儿子说“爸爸，你是我们家的船长，你说把船开到哪里，我们就到哪里。”鲁晋开仿佛还听到儿子稚嫩的声音。他点了一根烟，他觉得自己的烟越抽越凶了。上个周末，儿子回家吃饭。儿子读初二，在市一中住校。一周回家一趟。吃饭的时候，儿子没有了以往的笑声，很沉重。扒拉着饭，儿子忽然叹了一口气，说“小敏要转校了”。小敏就是那天被从会场带走的建设局长的孙女。“小敏在班级里压力很大，在学校里的压力都很大，不少人都说她爷爷是贪官，是坏人。以前大家都说她爷爷是好官，连报纸上都刊登小敏的爷爷是我们县建设的功臣，是美丽城镇的推手。现在也是这张报纸，可是说他多坏多坏。老爸，好官坏官是不是像转个万花筒，转一下，什么都不同了。”鲁晋开正想如何回答，儿子又说了：“老爸，小敏前一周回来，她爷爷还是功臣，是好官，她要回学校还送她到门口上车。再回来，她爷爷就是贪官，是坏蛋，就见不到她的爷爷了。我真的很害怕。”儿子很沧桑地叹了一口气。

鲁晋开转动照片，他开了一瓶酒，高度白酒，倒了一杯灌了下去。他记得那周儿子返校的时候，已经走了几步，忽然转回来，跟他拥抱了一下。这好多年没有的动作让鲁晋开震动很大，他知道儿子担心的是什么，儿子好像已经长大，但这样的长大不是鲁晋开希望的。儿子这是担心，他担心自己就像小敏回来见不到爷爷一样，见不到爸爸。鲁晋开继续喝酒，他知道老婆的心思，她要的只是完整的家，只要家完整就是幸福，否则，再风光也是过眼烟云。

鲁晋开明白上次的事其实就让老婆很担心。鲁晋开根据清单一一把事情说清楚，交了上去。信访室林主任说我们会本着对干部负责的态度，实事求是地核实的。鲁晋开知道这句话的潜台词就是不是你说清楚了就是清楚的。鲁晋开上班，感觉就有好多的线从不同的角度射向他，是把他捆起来或者能让线顺利解开，已经不是自己能够决定的，他能做的就是不动声色地上班。老婆感觉到鲁晋开有麻烦，问鲁晋开，鲁晋开拥抱了老婆，说：“工作上的事情，我会处理，你别担心。一些小事情，真的。凭你老公的智商，没什么难题。”鲁晋开说得轻松，他知道老婆仅仅是表面相信而已。老婆善良，但不缺乏智商。

相关部门在悄悄地在寻找证据，鲁晋开知道。相关部门的人员找到了卢小娟的老公，该老板在追问下，谈到多次给鲁晋开送钱，鲁晋开严词拒绝，有三次强行留下，但两笔鲁晋开第二天就顺着公司的账号返回，还发了短信告知。“那意思是还有一笔没有退还？”办案的人员寻找到突破口，有点兴奋。“是的，我也搞不清楚，按道理他五十万、三十万两笔都退了，不该留下那笔十万元的。”“看来鲁晋开是想来个少食多餐，担心一下子拿太多噎着。”办案人员很敬业，为案情能有突破很高兴。“不过，那笔钱是我老婆去送的，不是我送的。而且，从那以后，他再也没有收我的钱。”“再收不收钱，只要有那笔十万，他就涉嫌犯罪了。其他的就不是你关心的了，再说，他会仅仅收你一笔，不会来个广种薄收，多收几家的？”办案人员的兴奋没保持多久，卢小娟来的时候，告诉办案人员，她确实给鲁晋开送了一笔钱，因为当时是以送给他老婆化妆品的名义，和一套化妆品礼盒放在一起，放到鲁晋开汽车的后座。记得那是周末，卢小娟把车开到鲁晋开的单位楼下，上楼去找了鲁晋开，和下班的鲁晋开一起下楼，然后把东西放到车上。当时鲁晋开可能觉得就是一套化妆品，在单位里推来推去不好，就没有太多推辞。鲁晋开下班，没有直接回家，而是到乡下老家看望母亲，在老家住了一个晚上，第二天才返回县城。鲁晋开在回家之后，把化妆品拿回家，才发现化妆品只是幌子，实质的内容是那十万元。鲁晋开当即打电话给卢小娟，发火臭骂，让卢小娟来家里把钱拿回去。后来鲁晋开等不及，自己开车赶到卢小娟小区门口，让卢小娟下楼拿回钱。就在车副驾驶的工作台，卢小娟还给鲁晋开写了一张十万元的收条。因为当时自己正看中几件首饰，包括现在挂的这件玉挂，所以卢小娟没有把鲁晋开退钱的事情及时告诉老公，后来事情一多就忘了。毕竟十万元，对于一个生意红火的建筑公司老板，基本不算钱。

6

几天之后，办案人员找了鲁晋开。鲁晋开的说法和情况说明一样，他还拿出两次循原路退款的收据、告知对方退款的短信截屏和卢小娟开具的收条。情况吻合，办案人员对此事没有其他意见。至于划拨一百万给老家两姓村修路，鲁晋开提供了当时高县长现场办公要求加大对山区道路建设帮扶的指示、上级有关文件要求、县交通局班子会议记录等相关材料，而且，当时高县长现场办公提出要求，交通局长还是刘北，只是最后该指示因为刘北工作变动，变成由鲁晋开执行。无论是刘北或者鲁晋开，只是执行全县工作的部署要求，属于工作范围，至于这地方是鲁晋开和刘北老家，存在的私心也许就是拨款速度更快，甚至有旁敲侧击的作用，即使有瑕疵，那也只能是私下说说，摆不上桌面，更别说当成一项罪名。

鲁晋开就此平安，办案人员在一定范围内通报了查处结果，还了鲁晋开一个清白，指出这是一起不实举报，要求大家不信谣不传谣，要继续支持鲁晋开的工作。有关鲁晋开即将落马的消息就此消除。鲁晋开清楚，其实事情没有那么简单，如果不是高副市长，自己恐怕很难过了这一关。指点迷津之后，高副市长找了相关领导，说要让会干事想干事的人一个空间，要弘扬社会正能量，不能因为一封举报信就把人毁了。这某种程度上，毁的不是一个人，而是一项事业，是一个干事的氛围，是一个地方的发展。高副市长还在当时要求加大对山区道路建设，扶持鲁晋开老家一百万元修路资金的会议记录上签字。

鲁晋开见到高副市长，刚倒上一杯酒，还没说话，高副市长把那杯酒泼了，说：“你小子就当敬敬上天吧。你这回运气好，没有下一次了，如果你再发生类似的混账事，别指望有人捞你，你就自生自灭吧。你奋斗这么久，就值这么十万元？你想为老家做事情，就非得这样做？

是，每个人都爱自己的家乡，可是要清楚用什么方式爱？我那时就说了要加大扶持全县的山区道路建设，刘北不是和你同村的？他为什么不马上拨款？他知道拖，因为他知道自己要当副县长了，就把事情拖到你头上。你倒好，一上任就拨款，你就是拖个几个月，先拨几个其他地方的，你就不会被当成出头鸟挨枪。两姓村姓鲁也姓刘，不仅仅是你鲁晋开一个人的老家。别怨人家卓敏给你挖坑，许多时候，坑是自己给自己挖的，别人仅仅是在旁边看着你往下跳，没有拉你一把，至多也就起哄着看你往下跳。”鲁晋开不敢吭声，低着头听高副市长训话。“如果连点政治智慧也没有，就别在官场上混。不要以为只有高层才需要智慧，每个层面都需要。要不到时候，累了自己苦了亲人朋友，最重要的是苦了家人。”

鲁晋开自己在书房里喝了半瓶白酒，他觉得自己越来越迷茫了。以前一心想往前拱，觉得当上官是自己人生价值的体现。再苦再累，他都没有什么感觉，人生有方向，就不会累。干事、科长、政府办副主任、交通局长，每一次进步，鲁晋开都觉得自己人生道路更为宽广一些，人生价值的分量更重一些，他感觉自己就像在高速公路上飞奔，没有旁枝细节，有一种快感。鲁晋开想起自己回家的时候，鲁氏家族的老大请自己喝酒，就两个人。他有点语重心长地说：“你现在是交通局长，看起来不错，但刘北已经是副县长了。人家老祖宗刘敏是知县，就是退休了到我们村里来，我们老祖宗也得巴结人家，把鲁家村改成两姓村，还得在族谱留下几行字，说是自己自愿的。你就努努力，压过他，不要几百年了，我们还得活在姓刘的阴影下。他们这外来户反倒比我们好。这事不是我一个人的想法，也是我们鲁家的想法，只是这件事外面不能说，也不能每个人和你说，只有我和你说。现在，两姓村还是刘姓风光，我们要会忍。”

鲁晋开这酒就喝得有点沉重。其实，鲁晋开也知道两姓村里两姓之间的暗暗较劲。春节前回家，母亲和刘北的母亲在聊天的时候，情绪就不太对。刘北回老家看望母亲，停留了没多久，就说县里有会议先走了。刘北母亲有点埋怨：“当个副县长就这么忙，连吃个饭的时间都没有，要是当了县长，那不就连回来的时间都没有？”不过谁都听得出来这埋怨里的高兴和炫耀。有人接话说，刘北这孩子当了副县长真是忙，有人说能记得回来看看父母就说明他没有忘本。鲁晋开的母亲正拿着簸箕在冲洗，准备做菜包，听了刘北母亲的话，也开口接腔：“刘北当副县长，是你命好。当年要是被河水冲走，我们两姓村就没有个副县长，你也就不是副县长的母亲了。要说啊，当年我儿子那几声喊，还喊回一个副县长。”这话，随便谁都听出母亲的话中有话。没有人再说这话题，有谁问了“阿婶，今年菜包是包萝卜丝还是豆沙”，话题就转开了，说起了过年的种种准备。

鲁晋开回家的时候，母亲说起这事就有点气。鲁晋开端了一杯茶给母亲，说：“你就别生气了，刘北不是认了你干娘？过年了他不是大包小包来看你？你现在喝的好茶不也是他给的啊？”话说了，母亲的脸色好点，但鲁晋开明白这心里的疙瘩要消除没有那么容易。

鲁晋开觉得自己的进步就不是自己的事，后面有一大帮子的人在看着，拱着。可是现在拱着拱着，一抬头发现方向没了。没有了方向，越拱有时候越远。鲁晋开觉得自己应该重新寻找方向，不能光顾着飞。

鲁晋开喝着酒，发现老婆进来了。老婆抱着鲁晋开的头，说：“老公，我们还是别当这局长了。有我，有儿子，有家，就比什么都强。我们不要光宗耀祖，也不要独占鳌头。我们就过个普通人的生活。”鲁晋开感觉到很累，感觉到老婆的手抚摩着头部很温暖，很舒服。鲁晋开感觉自己这么多年的努力好像白费了，自己不仅要停止冲锋，还要从冲锋的路上折回原点。鲁晋开沙哑着声音说：“我去找高副市长谈谈。”

“嗯，和他好好谈谈。”鲁晋开感觉到老婆的眼泪掉了下来，有点凉。他反手抱住老婆，有点温暖，有点沧桑。

7

“真的不想再往前了？”刘北和鲁晋开在鹅居再次见面。以前刘北和鲁晋开经常在一起喝酒，作为从两姓村走出来的两个官员，而且刘北给鲁晋开的母亲当干儿子，他们经常在一起小喝几杯。鲁晋开成为高县长秘书之后，刘北更是把鲁晋开抓得很紧。“我们都是乡村里走出来的，我们不抱团，没有人会理会我们。”刘北当上副县长，用鲁晋开的话说，不仅仅是祖坟冒青烟，简直就是祖坟冒火了。

“我想停了，转向，去人大或者政协，谋个闲职，赋闲。好好陪陪家人。”鲁晋开干了一杯酒，他似乎看到老婆的泪光。“你才几岁？就想去人大政协，那是你这年纪的人去的？”刘北有点不太高兴，他喜欢有人追在后面，是动力也是参照系。如果没有鲁晋开在身后，他会感觉少了不少乐趣和成就感，在两姓村，就他们两个是同一梯队。“不跑了。我现在感觉不知道自己要怎么跑？我就像跑在高速上，我想停下来不行，挡了别人的路。再说随意停车危险，说不定就被谁撞了，还会被处罚；跑慢了不行，跑快了也不行，可能都是违规；我想超车，有可能是占用应急车道，最后还是违章违规。我还是找最近的出口，下高速，转国道或者省道。我觉得每个人要清楚规则，要明白自己适合在什么路上跑。选择很关键。”鲁晋开拿着杯酒晃来晃去。

鲁晋开去找过高副市长，这高速上跑车就是鲁晋开在高副市长面前提出来的，高副市长给鲁晋开倒了杯茶，说：“人各有志，就像有人喜欢喝酒有人喜欢品茶，感觉自己合适就行。再过几年，我也准备退了。或许，到时候我们可以一起打打纸牌。”鲁晋开有点震惊，本来高副市长很想在换届的时候努力一把，争取成为高常委，如今听他这话，好像也没有什么激情了。“我最近开始练书法，我在位的时候不给别人写字，不参加展览。不时有人找我买字，笑话，我自己的斤两自己清楚，他们买的不是字，是我头上这顶帽子是我手中的权力，这点清醒我还有。我答应你，等我退下来，如果你需要，我可以写副字给你：浓情淡酒寻常人家。”“我想通了，对于我来说，再高的职位也高不到哪里去。对于别人来说，我只是个官员，是天空里的一角，甚至一角还不是。但对于我家来说，我就是天，就是全部。我曾经答应过我的岳母，要善待她的女儿。但我发现，我老婆已经没有安全感，她常常半夜醒来。尽管她没说，但我知道，她担心什么。从来不会烧香拜佛的她，自从我当上交通局长，她就学会烧香拜佛了。她会祈祷，说明她不放心。”高副市长长叹一声，说：“小鲁，你活得比我清醒，也比较有诗意。男人要怎样？就是要让自己的女人安心睡觉。”

鲁晋开把自己和高副市长聊天的感悟说给刘北听了，刘北不说话，倒了三杯酒，自己连续喝了。“那件事我已经安排了，先不炸，按照危桥加固。”刘北举杯，碰了碰鲁晋开的杯子，自己喝下。“但愿老天能给我们时间，等定下来，修改方案，该炸就炸。”鲁晋开没有接刘北的话，他不清楚老天给不给自己时间，答应刘北，他就是把自己放在火炉上烤，是否成烤肉，决定权不在自己手中。鲁晋开把危桥整改方案报上去，据说卓夫在几座桥的名字上面画了一条线，旁边打了个问号，其中有一座就是本县南山大桥。这条线画得鲁晋开心惊肉跳。卓夫已经把鲁晋开做上记号，只要这桥有点问题，卓夫那条线就是利剑，足以让鲁晋开见血。“你一定要往前跑？”鲁晋开点了一根烟。“不跑如何？就像你说的，我现在是跑在高速路上，下一站出口还很远，也没有休息服务区，我只好加大油门，往前飞奔。”“那我祝你如意，心想事成。”“心想是一回事，事成是一回事。有时候，事成已经不是心想的，但更多的人看到的仅仅是事成，没有问心想是什么回事。像这鹅肝，是鹅想长成这样的吗？肯定不是。但因为有人喜欢，就有人想办法，在临上市前，使劲让鹅吃到撑，把肝撑成粉肝。鹅肝好吃，没有人关心鹅的痛苦。”“你现在不是诗人，是哲学家。”鲁晋开帮刘北倒酒“这不像副县长说的话，轻装上阵，飞扬人生。”“不是我喜欢沉重，我就像一个老运动员，已经习惯了各种规则，现在规则变了。我知道这是好规则，可是我忽然有种无所适从，我都不知道自己最后能否适应这个规则，我现在又不能退赛。可能像我这样感觉的人不少，其实包括你，要不你就不会想转向，下高速。”“有人适应，有人退出，有人加入，本是常事。每个人都有自己的选择，主动也好，被动也罢，选择就是选择。”

鲁晋开回到家里的时候，老婆已经睡着。从学校回来的儿子也睡着了。鲁晋开轻轻帮儿子盖上被子，儿子翻个身，又把被子踢开了。“这小子”鲁晋开嘀咕了一句，把被子再次盖上。“爸爸”儿子说了句梦话，鲁晋开不知道儿子梦见什么，只是感觉已经很久没有帮儿子盖被子了。回到自己的房间，老婆睡得很沉。鲁晋开找高副市长回来后，告诉老婆，高副市长支持自己退出来，到某个清闲的单位去。老婆就像一直担心老公身体的运动员家属，突然听到老公同意退出比赛，退出现役，好像明天老公就不是局长，从线外回到线内。以前女人喜欢老公当官，现在反倒希望老公不当官，这变化也真是快。鲁晋开睡不着，干脆回到书房抽烟。如今这观念变了，究竟是对还是错？是完整还是残缺？鲁晋开想不明白，他掐掉烟，想不明白就不要想，反正知道自己要怎样选择就可以了。他想起高副市长答应以后写给自己的字“浓情淡酒寻常人家”，这副字应该挂在书房。

8

“怎么？想打退堂鼓？想弃城而逃？”县委书记找鲁晋开谈话，鲁晋开提出想到人大或者政协，书记很不高兴。如果要求去人大当副主任或者政协副主席，书记感觉还可以理解，可是鲁晋开只是要求平调，甚至可以再低一点，任主任科员。鲁晋开的年纪，绝对可以称得上年富力强。“组织上培养一个成熟的干部容易吗？这年纪就开始想享受想赋闲。

要清闲早干吗去了？那时候压根儿你就别往这条道上挤。压力大，睡眠不好，身体有毛病？你自己听听，这是什么理由。谁工作没有压力？谁整天吃得好睡得香？如果连这个压力都承担不起，那就不是个合格的党员，如果一有点问题就想跑，那就不是一个合格的干部。”鲁晋开不吭声，他知道这时候说什么都是错，自己能说老婆害怕了孩子担心了还是自己胆怯了？这理由什么都说不出口，要不书记问你担心什么害怕什么看自己能怎么回答。书记也知道鲁晋开这理由是借口，他知道鲁晋开真实的想法是什么，但你不说我更不说，我就事论事，批评你端出来的理由。

说了半天，书记也不管鲁晋开的态度，只是说：“回去想想，想通了告诉我新的想法，你想去人大或者政协，不可能。”书记也不让鲁晋开多说，挥挥手让鲁晋开离开。鲁晋开预料得到书记的态度，虽然不是地球离了自己就不转，但这几年自己的业绩有目共睹，人家说交通局长的政绩不用书面总结，只要看看当地的新增通车里程和交通畅通情况就已经足够。鲁晋开给自己的自评分打了个八十分，实际分数应该更高。

鲁晋开回了一趟两姓村，他去了父亲鲁六斤的坟墓。父亲已经死了几十年，但鲁晋开每次有了大事，还是喜欢到父亲的墓前坐坐。母亲除了念叨几句自己和刘北的官大官小之外，她的职责就是家务事。当年鲁六斤被人批斗的时候，母亲除了哭之外，没有其他办法。父亲鲁六斤死后，撑起家庭重担的是大哥。鲁六斤死的时候，鲁晋开八岁。鲁六斤原来当生产队长，有次生产队结账，鲁六斤和几个队干部私自分了一袋大米，鲁六斤是队长，分了六斤。当时粮食紧缺，六斤大米足够让人眼红。事情泄露之后，鲁六斤等人被处理，大米被缴回，还要在全队社员面前检讨，全队社员上台批斗。这揭脸皮的事让鲁六斤从此抬不起头，几年之后郁郁而终。鲁六斤临死前，把鲁晋开和大哥叫到跟前，说：“以后有机会当官，千万别贪别拿，千万别再站到台上检讨被人批斗。”

鲁晋开点了三根烟，整齐地摆放到鲁六斤的墓前。他拿出两个一块的硬币，双手合十握在掌中，把自己的困惑和矛盾和父亲说了，然后双手一扬，把两个硬币在父亲墓前抛起，两个硬币都是国徽向上，“笑杯”。鲁晋开再来两次，后面两次是一上一下，“阳杯”。父亲赞同自己急流勇退。鲁晋开自己都觉得有点不可思议，自己一个交通局长，居然为了自己的进退前来询问已经死去几十年的父亲，而且是用抛硬币的方式。鲁晋开继续点了三根烟，摆放在父亲墓前，自己也点了一根，在父亲的墓前坐下，他念叨了许久，把自己的想法，老婆的担心，儿子的害怕，细细地说了一遍。讲完，鲁晋开感觉自己轻松许多。他看到太阳从对面的山头往下沉，夕阳照射到父亲的墓地，照射到自己的身上。他还是坚定自己就近寻找出口下高速的想法，尽管开始变道就遇到书记的批评，他觉得自己还是应该争取一把。

鲁晋开想还是要去再找找高副市长，让他找个机会和县委书记提一下。鲁晋开觉得应该放个音乐，让安静的车厢里有个声音。这时候，刘北的电话过来了，说卓夫明天要到县里来，去看几个危桥改造项目，其中指定要看南山大桥。鲁晋开觉得此次卓夫前来，好像指向很明显，和卓敏杠上后，表面上卓夫并没有说什么，但好像有卓夫的影子在晃动。危桥改造项目已经全部启动，加固工程全面铺开，卓夫作为全市分管交通的副市长，到各个项目看看，提提要求似乎不过分，但鲁晋开的直觉里，卓夫的到来用意不仅仅如此。

鲁晋开打电话给办公室主任，让他主动和政府办对接，看看具体行程如何安排，自己会马上赶回去。办公室主任很干练，说已经和政府办联系，等行程一确定马上汇报，同时已通知各项目方，明天一定要加大施工力度，场面一定要热闹。鲁晋开表示满意，挂电话之前，他突然想起，交代办公室主任联系气象部门，咨询近期天气情况和今年的汛情汛期。过了一会儿，办公室主任回电话说，气象局答复近期天气晴好，至于汛情汛期，总体稳定，和去年基本持平，汛期可能推迟，但不排除提前的可能。鲁晋开骂了句狗屁不通，明天天气晴转多云，午后有短时大风，局部地区有阵雨，个别地区有大到暴雨，这样的天气预报，把所有的可能都涵盖在里面，总有一个对得上号。他记得刚才在父亲的面前，也做了祈祷，祈祷今年的汛期推迟。他知道这祈祷没有用，一个死去几十年的农民，能对汛期变化有什么决定权？但鲁晋开就是说了，有些东西就是下意识，没有办法解释。自己又不是气象局长，也不分管安全，什么时候自己的进退荣辱和天气扯上关系了？鲁晋开打开音乐，放了歌曲《爱拼才会赢》，听到歌声中“三分天注定，七分靠打拼，爱拼才会赢”，鲁晋开淡然一笑，心里说有时候天注定的三分，足以把七分的打拼打成一地尘埃。他加大油门，赶回县城做好迎接卓夫的准备。

9

卓夫比原定时间推迟半小时抵达，当时卓夫对等待在高速路口的书记、县长解释临出门签个传阅件耽搁了。卓夫是当天活动的最高领导，迟个半小时不算大事，而且他还做了解释，这已经相当不错。鲁晋开是到事后才明白卓夫这半小时也许是有意为之，而不是公事耽搁，不过，这已经没有什么意义。

卓夫和鲁晋开握手，鲁晋开感觉到卓夫的手和他的个子一样，有筋道，有力度，但没有大多的肉感。鲁晋开忽然开了小差，精瘦的卓夫怎么有个圆球一样的侄儿卓敏？但这念头一闪而过，卓夫手握到鲁晋开这里是最后一个，然后就掉头上车去看项目，鲁晋开自我解嘲这真是叨陪末座。

当天卓夫看了多个项目，不过在车上，他要求行程做个调整，因为推迟半小时到达，所以减看两个项目，同时把原来第二个看的南山大桥调到最后一个。到了前往南山大桥前再次调整，取消去看南山大桥这个项目，改为在倒数第二个项目看完后，直接在项目指挥部座谈，然后以市里有急事，匆匆返回，连饭也没吃。卓夫对项目的重要性做了强调，提了要求。他还谈到南山大桥，说这是县城一个重要进出口，一定要认真对待。卓夫问这个项目有没有问题？他先是扫视了会场一下，没有人回答，书记和县长把目光投向鲁晋开，卓夫的目光也定格在鲁晋开身上，继续问“这项目有没有什么问题？”鲁晋开就像被老师点到回答问题的学生，老实回答这项目推进顺利，应该能够适度提前完成。“有没有问题？”卓夫插话。鲁晋开原来想绕开这问题，但卓夫持续追问，鲁晋开只能回答没有问题。鲁晋开没有其他答案，如果说有问题肯定会被卓夫追问为什么选择加固改造而不是炸掉？鲁晋开隐隐有点不安，这不安在前一天接到卓夫要前来调研的时候就模模糊糊，这时候更加清晰一些。卓夫点点头“这些危桥关系民生，我们一定不能掉以轻心，要以专业的目光和技术手段去判断，就像医生一样，要对症下药，切不可误诊。要以对百姓负责的态度把事情做好，宁愿把事情想复杂一些把问题想严重一些。”卓夫的强调让鲁晋开的不安更加清晰，但他已经开弓，没有回头箭了。鲁晋开看到卓夫的秘书唰唰地记着领导的指示，鲁晋开抬头看了刘北一眼，刘北不对他的目光，刘北在卓夫发问的时候就不看任何人，只盯着对面的窗户，似乎那窗户外有美人“螓首蛾眉，巧笑倩兮，美目盼兮”，但神情有点凝重。卓夫做完指示，上车而去。看到他的手在车窗里摇摇，鲁晋开挂在脸上的微笑有点僵硬。

鲁晋开和刘北在鹅居见面。“卓副市长来意不善。”刘北没有拐弯抹角，今天这情形，说如果没有任何问题，那这个人就不用在官场中混了。“我别无选择，你要往前，我已经选择下高速。”“要不，炸掉？”“刘副看来昨晚有喝酒，这桥现在我们炸得了吗？凡事有命，听天由命吧。我已经加派一组技术人员进驻工地，要求施工方趁晴好天气，人停机器不停，日夜加班，但愿老天给我时间。”鲁晋开在私下场合里，一叫刘北为刘副，有点嘲讽有点拉开距离，刘北已经习惯了。刘北拍了拍鲁晋开的肩膀，突然拥抱了一下。鲁晋开故意调侃说："刘副别来这招，让服务员看到，以为我们有特殊爱好。"刘北点了一根烟，说："我忽然羡慕你可以变道了。""刘副伤感了，像你到这个位置，今天这其实不算什么，又不是没遇到过事。柔肠愁绪，好像不太是刘副的风格。""别狗屁一句一个刘副，这是你讲话的风格？今天又不是在公众场合，你这样讲话才不正常。"刘北笑骂道。"对了，这才是你的真面目。你想想，你的老祖宗刘敏，当年在六个县当过知县，原地转圈那么多年，如果他也来个想不开，估计就没有你们这些后代子孙了。你任重道远，要超过刘敏，要不然，人家会说几百年了，也没个超越，真的是一代不如一代。好不容易到了你，看到希望，又只是放个空炮。"

"好吧，遇事说事吧。喝酒，喝酒，现在也只有跟你会放心喝几杯酒了。""别戴高帽，只是因为以前是公款喝酒，现在没得喝不习惯，只要你自掏腰包，不因为喝酒误事闹事，没那么严重。其实，到了我们这一批，过渡期，最有感受，因为之前吃过喝过风光过，只要一上去，出门有公车，吃饭有公款，材料有秘书，提包有人拎，现在这不行那限制，所以不习惯。等我们这一批退下来，后面一茬上来，他们会适应习惯新规则。他们已经习惯，公车不能私用，不能公款吃喝，他们没享受过这些特权，所以不会有失落感，不会有心理落差。说到头，还是自己迈不过这道坎，才会这不习惯那不适应。记得小时候听过故事，铁拐李过桥，第一次过桥，一直称赞桥建得好。回来的时候，还是那座桥，因为方向反了，铁拐李破口大骂，其实，桥还是那桥，好不好走就因为习惯，因为自己是不是瘸子。"刘北举杯"喝酒，我发现你越来越能说了，我看你还是适合去当个教授什么的，口若悬河。有首歌，里面有几句歌词：这些道理我懂，可要真正面对，叫我如何放得下。我们都需要适应。"

鲁晋开一上班，就往北水湾大桥和南山大桥等施工现场跑。北水湾大桥的项目经理已经被鲁晋开骂怕了。鲁晋开除了正常的上班时间，就是周末，甚至是早晨或者晚上，也不时跑到工地，检查钢筋，检查水泥，检查泥沙配比等。他和项目经理说："这座桥以后就是我鲁晋开的碑，你别跟我耍太极。确保质量，这是我唯一的要求，给我按照科学施工的要求推进，千万别给我搞个豆腐渣出来，几部车一走，居然桥就断了，那不是荒唐，简直就是卑鄙。"在南山大桥，鲁晋开是另外一副脸孔，他的要求就是要抢时间抓进度，在汛期来临之前做好必要的加固防护措施。

鲁晋开没有去找书记汇报新的想法，书记也没提，好像事情已经过去了，只有鲁晋开知道，这事情还在那，不可能就此绕过。鲁晋开干脆就不去碰它，他要让繁忙把时间填充，有些事情不容易想明白，或者想太多了也没用，那就干脆不想。

10

半夜的巨雷把鲁晋开惊醒了，大雨倾盆。坏了。鲁晋开有个预感，他起床站在窗前，看到雨唰唰地往下插，下水管发出咕咚咕咚的声响，好像喝急的人，有点喘不过气。"晋开，怎么样？"刘北的电话打了过来，看来他也醒了，再也无眠。"不知道，这时候就是烧香也来不及了，只好听天由命。"

雨一点也没有减弱，整整下了三个小时。天还没放亮，鲁晋开打电话叫来车，想到南山大桥看看。老婆有点担心，说这雨。鲁晋开拍了拍她的脸，说："没事。你睡不着也在被窝里待着，不要着凉。"鲁晋开知道这时候让老婆睡觉那是不可能的，就退而求其次。他拉开门走出去，忽然有种悲壮的感觉，感觉不是自己去看看工地，而是去承担什么。车刚走了一公里多，工地那边来电话，南山大桥垮了。果然来了，鲁晋开给刘北打电话，刘北已经往工地上赶。鲁晋开到了现场，刘北也随后赶到，南山大桥已经断成两截，中间桥段被大水冲跑，断裂的茬口龇牙咧嘴。鲁晋开倒吸一口气，幸亏自己每天关注天气变化，看到有可能暴雨，在三天前就实行交通管制，在当地电视台广为宣传，杜绝车辆行人行走，而且施工车辆每天都要求上岸，不得停留在河道里。所以尽管桥断了，但没有造成人员伤亡，也没有其他重大财产损失。

鲁晋开要求办公室人员按照信息报送渠道上报灾情。十分钟后，卓夫的秘书打来电话，说卓副市长很生气，要求上报相关情况，如实汇报人员、财产损失，说明为什么没有及时消除隐患，仅仅是加固而不是拆除。鲁晋开在心里说："还是忍不住了。"他让办公室主任直接和该秘书回话，说相关情况说明正在起草，将很快按照程序报告相关部门和领导，万幸的是，本次垮桥事件没有造成人员和重大财产损失。

天亮之后，卓夫副市长赶到现场，书记、县长和刘北副县长悉数陪同，鲁晋开再次叨陪末座。卓夫副市长听了汇报，没有理会鲁晋开，只是提出几点要求：一要迅速开展相关善后事宜，避免发生次生灾害；二是加强警示标志，切实杜绝车辆行人靠近；三是及时开展排查研究，避免类似事件发生；四是深刻总结经验教训，追究相关人员责任。卓夫副市长讲完，匆匆上车，车子发动的时候，他摇下车窗"我记得这桥建成没几年，为什么水一冲就垮，这个问题要认真分析。"看着他的车远去，他最后一句话让鲁晋开心惊肉跳，这桥是刘北当交通局长建的，真查下去，问题严重。

"没死人就是万幸，幸亏鲁局长做出交通管制的决定，否则掉几辆车死几个人，我们在座的谁都逃不掉责任。但不能有侥幸心理，把此事当幸运，上天不会老是如此善良。当初为什么不把这座桥拆掉？"书记的目光扫过，在刘北副县长的身上稍微顿了一下。"这件事是我签字上报的，我承担责任。"鲁晋开没等书记再说话，主动发言。"尽管没有死人，但桥断了。想想都后怕，这件事还是要快刀斩乱麻，县委要有个态度，快速处理，不能给记者留下炒作的空间和理由。""既然没死人，这桥又是大水冲垮的，天降暴雨，是自然灾害事故，天灾，你让我处理谁？

处理老天爷，说它不该下雨？我可没有通天的本领。”鲁晋开还想说什么，看看书记就闭嘴了。书记把鲁晋开的神情看在眼里，没让鲁晋开再说，往前走，经过鲁晋开身边的时候，嘀咕了一句：“强行变道。”这句话鲁晋开听得懂，看着书记走过去，他没有再说话。

书记刚要上车的时候，忽然工地负责人追上来，神色紧张“不好了，桥下游发现一具尸体。”“怎么回事？不是说没死人？”书记停下脚步“这个人我认识，是个流浪汉，平时就住在桥洞。最近我天天晚上赶他走，可是他绕了一圈又回来。昨晚我还轰了他两次，可能他什么时候又回去了。”“他妈的。”书记爆了一句粗口。死人了，就不好办，尽管死的是流浪汉。“先让殡仪馆把尸体拉走。先别嚷嚷。”殡仪馆倒是很快就来把尸体拉走了，别嚷嚷却不可能，不长的时间，南山大桥垮倒，死了一个住在桥洞的流浪汉的消息就传疯了。卓夫副市长没有声音传递过来，不过鲁晋开明白，有双眼睛盯着呢。

当天下午，县委宣传部就南山大桥被洪水冲垮做出官方通报，死了一个人也没有回避，如实通报。通报最后一段是“经研究，县委同意县交通局长鲁晋开引咎辞职，按照主任科员待遇另行安排工作”。

鲁晋开和刘北在鹅居吃饭。“一定要这样吗？”刘北倒酒。“这是我的选择，选择了就不会后悔。总要人承担责任，我们可不能让百姓笑话我们是软蛋，不敢承担责任。”“没有先例，你何苦。”刘北摇头叹息。“没有先例我就不能当个先例？有事了，需要有个人站出来。不要等有人推了，才出来。主动和被动，还是有区别。再说，既然我感觉自己有离开高速的理由，我就变道下高速。”鲁晋开点燃一根烟，看烟雾袅袅。“可你这也太狠了，至少你选择个比较清闲的单位，可是你现在。就像你说的，选择离开高速，也得走个国道、省道，如今你一下子到县道了。”“记得我们老家的桥吗？既然大桥能走人，小桥也能走人，为什么要后悔？”刘北倒了三杯酒，敬鲁晋开“我知道是我连累了你。”“刘副，这样说不好，所有的选择都是自己的选择，所有的承担也是自己的选择。”

刘北不再说话，连续干了三杯，拍了拍鲁晋开的肩膀。鲁晋开倒满三杯，也连续干了。这时候，鲁晋开的手机响了，屏幕上出现的是老婆的笑脸。

危机平息

1

吴高仁接到县委常委、宣传部长林凯的电话时，正在看电视。手机铃声响起的时候，吴高仁漫不经心地“喂”一声，话筒里就传来林凯有点急促的声音：吴主任，我是宣传部的林凯。吴高仁把自己放倒在沙发上的身体挺了一下，但吴高仁并没有站起来，这姿势体现了吴高仁的心态是有所尊重但又不诚惶诚恐。吴高仁接到县领导的电话已经是很稀少的风景了，吴高仁的“主任”全称是西水县政协文史委员会主任，这个职务属于靠边赋闲的位置，闲暇的时候研究研究西水县的历史，在故纸堆里发现一些历史的蛛丝马迹。吴高仁24岁时就是正科级干部，当时成为西水县政界的一颗明星，关键是这颗明星闪烁到40岁，依然是正科级，亮度早就不再，甚至是暗淡无光。吴高仁在感慨几句“命里八升，莫求一斗”之后，主动找县委王书记汇报思想，要求到政协发挥余热。在政协文史委员会主任的位置上，吴高仁无欲无求，习惯了闲云野鹤的日子，今天突然接到县委常委的电话，让他有点适应不了。

吴主任，想请你到宾馆来一趟，有急事。林凯不拖泥带水。什么事这么急啊？吴高仁却不急，他早已经过了领导一个电话就兴奋得拔腿就走的年龄了，再说我吴高仁又不归你宣传部长管。哦，对，是这样的，东岭新村被媒体曝光了，题目很惊心动魄：《西水县为树典型举债建新村》，在这节骨眼上，这报道估计反响小不了，县里要有应对的准备，县委王书记亲自点将，请你参加应急小组。吴高仁一听，说是王书记点将，八成就是“戴高帽”，肯定是林凯的主意。吴高仁先后当过宣传部新闻科长、外宣科长、副部长，前几年参与处理过山火致人死亡事件的危机公关处理。虽然其时宣传部长不是林凯，但林凯是本县人，当时任交通局长，很清楚吴高仁的能力。平时不是人才，要用了才是人才，吴高仁不大情愿，言辞中就有了推托的意思：这件事您和我们主席说了吗？言下之意如果领导不同意他就不好意思出面。主席那边我会和他打招呼，你现在先过来，我说不动还有王书记。林凯有点急，说话就比较冲，吴高仁却假装听不懂，说那我吃完饭就过去，总得让我把碗里的饭吃完吧。林凯的电话刚挂断，王书记的电话就过来了，书记的话简明扼要，你马上到宾馆，我也在路上，快到了。吴高仁这时候相信，让自己参加应急小组确实是王书记的意思。林凯刚挂断电话，不可能马上和王书记说自己有推托的言辞。看来领导确实急了，这篇报道很可能让西水县一夜之间闻名于世，虽然称不上遗臭万年，但也绝对不是流芳千古。吴高仁起身穿鞋子，适当的推托是矜持，如果坚持推托就是不知道进退，甚至是不识好歹。他穿完鞋子的时候，林凯的电话过来了，说已经和王书记汇报完毕，书记说已经亲自和你通过电话，主席那边他会打招呼，请吴高仁同志尽快到位。吴高仁听出林凯言语中有酸酸的味道，但他依然不理会。

吴高仁到宾馆的时候，发现除了林凯之外，还有县委办主任高崇明、政府办主任薛志林以及两办综合、信息与县委宣传部新闻、外宣、网络等科室的科长、副科长，东岭镇书记刘大文、镇长何金凯、宣传委员林明金也都在场，宾馆一号接待室很是热闹。林凯见吴高仁到了，说终于等到“高人”了，吴高仁说自己接到应召电话时立刻出发，现在一口饭还在食管到胃里的路上，违背健康专家细嚼慢咽的养生要求。林凯没有心思和吴高仁探讨养生之道，抬腕看手表。吴高仁知道林凯是在等王书记的到来，发表重要指示的人物还没到场，即使时间过了也不算迟到。吴高仁把县委宣传部新闻科长郭志强拉到旁边，了解详细情况。郭志强是吴高仁的老部下，他三言两语就把事情说个大概：上周末有个记者到东岭新村采访，称要积极推广东岭建新村的工作经验，呼应即将出台的建设社会主义新农村的文件。东岭村几个村民接受了采访，东岭镇的宣传委员林明金也在电话中说了几句，大家以为又要出经验，要在已经众所周知的东岭新村上贴金，谁知道报道出来成为《西水县为树典型举债建新村》，和大家的预测南辕北辙。报道一出来，全国各大网站全部转载，数十分钟之内全部在头条位置出现，加粗的标题呼啸而来，击中眼球。

吴高仁只看了一眼神情委顿的宣传委员林明金，后者马上凑到跟前，说我并不是说政府有强调要求老百姓集体向银行贷款，我是说针对老百姓有贷款需求，政府出于服务百姓的出发点，做了一些协调工作。林明金还想解释，刘大文喝止了他：已经说多少遍了，现在说什么也晚了。林明金嘴巴张了张，不再说什么。王书记和李县长就在这个时候走进会议室，他们刚开完会出来，一路上接了无数的电话，走进会议室的时候，王书记还在对着话筒说话，听他客气的口吻，就知道对方肯定是级别比他高的人。挂断电话，王书记环视了众人一周，说事情大家已经知道了，大家说说怎么办，如何应对此次宣传报道危机？林明金没等大家开口，先说了，书记、县长，其实我不是那样说的，我是这样说的。好了，别说了。书记很不耐烦，林明金的神情马上又委顿下去，这辈子他完了，吴高仁有点可怜地看看林明金，他走不出这阴影了。

2

王书记坐下来，听林凯的汇报。在林凯的汇报中，吴高仁才真正清楚事情的来龙去脉。前往东岭镇采访的记者属于一家知名网站，当时正是周末，该记者前来的时候已经是下午三点，这个时段来客多少有点讨人嫌，并且东岭新村出名之后，前来采访的记者不断，镇里对采访习以为常，没有引起足够的重视。书记、镇长刚好都在县城，他们都以到县里开会脱不开身为由，没有赶回乡镇接待和陪同该记者采访。该名记者就联系了镇党委宣传委员，表达了采访意图。按道理记者前来采访，镇党委书记、镇长没有出场已经不妥，宣传委员去陪同采访属于勉为其难，有降低接待标准的感觉。问题是当时宣传委员已经在从镇里回县城的路上，虽然刚刚出发没有几公里，可当天晚上该宣传委员的老婆过生日，宣传委员是个爱妻模范，已经答应在酒店为老婆大人庆祝生日，包间、蛋糕和玫瑰花都已经事先预订。宣传委员就回应记者自己出差，让宣传干事陪同记者前往采访。记者属于名网站的，没想到到了东岭镇，接待标准一泻千里，居然就落下一个宣传干事陪同，心情大为不爽，在采访过程中就变了方向。该记者到东岭新村，让宣传干事到群众家里喝茶，自己到处转悠。宣传干事落得清闲，就在熟悉的群众家里泡茶聊天，在回镇里的路上，还顺着记者的思路叽里呱啦地说了许多，把记者采访当成朋友往来般地推心置腹，包括宣传委员在记者到来之时刚刚离开镇政府，赶回县城给老婆过生日的事情也竹筒倒豆子，讲得干脆明白。

记者还没到镇里，就从宣传干事手中要到镇党委书记刘大文、镇长何金凯的手机号码，先后给两位镇领导打电话。两个人都没有接，记者看到两位领导都没接，走南闯北的他知道大概是怎么回事，却不说破，说自己手机快没电，让宣传干事用自己的手机挂通宣传委员的手机，把宣传委员堵住了，聊了几句。那时候，宣传委员的老婆刚要吹蜡烛，宣传委员匆匆挂断电话，挂电话前让记者把手机给宣传干事，交代宣传干事随便请记者吃个便饭，然后礼送出境。宣传委员忙中出错，居然用普通话说事，而且电话还在该记者手中，并没有安全移交给宣传干事，他的敷衍之词让记者更为怒火中烧。不过该记者并没有流露出什么，婉言谢绝了宣传干事的留饭，礼貌地挥手告别。回到市里某宾馆，记者就连夜写稿，把稿件传回单位，把西水县的天捅了一个大窟窿。

吴高仁看了新闻科长郭志强从网上下载的稿件，不得不叹服该记者角度的巧妙。这么一篇报道出来，肯定引起高度关注，写一篇稿件的影响力比写一大堆稿件要大得多。但对于一个地方来说，这一棍子说不定就引来灭顶之灾。吴高仁知道，等上面文件出台后，这篇稿件肯定会成为各地各级的关键词，成为前车之鉴。

王书记和李县长的脸都阴得拧出水来。尽管建东岭新村的时候他们都还不是西水县的父母官，但现在他们是。这一篇稿件，稍有不慎就让他们成为牺牲品，出现“前牛吃麦，后牛认罪”，别人风光，自己倒霉。

小吴，你说说，要怎么应对？王书记开始点将。吴高仁知道这时候自己已经没有退路，肯定要先开口说话，否则就是临阵退缩。还要说出个一二三四，不能敷衍了事，毕竟书记点来的，如果没有一点干货，岂不是让书记没了面子，自己也被看扁了。书记点了名，那我说说我不成熟的看法，最后以书记、县长、部长等领导的决策为主。吴高仁先说了一通正确的废话，然后接着道这篇稿件一出来，西水县就被推上风口浪尖了，接下来我们要应对蜂拥而至的跟踪报道的媒体，但目前我们不知道有哪些媒体来，所以我们肯定要成立个宣传报道危机公关工作小组，同时要采取几条措施：一是要组织一篇新闻通稿，统一新闻口径，这件事建议由两办承担，东岭镇配合；二是要抚慰情绪，要让村民别再乱说，不私自接受采访，这件事可能要以东岭镇为主，信访局配合；三是要密切关注，跟踪网上舆情动态，发现外来记者马上报告，跟进沟通，以宣传部新闻、外宣、网络等科室为主；四是要把历年来上级领导前来东岭新村视察的音频、文字、视频、照片整理一份，同时梳理一份在外的西水籍新闻记者名单，备用，由宣传部新闻科牵头，广电局、报道组负责。我就先提这几个建议，不当之处请各位领导批评指正。其他领导也先后发表了看法，总体就是围绕吴高仁的建议做一些阐述、补充。王书记最后定调：就按照大家的建议，成立一个应急工作组，林部长当组长、县委办主任高崇明、政府办主任薛志林和吴高仁主任当副组长，高崇明为主负责文字材料的综合，薛志林同志负责后勤保障，吴高仁同志辛苦一下，挂常务副组长，具体负责这件事的处理，需要我和县长的地方再说，当然我和县长都会关注、支持，但还是由你们具体出面协调处理，务必要处理好，把负面影响降低到最低限度。李县长表态，要钱要物全力支持。那些科长、副科长们就分头准备，书记和县长先行离开，剩下林凯、高崇明、薛志林和吴高仁在宾馆等待，他们都清楚这不单单是等待材料，预感还会有什么事，只是没有人说出来，关键时刻，言多必失，还是关紧自己的嘴巴为是。

3

因为书记和县长先行离开，沉闷凝重的氛围稍微缓解一些。吴高仁点着林凯散发的一根烟，长长地呼出一口气。林凯在递烟的时候，赞叹了一句，高仁是高人啊，到底经验丰富，考虑问题就是周密。吴高仁自我解嘲说，我父母也是指望我成为高人，关键他们取名字的时候没有想到自己的姓，连起来就成为“无高人”，和自己的期望背道而驰，我就注定平凡一生碌碌而为，不过我还只是小伤，不是说有人取名“寿生”吗？父母期望孩子长命百岁，不过该孩子姓秦，合起来的秦寿生谐音就是“禽兽生”，自己把自己骂到骨髓。接待室难得有了笑声，不过这笑声适可而止，否则被领导听到，自是不合适的。

半个多小时之后，王书记、李县长重返宾馆接待室，他们重返不是来关心加班的同志是否吃了夜宵之类，此小问题大家会自行解决。他们是因有神秘人物的到来，神秘人物其实并不真的神秘，是市委常委、宣传部秦部长，他是因为该篇报道匆匆而来。一个县出现一篇行业内说的负面报道，尽管和市委宣传部因都是宣传部门而“沾亲带故”，但好像打个电话，签签批示也就可以，尽可不必星夜赶来。秦部长的到来是因为这篇报道确实太敏感，适逢上面文件出台前夕是一个原因，另外一个原因不能摆上台面，那就是省里正要增补一个副省长，竞争激烈，最有希望的是两个省直单位的厅长，一个是牛厅长，另一个是朱厅长。牛厅长曾经在西水县担任县委书记，东岭新村的典型就是在他的任上冉冉升起。这样的时刻捅出这样的新闻，新闻背后是否有其他因素就令人琢磨。吴高仁刚刚听林凯说这事情的时候，心里就咯噔一下，由此及彼地有丝丝联想，如今看到秦部长连夜赶到，这份联想就更加清晰，不过他知道这问题什么时候都不能说，能说的就是第一个理由。

秦部长发布了几点指示，和吴高仁说的差不多，无非多了一些要高度重视，认真对待，措施有力，成效明显、低调沉稳之类概括性的语言。他还带来了市电视台柯台长、市委宣传部新闻科丁铭科长，还有报社一名姓孙的女记者。吴高仁对孙姓女记者印象不佳，该女记者一到就话特别多，好像高屋建瓴地充分指导，音贝很高，内容很飘，笑声刺耳，即使秦部长在指示的时候也不时插嘴，好像经验丰富学识渊博。秦部长皱皱眉头，但也没说什么。秦部长发表完重要指示，就要赶回市里，他不住下来除了公务繁忙外可能还有点避嫌的意思，这报道不知道会把事情引到什么方向，要介入但又不宜太过公开明显。他留下柯台长和丁科长帮忙协调处理此突发事件，同时征求县里意见，是否把孙记者也留下帮忙，孙记者高调回应，我是很忙啦，不过只要需要我可以留下来，帮着看看稿件，毕竟我写的稿件很多，不少还得到领导的批示，人头也熟悉。听到她母鸡下蛋一般，什么时候都不忘咯咯叫显摆一下自己，吴高仁就不爽，没等领导回答，他就故作调侃地说：此类熬夜辛苦，冲锋陷阵的事情就让我们男同志上阵，还是要充分体现尊重女性，如果因为熬夜导致黑眼圈等有损孙记者美丽容颜，那我们就责任重大。话题就此岔开，秦部长也没有坚持，他们上车而去，林凯私下问吴高仁为何不让孙记者留下，不是多个人多份力量吗？吴高仁对着夜空说了句：战争让女人走开，就不再解释，把那句成事不足败事有余的话吞咽下去。

东岭新村距东岭镇 10 公里，在连绵起伏的山岭上，该村是自然村，人口不多，只有 238 人，52 户，清一色姓陈，村里地广人稀，人均有 20 亩左右的山地，1 亩田地，大面积种植柑橘等水果，虽然比较偏远，但收入不错，人均水平远远高于镇区水平。20 世纪 90 年代，该村青壮劳力倾巢而出，到全国各地开设家具店、面包店，又赚得盆满钵满。有了钱就想盖房子，刚好当时上级正提倡农村盖房要有规划，避免杂乱无章地乱盖。镇里就请了县设计院，统一规划设计、统一样式标准，52 户三层小楼盖起来之后，坐落在山岭之上，房前屋后是绿色的柑橘树，到了收获季节，红彤彤的柑橘闪烁枝头，给人以乡村别墅群的美感。东岭新村建成之后，各级媒体报道，各地前来参观学习，各级领导前来视察，一下子就成为新村建设典型，捧回了一块块奖牌，给东岭镇、西水县贴了许多金。

两办的笔杆子很快整出一份新闻通稿《关于东岭新村建设情况的说明》，重点对“举债”做了回应说明：当时在村民的强烈要求下，东岭镇党委、政府本着急群众所急、想群众所想的出发点，把帮助群众解决建房资金问题作为服务村民的实实在在举措，遵循群众的需求和自愿的原则，协助和农村信用社沟通，为群众解决了贷款难的问题。每户贷款 5000 元到 25000 元，都在可承受范围之内。

吴高仁等几个领导对文稿字斟句酌做了修改，交给两办打印数十份备用。对宣传部提供的西水县在外记者名单也审阅多遍，要求关于上级领导视察东岭新村的各种资料收集要连夜进行，明天上班一定要准备完毕，复制50份备用。看看暂时没有其他活儿，吴高仁请示林凯，该加班的同志加班，其他同志回家休息，养精蓄锐，应对可能出现的问题。

吴高仁回到家里，老婆已经睡了一觉，看吴高仁回来，问他怎么出去那么久。吴高仁说被抓差当消防队员，准备灭火。

4

吴高仁上床之后却没有一点睡意，思维异常活跃。这篇报道可谓是捅到痛处，该记者眼光毒辣，现在无论如何也阻挡不了大家的议论了，只能尽量压住不要继续跟风炒作，否则很难说事情会朝哪个方向发展。吴高仁在脑海中先谋划后面几天如何应对可能出现的记者大军。

吴高仁在大学时就是学生会主席，毕业后从办事员干起，科员、副科长、科长、副科级干部、正科级干部，一步一个脚印，但是在县里头，正科到副处是一个大坎，吴高仁原来也没有什么太多的奢望，只是想到交通局、教育局、国土资源局等一等科局占个位置，但这些位置炙手可热，岂是想去就去得了的。三年前，一场山火烧出了吴高仁的希望，但在山火熄灭之后，他的希望也随之熄灭。三年前，西水县某乡镇发生了一场大火，当场烧死两个人，重伤一个。其时正是换届前夕，只差一个星期就研究人事变动，那场大火让不少人措手不及，包括前县长在内。灾难事故是行政首长负责制，县长原来很有可能升任县委书记，但这场火不仅没有了希望，弄不好还会被追究责任，丢官去职。吴高仁当时在正科级县委宣传部副部长的位置上，参与处理善后事宜。吴高仁使出浑身解数，应对新闻媒体，让新闻媒体没有跟风炒作。更为关键的是处理那个重伤者，事故造成两个人死亡是重大事故，死亡三个人是重特大事故。吴高仁陪同县长第一时间赶到县医院，抚慰伤者家属，并让县医院全力救人，医药费全部由政府支付，死者按照最高额度赔偿，避免死者家属上访。两名死者的家属很快接受县赔偿方案，第二天就把死者尸体火化，没有引发波澜。伤者在县医院ICU病房救护，医院院长亲自挂帅，指定一名医生两名护士全权负责，其他任何人不能接近，家属也只能每天两次隔着玻璃张望一下。其他时间家属由政府出钱，在医院对面包了几个房间，提供食宿。吴高仁对医院院长下了死命令，一定要保证伤者维持生命体征，拖，你也要拖到下周。

因为另一个只是重伤，没有当场死亡，事故认定死亡两人，一周后，县长平调到市体育局当局长，属于不幸中的万幸。伤者在前县长现体育局长上任第二天死亡，不在责任追究期限。至于后面有小道消息，相关当事人都绝口不回应，流传几天后就烟消云散。吴高仁知道，最后一个死者的赔偿费用在表面和前两个死者同样数目的情况下，私下另给5万，这项措施加快了小道消息消散，最后不留痕迹，作用类似于化学反应中的催化剂高锰酸钾。

事故妥善处理之后，吴高仁却没有意料之中的提拔，前县长没有当成书记，现任书记是从市直部门下放，县长也是从县委副书记提拔，吴高仁已经没有遮阴的大树，况且县委副书记和当时的县长不和，吴高仁极力为前县长开脱责任，现任县长难免会有些微词，到了他说了算的时候，吴高仁自然不会顺心顺意，吴高仁只好面对现实无语。吴高仁心灰意懒，继续当了一年副部长之后，主动要求去政协研究文史资料，为西水县的文化脉络寻根。吴高仁自嘲别人以为他是深谙官场江湖的水性，自己也曾误认自己是游泳好手，最终才发现自己其实充其量会两下狗刨式，就自愿上岸晒太阳，避免被水淹死。

吴高仁回顾自己的仕途之路，难免感慨良多，多翻了几次身。老婆不知道吴高仁的想法，睡眼蒙眬之中问吴高仁哪条筋搭错了，是不是地瓜藤搭上广播线。吴高仁和老婆推心置腹，说人其实很难做到心静如水，我那几年的平静其实是没有希望的无奈。原本以为这辈子就这样了，谁知道这时候王书记会给我扔几个小石头，让我平静的心再起波澜，至少已经泛起几道涟漪。你说，这是不是书记在考验我，想重新用我的征兆，毕竟我才 40 岁啊。我看你啊，真的是贼心不死。老婆翻了个身，嘟囔一句，不和吴高仁探讨其中的征兆暗示，自顾自地睡去。吴高仁摇了摇头，说“知夫莫若妻”有时候纯属屁话，燕雀安知鸿鹄之志才是真的。女人不知道男人的成功许多时候需要架子撑着，他有种找不到对手的落寞，干脆起床到书房打开电脑，看各个网站有关《西水县为树典型举债建新村》的跟帖，最多的已经跟了 3000 多条了，骂声居多。现在有一些网民，跟帖已经不按照道理，见到和政府有关的就乱骂一气，没做事说不作为，做事了就说乱作为，反正谁也不认识谁。吴高仁看了许久，直到天快亮了，才和衣在书房的床上睡了一会儿。不到 8 点，就出门去宾馆。临出门时，他多带了一片手机电池，关键时刻，通信必须保证畅通。

5

吴高仁到宾馆没多久，就接到郭志强的报告，已经有好多家媒体的记者赶到西水县，还有不少记者正在往西水县赶。吴高仁知道这些记者大多是周边的记者，相对比较容易对付，难的是正在路上那些，这些媒体新闻一出来，说不定上面领导看到了，一批示，事情就有可能变得天翻地覆。来者都是客，吴高仁让郭志强把记者全部往宾馆会议室让，吩咐上茶上点心。会议室很热闹，记者们相互打招呼，交换意见，也有的避开问题不谈，闲聊一些无关痛痒的事情，比如天气变化等。吴高仁让宾馆餐厅开了两个包厢，让郭志强把记者按照西水县籍和非西水县籍分开安排就餐。在非西水县籍这个包厢，吴高仁要求外宣科以最快速度搬来一台 DVD，并且和电视机连接好。

吃饭前，吴高仁告诉陪同的高崇明、薛志林，尽管耐心做好观众，一切由他当导演和男一号，大家只要注意慎重发言，这些记者可能有暗拍或者录音设备，如果不慎，可能成为跟踪报道的靶子，这些潜在的危险就让我去面对，你们都是领导，前途无量，我吴高仁不能陷你们于不义，不像我已经是夕阳西下，吴高仁有种冲锋陷阵的豪气。吴高仁先到西水县籍这个包厢，他倒了三杯白酒，在面前一字排开。举杯的时候，他先说话：我敬大家三杯，你们随意。喝下这三杯之前，我有三层意思和大家互相探讨、互相学习。大家都是西水县人，第一层意思是欢迎大家回到家乡；第二层意思是子不嫌母丑，狗不嫌家贫。家乡有不尽如人意的地方，请大家包涵，能说好话的尽量说好话，不能说好话的保持沉默；第三层意思是因为这几天西水县客人会比较多，吃完饭如果想回家看看就回家看看，如果不回家就先回自己工作的地方，招待能力有限请大家理解。下次回西水，想吃饭了尽管找我安排。谢谢大家。说完，吴高仁把三杯白酒干了。记者们相互看看，大多数表示吃完饭就返回。有几个不表态，或者表示不以为然的，吴高仁把他们分开请到隔壁一个空的包厢，逐一单独交流。吴高仁交流的时候简明扼要，一番交流之后，吴高仁把这摊记者交给高崇明，说声失陪，就到另外一间包厢。

吴高仁一进包厢，就连声道歉，说宾馆服务能力比较差，到现在还没上菜，只好让宣传部的给大家一点资料，大家聊以消磨时光。我去厨房看了一下，上菜还要等几分钟，既然菜还没上来，文字资料和图片大家看了，还有点视频资料也请大家观赏，权当消遣。外宣科长马上放映东岭新村建成以来，各级领导参观视察的视频资料，当然这些资料已经做了剪辑，按照一定顺序排列。几年来，东岭新村迎来不少重量级人物，好几个现在几乎天天晚上在本省新闻联播出现，到处开会、视察、发表重要讲话，发布重要指示，他们到东岭新村视察的时候，无一不是充分肯定，要求推广该村建设经验。看完视频资料，菜刚好上来，吴高仁劝菜倒酒，忙得不亦乐乎，只字不提东岭新村报道的事情。市委宣传部新闻科长丁铭进来敬了一圈酒，说刚好来西水县调研，看到这么多记者前来，肯定要过来喝几杯。丁铭出去没多久，在座许多记者都陆续接到电话，回话基本上就是“是、是，吃完饭我马上赶回去”。午餐吃完，两个包厢的记者全部告别，吴高仁和宣传部几个科长一一握别。大家热情握手，互道珍重，气氛热烈。

回到接待室，吴高仁和柯台长、丁铭科长坐下喝茶，他们知道这仅仅是开始，本地及周边的记者都好说，比较麻烦的是那些正在路上的记者，他们级别高，很容易就居高临下。吴高仁要宣传部新闻科、外宣科两个科长，逐一告知县城的所有酒店、宾馆，所有入住的旅客全部要登记，发现是记者或者携带摄像机、照相机的人员马上报告。那天下午，两个科长穿梭在县城的酒店宾馆，每到一个点，都按照吴高仁的意思复述一遍，口气严肃，遇到个把不以为然的大堂经理，两个人就不仅仅是严肃，而是严厉，让那些大堂经理顿时不敢掉以轻心，满口答应全力配合。

6

在宣传部两个科长穿梭于县城宾馆酒店的时候，吴高仁驱车前往东岭新村。到了东岭镇，吴高仁叫上宣传委员林明金。车子刚在东岭新村休闲广场停下，东岭新村村民小组长陈大顺就迎上来。陈大顺吴高仁很熟悉，当年东岭新村声名鹊起的时候，还是宣传部新闻科长的吴高仁经常和他打交道。东岭新村属于老典型，声名在外已经是十几年前，当时宣传部组织邀请一批批记者，把东岭新村从不为人知的山旮旯推上各级媒体，推上大众面前，推上各级领奖台和典型经验发言台。光环造就之后，东岭新村就挂在西水县熠熠生辉。吴高仁看到 52 幢别墅倚着山势在阳光中很有阵势地站立，非常整齐漂亮，房子旁边屋后是柑橘树，远一点的是茂盛的竹林，再远一点是连绵的山脉，一直延续到天边，天边的白云就从山峰上长上去，挂在天际缓缓摇曳身姿。脚下是盘旋而上的盘山公路，公路两旁，也全部都是柑橘树，山谷之间有山涧里的水哗哗流淌，看不到路的出口，路从山脚下绕了过去，好像突然断了。停车的休闲广场有篮球场，绿化也做得挺有品位，广场旁边一溜儿平房，那是村民们放农具化肥的地方。这样漂亮的地方，原来收获的一直是赞美的声音，这次看来要毁了。这次的报道属于另外一种声音，关键是这声音是记重锤，会连绵不绝。

吴高仁不接陈大顺的香烟，让陈大顺把村民招呼到休闲广场。不大的工夫，村民就陆陆续续地来了。其实吴高仁的车一上来，那些等在屋里的村民大多就有走出来的念头，村民们都知道，这回的事情不小。陈大顺说村民都召集过来了，吴高仁不说话，目光镜头一般，在每个村民脸上停留了一会。有的村民没有感觉一般，有的就躲躲闪闪，有的无所谓，有的又是脖子一硬装出不在乎，也有几个挑衅一般把目光迎上来。吴高仁知道今天这场戏也是关键一战，他迎着那目光，黑着脸，使劲盯着。吴高仁知道这几个人是关键。那几个人的目光先还是硬的，后来就慢慢软了，开始闪烁，然后好像看天边的云彩或者什么东西，装着无意地移开了。吴高仁知道自己略占上风，但事情没有那么简单，现在还没开口，一开口就是新的一场较量。

吴高仁先不理会那几个硬角色，他知道要先争取多数。今天的天气不错，景色也很美，画一般。这路也不错，水泥路都修到家门口了，在山村里都享受到城里花上百万甚至几百万都享受不到的日子。在这里，我请大家看几张照片。吴高仁示意同来的宣传部新闻科长把一摞照片分给大家，村民们感觉很奇怪，但还是接了。这些照片都是东岭新村建成之前的老照片，老房子稀稀落落地分布在不同的地方，简陋的乡村厕所随意搭盖，村里到处坑坑洼洼，有的是土路，有的随便用几块石板铺了，瘌痢头一般，进村的道路是土路，弯弯曲曲，只能走手扶拖拉机、小型农用车等，有的路段路面被水冲出了一条条沟。大家看着，小声地议论起来，吴高仁不吭声，等大家议论了一会，他才咳嗽一声。村民们停止议论，大多看着吴高仁。我不知道大家看了这照片有什么想法，其实不用照片提醒，我想你们也都清楚，你们的日子发生了多大的变化，如果没有这新村，你们走出去都不敢说自己是顶窟人。顶窟，顶窟，一听就是在山里头，以前你们有几个人理直气壮地说自己是顶窟人，恐怕一说人家就不正眼瞧你，你们这里恐怕还有许多人娶不起老婆。可是有了这新村，你们呢，一说就说自己是东岭新村的人，如果有人简单说你们是东岭人，你们还马上多了一句，是新村那里的人。如果是我，应该很满足，可是，你们有些人好像觉得好日子太多了，非得要弄出一点动静，你们说，把这好日子毁了你们就高兴，啊。吴高仁的声调扬了起来，目光非常严厉地扫了一遍，在那几个目光挑衅的人身上不作停留，晃了一下就收回来。

吃饱不会饿啊，你们有些人。陈大顺破口大骂。你们以为会说几句话就是人啊，好好的日子不过，神经病还是脑膜炎？当时你们是怎么求着要批宅基地建房子？是怎么说外面的房子多漂亮？怎么说房子不可能经常改，要盖就盖漂亮一点，差点钱就借，柑橘收成就可以还？怎么求我去找镇干部帮忙贷款？……陈大顺一通骂，有不少村民也跟着议论，说不应该这样给自己的面抹屎，以后出去还怎么做人？吴高仁不吭声，让大家议论了一阵，知道大多数人过来了，他才开口。借债建房？有的人以为这事情多委屈，谁建事业没有借钱的经历？以前还借米、借油、借盐呢。不要说这么漂亮的房子，就是你们以前的土房子，就是个夯墙的，连装修也没有，你们不也多数借过钱？有的还好多年才还清。再说了，现在你看多少人买房子不也都是按揭贷款？哪套房子不是贷个十万八万，甚至几十万。你们当初贷的就是几千块，最多的也就是 3 万块。再说了，你们还不起这个钱吗？我来给你们算算账，你们这个村民小组 238 人，52 户，人均有 20 亩左右的山地，1 亩田地，大面积种植柑橘等水果，当年盖房子的时候，人均收入就将近 3000 元，后来逐年增长，近五年来，人均收入从 7000 元涨到去年的 12300 元，这些还不包括每个家庭外出办家具店、面包店等的收入。238 人里面有 123 人在外做生意或者打工，平均每个家庭有两个人在外，哪个家庭一年没有收入个几万块？如果没有，你们家里的柑橘何必雇用外省人来管理？你们又不是不会算账。就你们东岭新村，长年雇用 11 名外省的民工管理柑橘树。还有，除了这套房子外，你们东岭新村拥有小汽车 22 部，摩托车 86 部，你们赶集要么小汽车、要么摩托车。你们在镇区买房的有 16 户，在县城买房的 12 户，在市区买房的有 3 户。你们存款超过 10 万元的至少有 15 户，存款几万元的基本上每户都有，你们还说还不起那几千块，两三万块？我看你们是根本不想还，你们觉得公家的钱拖久了就不用还，公家的债拖久了就不是债。

吴高仁讲话的时候，人群里一片安静。他的话音停了，人群里才开始叽叽喳喳地说开了。吴高仁知道这些数据直接就冲抵大多数村民的心坎，他们不会无动于衷。果然，村民们开始有人说话了，说接受采访的人没有良心，说欠债不还的人丢了东岭新村人的脸，有几个还欠着一点尾巴的人说等会立刻就去还钱，丢不起这个人。那几个接受采访的村民顿时被孤立了一样。陈大定，你说你没有那一万块吗？你儿子订婚，你花了多少钱？你未来的儿媳妇在县民政局上班，她上下班开的是你送的车，比科局长还牛。还有陈新火，1.3 万元对你来说是什么？你县城那套 150 平方米的房子值多少钱？你的孙子在县城读小学，专门雇一个保姆接送、做饭，那一年要多少钱？陈新火脸红到脖子，我错了我错了，我不该乱说，我等会就去还钱。陈大定都要哭出来了，那夭寿记者，我根本不是那么说的，他乱写。我昨晚还打电话找他，骂他害死我了。你看，这是我的通话记录。陈大定掏出手机，手忙脚乱地要找出通话记录给吴高仁看，慌乱之下却调不出来。吴高仁按住他的手，好，我知道了。吴高仁知道，陈大定或者陈新火今天的表现在他的预料之中。昨晚，他已经列出东岭新村外出干部的名单，包括亲戚关系的，本县的要求其单位领导出面谈话或者打电话，让他们做家人或者亲戚的思想工作，外县的通过不同的关系打过招呼，同时还要求东岭镇书记、镇长和包村干部给所有东岭新村在外做生意、打工的人打过电话，务必不再掀起波澜。

此次接受采访说得最激烈的，也是刚才目光挑衅意味最浓的是陈开林和陈米国。陈开林曾经是个混混，高中读书的时候就开始惹是生非，他的父亲屡屡被他气病。高中毕业，他的父亲把他送去参军，严厉的军队纪律让他乖了三年。退伍后，他旧病复发，和以前的难兄难弟混在一起，有次和人打架，把人打成轻微伤，他父亲原来想撒手不管，让陈开林去坐牢，后来耐不住陈开林母亲和奶奶的哭哭啼啼，四处托人，这才免除牢狱之灾。陈米国则是原来的村民小组长，东岭新村建成五年后才退了下来，让陈大顺接班，陈米国以前卖过菜籽，属于口舌灵便之人。这两个人属于刺头，虽然东岭新村旧债未清的有 19 户，但大多属于能拖就拖或有样学样的心态，为主起作用的是这两个人。大家都认为吴高仁要拿陈开林和陈米国说事了，陈开林和陈米国也把头抬了起来，寻找吴高仁的目光对接，准备迎接挑战。吴高仁的手机响了起来，他接通了手机，只听他连连说了几声：好的，好的，我马上赶回去。吴高仁挂断电话，只是说了声我有急事，先回去了。没有任何交代，也没有什么客套话，他匆匆上车而去。吴高仁的车刚启动，另一辆小车就上来了，车上下来的是东岭镇前任镇党委书记，退休老干部陈柳生。两车交会，司机各按了一声喇叭，既是招呼，也是提醒交会车。吴高仁一上车，就给刚才接通的手机发了一条短信：看你的了。陈柳生下车前，手机短信提示音响了，他打开一看，微微一笑，盖上手机翻盖，下车。

7

吴高仁的车直驱县城，已经有两拨从北京赶来的记者到了县城。其中一拨主动联系县委宣传部，要求采访东岭新村。另一拨却不声张，悄悄地入住县城某个小酒店，想单方面行动，但是却没有预料到，自己刚把行李提进房间，只来得及擦把脸，西水县委宣传部的人已经敲响房门。记者很是佩服：你们的消息很灵通啊。宣传部人员回答得虚虚实实：你们刚进入县城，城市监控系统的摄像头就已经告诉我们了。当然这仅仅是开玩笑。

主动联系采访的这一拨记者领头的是个男的，姓雷。而另外一拨记者牵头的则是女的，姓汤。交换名片之后，发现他们居然都来自北京某大媒体，还是同一个栏目。一条新闻居然让同一栏目派出两组记者，让人感觉该单位人员严重过剩。吴高仁让人到电脑上搜索一番，发现他们单位的网站上没有这两个人的相关信息，无从判断真假。吴高仁想起如今北京文化公司颇多，拉广告的、卖书的，都扛着某某记者的头衔，其危害程度不仅仅停留在挂羊头卖狗肉的层面。吴高仁和雷记者谈起汤记者，雷记者表示不认识该女性同行，雷记者还善意提醒，要吴主任不要被误导了。吴高仁借故到外面，给接待汤记者的郭志强打了个电话，郭志强那边的情况和这边相同，汤记者想破那顶着一头秀发的脑袋，也想不起有雷记者这号同事。看来问题严重，可能一方是李逵，另一方是李鬼，甚至也可能双方都是李鬼。吴高仁让郭志强把汤记者请到西水宾馆用餐，但不要说是和雷记者同桌，让他们直接面对，看看虚实。

汤记者到达的时候，雷记者这帮人已经落座。两个人见面，依然一脸迷茫。互换名片，白纸黑字同一个单位同一个栏目，两个人认真研讨，发现所说的领导都对的上号，研讨结果是他们确实是同事，只是两个人到单位都不满一年，栏目人员近百，且隶属于不同的小组，因为常年在外奔走采访，居然还没见上面，导致大水冲了龙王庙，一家人不识一家人。此次他们奉各自小组长的指令，从在外采访的途中直奔西水县，属于为了一个共同的目标，走到一起来了。两组人员谈得热烈，把吴高仁等陪同人员晾在一边，只剩下闷头吃饭、吃菜。吴高仁用目光制止了想起身敬酒的郭志强，让两组人员充分交流。后来还是汤记者发现冷落了吴高仁，停止研讨，开始招呼，双方热烈喝酒，场面热闹。频频举杯之间，汤记者表示想听听吴高仁对东岭新村报道事件的解释。

吴高仁把下午在东岭新村现场所说的数据复述一遍，还深入拓展阐述：村民的这些收入说明，该村村民是有偿还能力的，之所以欠债不还，也不是说该村村民就是刁民，其实他们更多的是有点狡黠式的小聪明，觉得公家的钱能拖就拖，能赖就赖，说不定拖久了就拖没了，赖久了就赖成了。说到底，这是诚信缺失的问题，当初贷款，他们也是热烈期盼，按了手印，签上按时还款付息的保证。除了他们的诚信问题外，对他们的小聪明造成推波助澜的，还有上面政策的没有连贯性，当时由于农信社催款和一再要求镇政府出面协调，镇政府也召集欠债的村民协商，基本达成一致，后来上面一条政策下来，村民就再也不愿意接受协商了。导致村民变卦的是上面终止统筹费的征收。农民被征收统筹费已经习惯，终止统筹费征收是惠民措施，也是好事。问题的关键是上面一纸通知，没有任何的缓冲，戛然而止，当年度的统筹费，交了没有退回，欠的不用补交，包括以往历年有积欠的也一笔勾销，属于急刹车。村民们恍然发现，以前老老实实缴费，积极完成任务的，反倒吃亏了。这个发现让他们把要掏出来的钱重新塞回口袋，拒绝还钱了。他们指望说不定哪一天信用社把这些欠款全部当呆账处理掉，自己也就不用还钱了。

对吴高仁的说法，记者们也基本认同，记者走南闯北，见多识广，他们提出一个个细节，佐证吴高仁的论点，气氛热烈。其间，吴高仁外出接打了两次电话。吃完饭，两组记者已经达成一致：既然是同一栏目的，那就没有必要重复劳动。汤记者第二天一早先行撤离，到外地采访另一条新闻。雷记者到东岭新村，是否进一步报道看看具体情况再行决定。第二天早餐后，送走汤记者一行，在吴高仁的陪同下，雷记者一行到东岭新村实地采访，和村民座谈之后，他们还前往信用社，查看原来的各项贷款凭证。仔细核对之后，雷记者认为原来的报道有失偏颇，个别地方被放大了。雷记者和自己的领导汇报沟通之后，决定撤销这个选题。

雷记者在东岭新村的时候，陈开林和陈米国也都在场，但他们的目光已经不再强硬。吴高仁故意不去看他们的目光，他知道他们两个软下来是因为陈柳生。陈柳生在前一天吴高仁离开东岭新村的时候到场。下车后，他也不吭声，直接要陈大顺拿来一把香，点燃，分成三撮，一撮交给陈开林，一撮交给陈米国，一撮留给自己。陈柳生说得很简单，拿着这三把香，如果你们还不起钱，老天责罚我，不得好死；如果你们还得起钱却故意不还，老天责罚你，断子绝孙。我们三个站一起，一起说明。陈开林、陈米国被烫了一般，往后退。村民也没想到陈柳生会来这招，说不出话。陈柳生冷笑一声，我还不清楚你们是什么人，以为自己出息了啊。不敢说，就是心虚了，说鬼话了。现在知道话不能乱说，做人要凭良心，不能为了自己一点好处昧了良心。陈柳生也不多说，反手把香一扬，上车而去。

8

雷记者一行中午离开西水县。柯台长和丁铭也将返回市里。吴高仁和柯台长握手的时候，两个人都笑笑：不说再见。问题是愿望是良好的，可是现实往往事与愿违。柯台长刚回到小区，车还没停好，吴高仁的电话就到了：接到报告，又有记者到了。柯台长掉头，接上丁铭，返回西水县。

这拨记者都是悄悄前来，没有和县委宣传部联系，是酒店服务员发现他们背着照相机，立马报告宣传部新闻科。记者来自北京，根据入住登记，姓刘。刘记者住下后，根本不吭声，连房间门也不开。吴高仁呢，先不出招，让新闻科的人在房间门前守着，每隔五分钟敲一次门，耗吧，我这是守株待兔。他总不能不出来，他又不是来西水县睡觉的。查查来头？查了，身份证号码显示是黑龙江人，无法判断其他信息。再敲嘛，如果不开，我会让公安局查房。不要搞得针对性太明显，丁铭提醒。不会的，我会让公安局对县城所有宾馆、酒家查房，全县统一行动，他无话可说。吴高仁微笑安慰。

半小时后，刘记者的房门被敲开。吴高仁正式和他见面，刘记者解释路途劳累，睡着了，没听到敲门声。吴高仁表示理解，让郭志强去拿一些好点的茶叶，换掉宾馆里的袋泡茶。刘记者要吴高仁不必客气，对吴高仁陪同采访的安排也表示拒绝，说不用麻烦当地政府，他们已经租好车，等会就自行前往。吴高仁坚决用热情反对：来者都是客，不管如何报道，哪有让记者自己辛苦前往的道理，县里一定派车派人陪同。不等刘记者说什么，吴高仁要求郭志强马上联系车行，把刘记者预订的车辆取消。

郭志强给车行打电话，车行老板有点不乐意，觉得好好的一笔生意黄了。郭志强也不含糊：赚钱是长久的事情，这是大事，如果你再执意租车给他们，后果自负。车行老板一听，这事情不简单，也就不敢再坚持，满口答应配合。刘记者听郭志强已经把预订车辆取消了，也就既来之则安之，服从吴高仁的安排，先去吃饭，然后下午看看相关材料，第二天再去采访。

9

早餐后，刘记者在一群人的陪同下，前往东岭新村。东岭新村的太阳依旧，老百姓看到车队，已经习惯了，只是看了一眼，并没有多说什么。刘记者出了这家走进那家，吴高仁出于礼节，陪同刘记者走访了几家，就在刘记者的坚持下，歇在一家喝茶，让刘记者自行去参观采访。吴高仁完全放心，村民不会再胡乱说什么了。用陈大顺的话说，村民原来想把钱赖过去，后来发现赖不了，也就不会去乱说。都是乡亲们，谁家有钱没钱，还不是一清二楚，乱嚼舌头，一人一口唾沫就可以把人淹死。想清楚了，事情就简单了，19户人家欠下的钱全部还清，农信社主任很开心，拖了这么久的债，讨了一次又一次，都没有明显效果，没想到一篇报道稿就全部收回来了。

刘记者显然没有问到什么新的东西，看他好像有点不甘愿的样子，吴高仁说我给你说几个细节。当年东岭新村刚建成的时候，老百姓感恩戴德，春节了往镇政府送柑橘、送煮熟的鸡鸭、送自家酿的米酒，说的全部是感谢的词，有人来参观了，都争着往自己家拉，不用说，卫生都打扫得十分干净。后来，村民们变了，变得无所谓，好像什么事都没发生过。再后来，开始有怨言了，说政府要大家盖新房子，有人来参观了，要么说没时间，卫生干脆不打扫，要打扫也可以，发工钱。甚至个别的家庭，被评上五好家庭什么的，挂个牌子，连铁钉都不出，说那是给县、镇政府脸上增光，要挂就得政府出，好像让挂牌子还是给政府莫大的面子。典型这时候在村民的心里已经变味了，淳朴的村民已经不全是淳朴了，他们认为这都是给政府贴金，自己纯属付出。以前邻居家借勺盐借两把柴火都按时还，最后借钱却不还了。吴高仁说得很平静，刘记者却是听得目瞪口呆，随行的镇干部证实，吴高仁并没有添油加醋。

刘记者在回到县城之后，接到一个电话，马上和吴高仁他们告辞，说另有采访任务要赶回去。谁挂的电话？郭志强偷偷问吴高仁。不知道就别问，知道得越多未必是好事。我们就是负责做好接待、解释。吴高仁黑着脸，郭志强偷偷吐了吐舌头。

送走刘记者，吴高仁握着柯台长和丁铭的手说：我也不想再留你。送战友，希望你们不再半路返回。柯台长也拍了拍吴高仁的肩膀：希望如此。柯台长和丁铭上车而去。吴高仁要大家都赶快回家休息，最近几天大家体力和精力都严重透支，希望不要再横生枝节。郭志强他们挥手告别，吴高仁也起身准备回家去，休整几天，继续研究西水县的文史资料，希望能整理出一本书，也留下点文名。吴高仁刚刚骑车走出政府大门，手机的铃声很是震撼心灵地响了。

越过那座山

1

上班之后，吴高仁坐在办公室看报纸。吴高仁不是无事可干，他就是喜欢看报纸。吴高仁看报纸有瘾，上班的第一件事基本就是抓过桌上的报纸翻阅一番，看到兴趣的就慢慢看，有的还反复多遍，老牛反刍一般。哪天确实忙不过来报纸没看，他就要找时间补看，或者把报纸带到车上，在车上看。吴高仁说这叫“好好学习，天天向上”。吴高仁不指望从报纸里找出颜如玉，他的眼睛瞄在黄金屋。“发现一个政策动向，就掌握了先机。先机就是效益，先机就是成功，先机当然也就是金钱。”吴高仁对手下苦口婆心，要求他们也要找时间读报看报。丁副主任就曾经和吴高仁开过玩笑，说邮政局长应该好好请主任吃饭，不遗余力替他宣传报纸。吴高仁笑嘻嘻，说邮政局长整天就会算卖一份报可以赚多少钱，属于钻进钱眼的报童，吃一餐饭等会一直在心里估算要卖多少份报，没多大意思，请客要找宣传部长，人家看的是政治。

吴高仁看着报纸，想着和丁副主任斗嘴的事情。其实吴高仁看报纸也不是事无巨细，他边翻边把翻过的报纸放到一边。吴高仁曾经说看报纸就像看街上的女性，眼睛总是想遇到美女，可是美女不多，能让眼睛一亮的美女更少，所以就没必要在每个女性脸上平均浪费时间，否则很容易就弄一顶色狼的帽子回来，这帽子不好玩，不保暖，只是容易引来不屑的目光。吴高仁突然眼睛一亮，当然不是看到美女，而是看到省报头条，其时他正在读有关新任省委书记在一次会议上讲话的新闻报道。他把这篇报道中的一段连续看了几遍，掏出手机叫司机准备出发，前往省城。

路上，司机问吴高仁说好像之前没有接到要开会的通知啊。吴高仁回说不是开会，到省城办事。司机就不再吭声，专心开车。吴高仁也不说话，眯着眼。司机知道吴高仁不是在睡觉，那是在思考问题。吴高仁喜欢在车上思考问题，他说这是劳碌命，有的人上车就是睡觉，下车精神抖擞，可是自己在车上，脑袋转得比车轮还快，这边车刚出发，脑袋里已经到了省城，想着到了之后先去找谁。其间吴高仁掏出手机，想发个短信，内容都编好了，可是没有按下发送，而是把短信删了，手机就丢在旁边的座位上，继续苦思冥想。

到了省城，已经快中午了。吴高仁让司机先找个地方吃饭，然后登记房间。司机熟练地把吴高仁带到一家小饭店，两个菜，一个汤，各来一碗白米饭，两个人稀里哗啦吃完，然后到常去的宾馆登记房间住下。

吴高仁进了房间，看看表 12:30，吴高仁对司机很满意，时间掐算得很好。吴高仁挂通杜教授的电话。“杜老，您好，您好。我是小吴，下午我想去您家里拜访您，请教几个问题。您有时间吗？对，对，对，我刚好到省城来办事，现在就在省城，那好，下午 4:00，我准时到。”吴高仁约好杜教授，心情很好，给司机发了个短信，告知出车时间，很快就睡着了。

吴高仁在杜教授家里的客厅坐下来的时候，是下午 4:01，杜教授很满意。杜教授在十分钟之前就从窗户看到吴高仁的车停在楼下，约会不迟到是种美德，早到不随意打扰更是一种美德。杜教授是吴高仁在那次和王明娟斗酒斗嘴的文史研讨会上认识的，之后两人保持联系。杜教授认为吴高仁适合做文史工作，耐得住寂寞是文史工作的必修课。坐下后，吴高仁开门见山，和杜教授提出想举办陈高丁学术研讨会，陈高丁是个死去数百年的人，不要说呼吸，连尸骨也消失得无影无踪。陈高丁是明朝的一个县令，这个七品官之所以能够留名，就是因为清廉。他当了三个县的知县，在仕途上止步不前，不过清廉的美名传播四方。陈高丁后来告老还乡，是否遗憾自己原地踏步不得而知，不过回到家乡之后热心公益事业更是让他加分不少。陈高丁去世之后，族人把他葬在高山之巅，不过当时的族人考虑的只是周边的高山之巅，陈高丁的坟墓也就落在工业园区附近，吴高仁一扩张，陈高丁的坟墓就和工业园区毗邻了。

吴高仁对陈高丁不陌生。吴高仁在政协文史委的时候，认真研究过西水县的文化历史，包括各朝名人。陈高丁在县志里有单独一段，其故事在《西水县民间故事》里有几篇。吴高仁很感兴趣，曾经四处奔走，收集有关陈高丁的故事，渴望在陈高丁的研究上做点名堂。当时在研讨会上，吴高仁和王明娟斗嘴斗酒就因陈高丁。吴高仁在会上抛出这个人，他当时的观点就是陈高丁数次平调还保持清廉，是内心约束还是制度规范？碰巧王明娟也知道这个人，看来人真的不容易，陈高丁都死去数百年了，还能引发学术争论。吴高仁和王明娟各抒己见，这样的研讨会，男女斗斗嘴也是一道风景，没有偏离会议主持，还让新闻记者有了可写的内容，不至于沉闷地自顾念一念手头的稿件，一点意思没有。当时杜教授是会议主持人，他看着吴高仁和王明娟斗嘴，不参与，只是挂着微笑倾听。会议总结时，杜教授才就问题提出看法，他一发言，吴高仁就意识到自己是小巫见大巫。吴高仁尽管第一次见到杜教授，但之前看过他的一些文章，知道杜教授是研究明史的专家，颇有造诣。吴高仁不知道的是，杜教授是第一个对陈高丁有比较系统研究的人。会后，吴高仁就盯上杜教授，和杜教授多次联系，讨教也好，探讨也罢，话题绕来绕去就是陈高丁。杜教授学问大，但没有架子，乐得和这个基层文史工作者交流心得。吴高仁去当了工业园区管委会主任，杜教授一声叹息，认为多了一个小官员，少了一个基层文史专家。吴高仁当了主任之后，还保持和杜教授联系，有几次到省城开会或者办事，还抽空登门拜访一下，让杜教授心里稍稍好受。

杜教授对吴高仁想举办陈高丁研讨会的想法大力支持。当官就应该这样，趁自己在位有点权力，多做一些有文化的事，多做一些给后代子孙留点念想的事。杜教授欣慰吴高仁还没有完全塞进钱眼里去。吴高仁趁机提出邀请杜教授届时莅临参加研讨会并做主旨发言，吴高仁知道研讨会要有几个比较有影响的人坐镇，其他的人就比较没关系，闽南话说就是斗阵。这就像吃宴，有几道有特色的主菜，档次自然就上去了，至于配菜，仅仅是增添数目而已。杜教授欣然答应，说清楚吴高仁上门说这件事就是为了让自己出场，学者不能故作高深，要乐意与大家分享。杜教授还答应至少帮着拉三五个教授前往，自己会先拟个名单，和他们通气后告诉吴高仁，到时再正式发邀请函。事情确定，吴高仁说回去做个具体方案，再请杜教授指导，然后就和杜教授海阔天空闲聊。闲聊中，杜教授说王明娟到了省城，说参加一个什么活动，吴高仁心里一动，在内心调整行程，原来他计划要么请杜教授出去吃饭，要么在杜教授家蹭一顿，现在看来得改变安排。吴高仁和杜教授聊得尽兴，看看快下午六点，谢绝杜教授留饭，提出告辞，他十分歉意地说傍晚还要办事，没办法请杜教授吃饭，心里十分过意不去，好在来日方长，以后一并补上。

从杜教授家出来，吴高仁给王明娟发条短信，说想请她吃饭，不知道是否赏光。王明娟的短信回得挺快，说远在天边做什么假人情。吴高仁回了一条：掐指一算，感觉你应该就在眼前。吴高仁没等到王明娟的短信，五分钟后吴高仁的电话响起，当时他已经上车，要司机随便开，到处转转。王明娟的声音顺电话飘出来："小官吏，什么时候改行当算命先生了？还掐指一算。"吴高仁笑着回答，基层官员就是什么都要会，属于万金油的那种，头痛是它，肚子痛也是它，不像高层官员，术业有专攻。"好了，好了。我不是信访局长，不听诉苦。我虽然到了你们省城，可是离你那也挺远，估计要等你请一餐，至少自己要先饿晕几回。”吴高仁说知道有机会请领导吃饭，心里高兴，所以提前到省城候着，这有个说法。王明娟说什么说法，难不成你真事先知道我来你们省城？我可是连我哥都没说。吴高仁说我是个农民，就拿着个锄头守在一棵树下，等着那什么跑过来。王明娟在电话那头抗议，说你把我当兔子啊，还希望我一头撞死。两个人斗了几句，吴高仁才告诉王明娟自己到省城办事，偶然机会知道王明娟大驾光临，想请她吃顿便饭，不知道是否赏脸。王明娟愉快答应，告诉吴高仁自己开会的地点，让吴高仁去接她。

2

吴高仁和王明娟去吃牛排。按照吴高仁的性格，他喜欢买一块牛排回家炖着吃，也不愿意花钱到西餐厅动刀动叉吃那么一点牛排。不过，吴高仁喜欢学习，他知道在西餐厅吃牛排是文雅，在家炖牛排吃是果腹。这很有点在家吃地瓜叶是瓜菜代，是穷苦，在酒家吃地瓜叶那可就是雅事，上档次。

在等牛排上来的时候，吴高仁不说话，只是看着王明娟。王明娟突然脸就红了，吴高仁开始的时候以为是灯光效果，后来才发现不是，吴高仁想女人到了这年纪还会脸红，真是有意思的事情。不过，吴高仁没敢让这思绪停留太长时间，他找了个话题问王明娟怎么会突然出现在省城，搞得像微服私访一样。王明娟抿嘴一笑，说哪是微服私访，是你们省开一个研讨会，和我们的业务有点关联，就邀请我来参加了。吴高仁呵呵一笑，原来是来做重要讲话的。王明娟反击，说哪有那么多的重要讲话，我们就重要讲话，那更高层别的领导讲话又该如何称呼？我就纯粹来凑热闹，时髦的话讲就是打酱油的。不知道吴主任到省城是来跑项目还是看风景。吴高仁说像我等基层人士整天在一线奔跑，直接和老百姓打交道，脑袋里基本装的就是进度、效益、指标，哪有闲情雅致来省城看风景。何况小地方的小百姓，到了省城就像刘姥姥进了大观园，眼花缭乱，都不知道街道是通哪里？王明娟打断吴高仁的话，说小官吏就是小官吏，到什么时候什么地方都不忘为自己评功摆好，可惜自己不是组织人事部门，也不会像某些人传递什么信息，看起来吴主任找错了说道的对象。吴高仁又是喊冤，说自己纯粹顺口一说，向领导汇报真实感受，没想到又被解读成不同的用意，甚至包含居心不良的成分。两个人你来我往，唇枪舌战一番。

不过，我这次来真不是为项目，也不是为资金。我是想举办个陈高丁研讨会。吴高仁的话一出口，王明娟眼睛就大了。王明娟知道陈高丁，她那次就是在研讨会认识吴高仁的。不过陈高丁已经死去数百年，吴高仁也已经调离政协文史委。你该不是想重续郑新主任的推荐，到市政协文史委的吧？郑新就是那位省发改委副主任，曾经推荐吴高仁到市政协文史委研究文史工作，后来吴高仁婉言谢绝。哈哈，看你想哪儿去了？难道研究陈高丁就是要调到文史委？文史委适合研究文史工作，但不是唯一的部门。那是不是想调整你的工作，我没听我哥说啊。前段子你拒绝八亿元项目的风波已经过了，你不是干得挺好的。该不会是市里那位分管领导秋后算账吧。王明娟有点担心。没有，没有，纯属多虑。瞧，看我这嘴巴，真不会说话，谢谢你的关心。吴高仁知道今天不说清楚，恐怕问题会比较麻烦，人家如此关心，还藏着掖着不够朋友。他从公文包里拿出一张图，摊开放在桌上，指着一个小山包。你看，这就是陈高丁的坟墓，这是我工业园区扩张的区域，看出问题了吧？王明娟恍然大悟，你要动他的坟墓？我别无选择。他的坟墓在那里，马上就要进入我下阶段扩张的范围，不迁走，一个工业园区弄一个大坟墓在那儿，不知道的人以为那是陵园，那块地谁要？关键这坟墓就在路边，实在是吸引眼球。更要命的是，现在陈高丁的后裔已经在动议修缮坟墓。

陈高丁的坟墓位于工业园区左侧山坡上。该地形原来类似于一把

“交椅”，坟墓居于正中，背后倚靠青山，两边各有山陵隆起，类似于椅子的靠手，坟墓前方有一条小河，蜿蜒而去。此地形是地理先生的追求好地，前有流水后有靠山，流水是钱财，靠山是稳重、权势。不过左边的靠山因为山体滑坡，出现一个大缺口，同时因为工业园区的防洪堤建设，原来蜿蜒曲折的流水河道被取直，坟墓前需要水，但忌看到出水口，一览无遗也就是一泄无遗，大好就成为大败。陈高丁的后裔就动了修缮坟墓的念头，在内部征求意见。陈高丁官运不怎么样，一直在知县这个层面上，但陈高丁的生育能力很强，居然留下了12个儿子。12个儿子后来或者经商，或者务农，或者走上仕途，无论从事何种行当，不过都遗传了陈高丁生育能力强的特点，而且都一代传一代，到现在，陈高丁的后裔已经达到四万多人，散居多个地方，从政或者经商的都有，最为出名的有两个，一个是陈运哲，官至副市长，另一个是陈运开，运开集团董事长，据说企业资产上百亿。尽管这两个人都不是居住在工业园区这个村子，这个地方只能说是祖籍地，但他们都曾经来祭拜过陈高丁。族谱那泛黄的纸张里，家族的脉络很是清晰，不容置疑。这样的家族不容忽视。

那你是准备拍副市长的马屁还是董事长的马屁？王明娟把一小块牛肉丁塞进嘴里，很优雅地咀嚼。看到吴高仁有点不高兴，王明娟有点得意，看来小官吏的修炼还不到家，喜怒形于色。吴高仁有点被击打却找不到还击机会的无奈，只好直接兜出底牌：我想把这件事炒大，或者说把陈高丁炒热。我觉得你应该做的是让陈高丁的后裔把坟墓迁走。只有迁走坟墓，你的工业园区北扩才有空间。否则，你刚才说的那些问题就无法解决，到时候，一个“青山挂白”就够你忙活。王明娟还是有点不解，不过只停顿了一下，她马上明白了：看来，小官吏有思路，把他炒热了，就好办了。吴高仁看到王明娟明白了他的想法，嘿嘿一笑：大方向定了，不过过程肯定复杂，所以我今天到省城就是来拜访杜教授，请他出马，替我扫清障碍。哈，小官吏够可以，让一个全国闻名的教授去当你的马前卒。吴高仁赶快纠正，话可不能这么说，我是让他就感兴趣的话题发表看法，他对我的真实想法一无所知。现在你是第二个知道的人，我连你哥王书记都还没汇报。这事只能先做着，看推进情况再说。王明娟喝了一口水：你说了那么多无非就是要让我把紧口风，累不累啊。我是那种人吗？吴高仁不说话，切了一块牛肉，吃得起劲，女人真是变得够快，有时候还是沉默好。不过这句话他可不敢说出来。

吴高仁吃牛肉的时候，王明娟的手机响了。她说了几句，就说我和西水县工业园区的吴主任在一起吃饭呢。对，对，对，就是那个人。方便吗？那好，我们一会儿过去，我们直接过去，一得阁，好的，好的。谢谢啊。吴高仁没有出声，开始时听到王明娟说他，以为是她的哥哥县委王书记，后来才知道不是，但他不知道王明娟为什么要说他。吴高仁知道一得阁，省城里一家有名的茶楼，肯定有人请王明娟喝茶，王明娟说和自己在一起，就是为了把自己也带过去找个合适的理由。这到底是谁？吴高仁还在想，接完电话的王明娟告诉吴高仁，赶快结束，去一得阁喝茶。是郑新主任请我喝茶，他知道我和你在一起吃饭，请你也一起过去喝茶。吴高仁很明白，如果不是王明娟那样刻意说和自己在一起，郑新才不会请他去。郑新吴高仁也熟，那次去工业园区参观后，郑新对吴高仁印象很好，后来还推荐吴高仁到市政协，尽管吴高仁没有去，但后来吴高仁曾经借到省城的机会去拜访过他几次，逢年过节也发发短信问好。吴高仁明白王明娟是想让自己在郑新那儿多留下印象，也是，省发改委副主任，工业园区的项目许多都是要经过他那儿，多少人想套近乎都没机会。吴高仁也就不敢流露出其他意思，赶快买单跟王明娟出发。

喝茶的时候，吴高仁心里一动，把想举办陈高丁研讨会的事情说了。郑新副主任一听，说你关键的应该是迁走陈高丁的坟墓，其他的活动要围绕这个主题来做。吴高仁一听，内心直说高手。那你想把陈高丁的坟墓迁到哪里？吴高仁指着地图说，初步想动员其族人迁到这里，工业园区道路平行五公里的地方，小地名叫顶窟。我记得上次你说过，那地方附近有个道路规划项目？郑新听后发问。是的，在将近三公里的地方，未来有一条道路通过。吴高仁内心一动，好像什么东西被触动了一下。有意思，有想法。郑新拍了拍吴高仁的手。王明娟意味深长地看了看吴高仁，低头喝茶。

3

吴高仁从省城回来的时候，并没有直接回西水县。他的车出了省城，沿高速公路走了 80 公里，就下了高速，然后走了一段国道，拐上另一条高速。吴高仁想去拜访陈运哲，陈高丁后裔中目前官位最高的人。吴高仁和陈运哲有过两次见面，但不熟。吴高仁和陈运哲第一次见面是陈运哲回老家祭拜陈高丁坟墓的时候，那次并不是清明节，也不是大规模的祭拜。陈运哲来去匆匆，在几个宗亲陪同下到陈高丁坟墓前烧了一炷香，谢绝了闻讯赶去的吴高仁吃饭的邀请，匆匆而去。另外一次，也是陈运哲回老家，不过那次是公开行动，市、县都有人陪同，加上宗亲，前呼后拥，陈运哲也仅仅是和吴高仁握握手，客气几句，没有什么实质性的交往。陈运哲不是在本地为官，这个副市长离得就有点距离，客气，但不深入。

吴高仁到了陈运哲那个市，找了市政府的一个朋友。这个朋友原来是个中央驻地方新闻单位的记者，后来奔波累了，转入地方，就任市政府研究室副主任，也算是地方政府的智囊人物。吴高仁和他也是在政协文史委那次研讨会上认识的，当时他们两个同住一个房间，聊得来。吴高仁和他见面之后，直截了当说想拜会下陈副市长，作为家乡人有必要礼节性拜会。该朋友在新闻界多年，知道吴高仁肯定不会奔跑数百公里就是来向家乡人问候一声，不过吴高仁没有具体说，他也就不再问，只是答应马上和陈副市长联系。他随即和副市长秘书取得联系，说了副市长老家的工业园区管委会主任刚好来到本市，想拜会副市长，请秘书代为报告。秘书报告之后回复，正巧此时陈副市长在办公室，也没有客人，请吴主任马上过去。吴高仁的朋友把吴高仁带到陈运哲副市长的办公室，然后就说自己要先回办公室赶个材料，让吴高仁主任和市长谈完后他再到办公室找他。吴高仁知道朋友是要回避，让自己和副市长有单独谈话的时间，也不客气，挥手告别。

陈副市长亲自泡茶，吴高仁也不客气，只是从自己带来的几盒茶叶中拿出一泡茶，说尝尝家乡茶的味道。吴高仁来之前就有准备，知道陈副市长就喜欢喝老家的那种茶。陈副市长的父亲原来还是在工业园区所在的村子长大、结婚，陈副市长也是出生在那个村子。只是陈副市长还只有五岁的时候，父亲出外谋生，然后就在那个小城市生存下来，把整个家庭接过去，老家的概念就逐渐模糊。陈副市长刚懂事包括后来离开村里，喝的茶都是老家山上采来的茶叶加工的。陈副市长泡完茶，端了一杯，先不喝，凑到鼻孔前，深深地吸了一口，然后慢慢地喝一口，含在嘴里，让茶水在口腔里滚动，慢慢地吞下去，似乎那茶香就在五脏六腑里游走。

和身处外地的游子谈话，家乡就是最好的话题。吴高仁也不绕弯，直接和陈副市长说起陈高丁坟墓的事情，说陈高丁的坟墓有必要修缮，但不想在原地小修，想把坟墓换个地方。我明白了，坟墓在那儿确实不宜，制约了工业园区北扩，同时，在路边搞动静太大，青山挂白，说不过去。陈副市长也不绕弯子。他明白眼前这个主任不简单，陈高丁的坟墓怎么修？修到什么程度？尽管是其他人在张罗，最后肯定会把情况反馈到陈副市长这儿来，或者说陈副市长的思路最后可能就是族人的决策，吴高仁这是跑在前面了。陈副市长同意迁墓，陈高丁的坟墓也就基本上要动了，所以陈副市长要吴高仁多做群众的工作，吴高仁答应得很干脆。那你有什么想法？吴高仁明白陈副市长这句话并不是问他要怎么做群众的工作，这个是细节，是过程，陈副市长大可不管，领导要的仅仅是结果，而不是过程。吴高仁清楚陈副市长问的是要把陈高丁的坟墓迁往哪里。顶窟。吴高仁毫不含糊。顶窟？哦。陈副市长先是一愣，然后马上恢复平静。吴高仁算定陈副市长会是如此。“顶窟”这两个字，很土的名字，可以说一听这名字就知道是个旮旯角落的地方。不过这顶窟两个字，对于陈高丁后裔来说，确是沉甸甸的，那是血的记忆，鲜血的分量很重。是的。顶窟。吴高仁很坚定地回答。好，按照你的思路去做，我支持你。陈副市长很高兴，站起来和吴高仁握手。吴高仁的目的已经达到，马上告辞，谢绝了陈副市长请吃饭的想法。吴高仁也不纯粹是客气，他有一个担心，如果饭桌上陈副市长问起操作的具体细节，自己要怎么说？吴高仁让政府政策研究室副主任专心研究政策，赶材料，说自己有急事要赶回去处理。

汽车重新上了高速，吴高仁在车上又陷入沉思。把陈高丁的坟墓迁到顶窟，这个想法吴高仁早就动过，不过要实施有难度，而且相当大。顶窟是个小山村，偏僻，不过这顶窟是陈高丁的出生地，俗话说叫胞衣窟。陈高丁并不是顶窟人，但和顶窟关系密切，他的母亲是顶窟人。当年这位知县的母亲回娘家，用意是在坐月子前先回家看看父母，没想到儿子提前出生。在当地，有借死不借生的说法，意思是一个地方可以借人去世，但不能借人生育。借死看起来比较恐怖，生育是高兴的事情，但当地传统，相信外人在当地生育，新生婴儿会把当地的地气尽情吸拔，就是福气全部会归到这婴儿身上，对当地不利。这说法没有什么依据，可是一代代人传下来。陈高丁出生的时候，肚脐带还没剪断，当地就有人上门要把婴儿抢去，抢去婴儿当然不是为了看护或者疼爱，而是要把这吸拔福气的婴儿溺毙。陈高丁的外祖父生了几个儿子，这时候都站出来，拿着锄头扁担和族人对峙，保护外甥。村人只好骂骂咧咧地离去。陈高丁的外祖父为了安慰村人，就做出决定，把陈高丁过继给自己一个儿子当“契子”，取名高丁，顶窟就是高地嘛，高丁意思就是高处的男丁，这样陈高丁就不是外人了。刚好陈高丁的父亲和母亲都姓陈，双方也就没有意见，陈高丁得以暂时没事。不过事情没有那么简单，后来随着陈高丁中了秀才、举人、进士，当了知县，而顶窟的男丁越来越少，没有人在科举上有什么出息，本来也难怪，小地方能够供得起读书的人本来就不多，何况读书也未必就能成才。不过顶窟人不检讨自己的基因和后天的努力，而是旧事重提，说起陈高丁就咬牙切齿，陈高丁的外祖父和外祖母已经去世，几个舅舅成天活在村人仇视的目光和各种各样的冷言之中，干脆就搬到另外一个地方。

陈高丁去世之后，风水先生看了一穴好地，说如果下葬此地，后代子孙非富即贵，当官至少可到尚书级别，做生意富可敌国。陈高丁的族人很兴奋，只是当风水先生说出好墓地位于顶窟的时候，陈高丁的族人就知道麻烦了。特别顶窟人派代表咨询了另外一名风水先生后得知，如果陈高丁下葬该处，对陈高丁后裔确实很好，但该村要三年“鸡不鸣狗不吠”，村民至少要死伤多人。顶窟全村人集体出动，守卫在山岭上，不让陈高丁的亲属去挖墓地，动手打断了三名挖墓地工人的大腿，差点闹出人命。顶窟人还公开宣布，只要陈高丁下葬该村，就是被治罪，也要把他从地下挖出来，抛尸荒野，埋一次挖一次。陈高丁族人看无法解决，只好另外选地，陈高丁因此落葬如今工业园区这地方。陈高丁虽然安葬数百年，但陈高丁的后裔对于自己祖宗未能下葬风水宝穴耿耿于怀，每每谈起，都无限惆怅：如果高丁公下葬顶窟，我们现在肯定不是这样。这句话代代相传，类似于族谱首页的一句话了。

把陈高丁的坟墓迁到顶窟，陈高丁的族人应该是能够同意，为了预防万一，还要再加一把火。更为关键的是，顶窟人如何同意呢？吴高仁的思维一直在奔跑。

4

吴高仁掏出手机，想给陈运开发条短信，想想如前几天一样，依然作罢。陈运开就是陈高丁后裔中显赫的另一个，运开集团董事长，资产上百亿。该董事长和陈运哲不一样，他是真正出生、成长在老家的人，直到20多岁才外出打工，后来自己经商，企业一再扩张。陈运开一度曾经回老家西水县办企业，数年后因故迁走。吴高仁曾经专门去拜访过他，如此一个规模的集团董事长，又和工业园区管委会有着千丝万缕的联系，作为工业园区管委会主任，不去拜访那不仅仅是说不过去，简直是失职。不过那次拜访让吴高仁很难堪，吴高仁到达运开集团总部，秘书通报之后，出来后说董事长很忙，有什么事情可以请秘书转告。吴高仁不甘心，跑老远的路不是来得句可以转告这样的答复，但面对资产上百亿的集团董事长，自己实在是无法不允许人家不忙。吴高仁只好赔笑，让秘书再次通报，强调是家乡人来拜访。吴高仁说得相当诚恳，甚至可以说低声下气。以致后来吴高仁离开集团总部的时候，恨不得扇自己的耳光，惩罚这热脸去贴人家的冷屁股。

秘书看吴高仁如此说，也就代为通报。陈董事长又松口，说当时确实忙，只好请家乡的主任稍微等待。吴高仁决定耗着。秘书倒茶、添水很是积极。尽管她想不通董事长为什么如此，当天是难得清闲，没有外出也没有会客，为什么要把家乡人撂在那里坐冷板凳？想不通是想不通，但老板说忙自己绝不能说老板不忙，自己唯一能做的就是客气。这些人可是老板的家乡人，今天遭遇冷落，难保哪天摇身一变就是老板的座上宾。

当天陈运开董事长让吴高仁等了两个小时，才让秘书带进去。吴高仁觉得自己至少会得到一句抱歉或者解释之类，但是没有。陈运开并没有觉得什么不妥，只是任凭秘书让座、倒水，自己翻阅着一张报纸。吴高仁送上名片，陈运开也是接过顺手放在一边，顿了一下，才起身拿出自己的名片给了吴高仁。吴高仁只好找话题说客套话，说为家乡出了这么个企业家而感到骄傲。陈运开不领情，说自己是个商人，无所谓骄傲和荣光。吴高仁有点尴尬，转移话题说感谢董事长对家乡的关心，希望董事长在合适的时候回家乡看看。哪知道陈运开回得更绝，我只是个被家乡抛弃的游子，对家乡不关心不过问，回去也不受欢迎，何必呢?气氛一时尴尬。吴高仁知道今天这话说得艰难，突然也来了脾气，站起来告辞。临出门，说了一句，无论家乡如何，您有一天会回去的。“头发白沙沙整天想外家”，吴高仁知道这句闽南话陈运开听得懂，外家就是娘家，这句话的表面意思是嫁出去的女儿到年老头发都白了，一直想的就是回娘家。引申开就是一个正常人无论走到哪里都会思念家乡，其实就是叶落归根的意思。吴高仁不等陈运开接腔，继续往下说：当年陈高丁的母亲为什么会在陈高丁出生前回娘家?就是因为思念自己的家乡。女人这样，男人也如此，无论您何时回去，相信家乡人会欢迎您。吴高仁说完，不等陈运开说什么，掉头离去。

吴高仁知道今天的角色属于“前牛吃麦，后牛担罪”，委屈无处诉说，当年陈运开回家乡办了一个企业，因为拒绝为县里一个活动的捐赠要求，得罪了某领导，该领导三番五次让某职能部门去找毛病，甚至要拘捕陈运开，最后陈运开关闭了在西水县的企业，伤心离去。吴高仁知道事出有因，他今天前来已经做好了充分准备。虽然当时的事情和吴高仁无关，但吴高仁知道，不能放开任何一个客户，何况西水县条件限制，外来投资相当一部分是走出去的西水人返乡投资兴业，有个名称是“回归工程”。吴高仁今天来，属于“明知山有虎，偏向虎山行”。

当天吴高仁不仅仅是收到冷遇，甚至可以说受到凌辱。吴高仁在车上的时候，长叹一声，却不说话。有些事情“甘苦寸心知，不足与外人道”。这是政治家的智慧，也是素质。既然你走上这条路，许多辛苦和委屈只能自己吞下去，继续往前走。尽管自己连七品芝麻官都算不上，最多就是八品。用王明娟的话说，就是个小官吏，但用吴高仁的话说，他是把自己“提拔”成领导干部，严格要求自己。走到半路，吴高仁的短信提示音响了，打开一看，是陈运开发来的“抱歉。陈运开”。只有五个字，吴高仁发现阴霾里透出了几缕阳光，吴高仁清楚，这是自己用陈高丁这几个字硬是扯开了一点点的缺口。吴高仁回了两个字“理解”。再也无话，但心情逐渐好了起来。后来，吴高仁和陈运开曾经有数次短信往来，尽管是节假日的互致问候，但这也是一种联系通道，如果连这些都没有，那就更为悲哀。

吴高仁知道陈运开对陈高丁感兴趣，也知道必须拿下陈运开，否则陈高丁坟墓的搬迁依然是大问题。陈运哲能决定方向，但真正要落实需要陈运开支持经费。迁移陈高丁的坟墓，不是随便弄个土包子，这经费不在少数。想凭借向陈高丁后裔每个人收点钱，不仅时间长，难度大，缺口更大，只有依靠陈运开大笔一挥，才能快速解决问题。而且吴高仁对陈运开另有想法。

吴高仁想想，没有发短信，而是打电话给陈月升。陈月升说自己正在回乡的路上，问家乡的父母官有什么指示？吴高仁很高兴，正是打瞌睡捡到枕头。马上告诉陈月升第二天中午请他吃饭，陪同人员由陈月升指定。陈月升也是陈高丁的后裔，陈月升是个地理先生，陈月升原来属于在地里扒食的人，受不了辛苦，自己跑出去。晃荡几年之后，居然成为地理先生，算命看风水，样样都插一手，嘴里念着不是哪个大老板就是哪个官员，神神道道。开始的时候，家乡人对他很是不屑，说他就是一个走江湖的混混，骗了这家骗那家。不过没几年，陈月升居然让人瞠目结舌，他说哪个官员他给算了一下，替他老祖宗找了个好地，马上提拔；哪个人他为他家里的孩子选定了书桌的方向，原来读书不怎么样的孩子考上大学；哪个生意场的老板因为他发了大财。如果说说而已，谁也不信。关键陈月升在西水县城买了房子，在市区也买了房子，把老婆孩子都接过去。陈月升说这些钱都是来自那些官员和老板。这可是真金白银，如果不灵验，谁也不会白给钱。更为关键的是，陈月升成为陈运开的座上宾，陈运开的所有项目开工都是陈月升选日子，看方位。陈运开送了陈月升一部奥迪车，每个月还有不少于10万元的花销。陈月升回乡，也就抖起来了，许多人看到他，都是陈大师陈大师地称呼他。

陈月升准时赴吴高仁的宴请，带了七八个人，都是陈月升平时的朋友之类。吴高仁知道陈月升喜欢这个，多少有点挣面子的感觉。既然陈月升喜欢，吴高仁就给。吴高仁知道陈月升这个人不知道什么时候用得着，平时回来也会请他吃吃饭唱唱歌，其实在吴高仁当宣传部副部长的时候，就曾数次请陈月升喝酒吃饭。

几个人你来我往，喝得热闹。中途，见陈月升出去接电话，稍等一会，吴高仁也出去。刚好陈月升接完电话，两个人就站在走廊里聊了一会。吴高仁说了陈高丁坟墓的事，陈月升赞同迁墓，说这次也是回来看看陈高丁坟墓究竟成什么样子了。陈董事长那边，我会去说。陈月升吸了一口烟，随烟圈吐出这句话。吴高仁很高兴，内心里直说陈月升是明白人。那就有劳兄弟了。陈月升也不含糊，说你吴主任看得起我，从当年宣传部的吴副部长就没有拿我当蒙吃骗喝的角色，我会让陈董事长同意迁墓，还有尽量让他出大头的资金。两个人回到包厢，满满地干了三杯葡萄酒。当天，陈月升和吴高仁都喝得差不多，互相拍着肩膀，不时说着哥俩好。一句话翻来覆去说了好几遍。

吴高仁拟了个名单，发给杜教授。过了几天，杜教授就回话，事情基本敲定，就看吴高仁最后定下研讨会的具体时间。陈月升那边还没有消息，吴高仁觉得应该再用什么事情推动一下，最好迁墓和研讨会的时间不要错开太久。但用什么方式呢？陈月升已经就迁墓的事情在陈高丁后裔中说了出去，迁墓的声音强了一些，但依然不是唯一的声音。这边要推，顶窟的事情也要解决，否则到时候麻烦。不过要解决顶窟的问题，他要等待，等待一个契机，其实吴高仁为这个已经等待了一段时间了。

5

吴高仁接到一个好消息。县国土局长给他带来的。顶窟被确定为省地质灾害点整体搬迁示范点。吴高仁放下电话，长长地舒了一口气。顶窟村庄后方山体开裂，地质灾害点整体搬迁申报了一段时间。其实，在此之前已经有不少住户自行搬迁到集镇所在地建新房。当时吴高仁和县长、县委书记都汇报过，如果顶窟地质灾害点整体搬迁示范点获批，那县里将及时配套资金推进。毕竟那开裂的山体就像个血盆大口，谁也不知道在哪场台风暴雨后要吞噬人口，那可是时刻高悬的利剑，让书记和县长都睡不好觉。当时吴高仁在和省发改委郑新副主任以及王明娟喝茶的时候，说到陈高丁坟墓打的搬迁，也说到顶窟地质灾害点的整体搬迁。被确定为示范点，资金由上级补助 70%，这可不是小数目。

吴高仁兴奋还没过去，手机又响了。电话里传来一个消息：陈高丁的坟墓被破坏。吴高仁赶快给工业园区管委会派出所所长打电话，派出所所长已经出警，目前正在山道上爬得气喘吁吁，说话也就断断续续。吴高仁让派出所所长赶快到位，有什么具体情况马上汇报。吴高仁在放下电话的时候，说了一句：赶快减肥。派出所所长不知道是没有听清楚或者什么，只是说我将尽快汇报。吴高仁放下电话的时候，脑中出现的是派出所所长肥胖的身躯。

十分钟后，派出所所长电话汇报，他已经赶到现场，陈高丁的坟墓被锄头挖得乱七八糟，有大大小小五个洞，最深的有 35 厘米，浅的 13 厘米，开口都在 20 厘米以上。现场抓住破坏坟墓的人，也是陈高丁的后裔，一个叫陈疯子的人。陈疯子是个“半丁”，也就是疯疯癫癫的人，头脑时而清醒时而模糊，做事没有章法。现在正要把陈疯子带回派出所。把陈疯子带回派出所也治不了罪，毕竟陈疯子是个“半丁”，无法承担多少责任。关键是不把陈疯子带回派出所，估计陆续赶来的陈氏族人会把陈疯子打死。坟墓被挖事小，出了人命就不是小事。还有点脑子，你处理吧。吴高仁想想，给陈月升打了个电话，电话那头，陈月升连声惋惜：完了，这风水就算彻底完了。我马上向陈董事长报告，马上赶回去。吴高仁听到陈月升的哀叹，头脑中迅速明亮：契机来了。这念头在他刚接到陈高丁坟墓被损害的电话时就在他的头脑中闪现，陈月升的一番话让他迅速明了。他给派出所所长打了一个电话，提示说陈疯子是副市长陈运哲的一个远亲：平息陈氏族人的怒火，但要保护好陈疯子，一定不能出现其他事件。

吴高仁立刻给挂钩顶窟的工作队队长打电话，让他找顶窟组组长和几个有声望的村民代表，马上到他的办公室。其实这代表名单，早已经在吴高仁的脑海中，这几个人也已经在履行村民代表职责，找吴高仁多次。他们也希望整体搬迁，但又不想全额承担搬迁费用，期望政府承担得多一些。吴高仁把顶窟作为地质灾害点整体搬迁示范点往上报的时候，还专门找了王书记汇报。王书记听了汇报，肯定了吴高仁的做法，给予支持。王书记这一票至关重要，顶窟地质灾害点整体搬迁示范点方案得以顺利上报。在等人的空隙，吴高仁给杜教授去电，约定陈高丁研讨会在十天后举行。杜教授很欣赏吴高仁的果断，说他将约定五位教授出场。杜教授还建议吴高仁把研讨会放在省城开，方便教授出场和新闻媒体跟进报道。类似的研讨会，关键的是哪个重量级的人物参加，而不是会议的地点。吴高仁当场答应，说马上汇报县委、县政府主要领导。

顶窟工作队队长和村民代表到达的时候，吴高仁正在对着办公桌上的电脑出神。吴高仁并不把示范点的事情说出来，只是问那些村民代表，村民对搬离顶窟有何反响。村民代表七嘴八舌发言，虽然有点乱，吴高仁还是听出头绪：村民反响强烈，对那些安全隐患很不放心。希望政府支持搬迁，对之前确定的集体安置点没有意见，但集体搬迁费用确实太高，原来确定政府支持30%，但村民无力承担剩下的70%，希望至少扶持50%。如果这些条件我们尽量争取，你们能否保证村民全部及时搬迁，不再提出其他要求？吴高仁抽了几口烟，才抛出个问题。如果政府支持50%，剩下的事情我们包了，谁不及时搬，大家吐口口水就可以把他淹死。那原来就说的，那些老房子可要拆除复耕复林。都搬下来了，那些老房子有什么用啊。这些都没问题。村民代表回答得大包大揽。吴高仁在室内转圈，那几个村民代表也不敢吭声，看他转圈。吴高仁转了十几圈，挠了多次头发，好像费了很大的力，才下定决心：好，就按照原来测算的费用，政府支持50%，因为老房子无偿拆除复林，我争取再加5%的支持，五天内全部签协议的，最后追加5%。同时安置点的道路由政府投资铺设水泥路。我这可是割肉啊，你们要把事情办好。那些村民代表听了，眼睛直了：吴主任，你这样仗义，如果我们再不做好，以后就无脸见你了。放心，我们下午马上开村民大会。谁落后，我们先不放过他。吴高仁当即要求挂钩工作队队长全程参与，务必在五天内签订协议。同时和建设规划部门联系，那些安置点的规划设计锁在橱柜里，可以出来见天日了。

五天后，工作队队长把所有的协议放到吴高仁的面前，吴高仁很是欣赏地拍拍他的肩膀：小伙子，不错。小伙子马上很激动，把胸脯挺了一挺。陈疯子还关在派出所里，吴高仁告诉派出所，每天准时给他送饭。吴高仁让派出所所长告诉陈疯子的家人，这时候把陈疯子关在派出所，是对他的保护。如果放出去，情绪愤慨的陈氏族人可能会把他砸死。吴高仁了解到，陈疯子之所以去挖陈高丁的坟墓，是说陈高丁没有保佑他，偏心眼。其他陈氏族人要么升官，要么发财，要么娶漂亮老婆，要么生儿育女，只有他单身一人，还是个“半丁”，整天被人嘲笑。那天他刚好在路上闲逛，被其他同宗的小孩子追着叫他陈半丁，火一起，回家拿把锄头，想把陈高丁挖出来。陈高丁没有挖出来，陈氏族人不安静了。好几个风水先生看了之后，都摇头叹息，本来陈高丁的坟墓因为前面的水直流和“交椅”受损，已经不好了，再被陈疯子一挖，龙气泄尽，重修没有什么意义，唯一的出路就是搬迁。陈月升赶回来，端着个罗盘上上下下，还跑到远处，往回张望，最后的结论也是要搬迁坟墓。

在陈氏族人讨论坟墓搬往哪里的时候。吴高仁赶往省城，参加陈高丁研讨会。县委王书记、宣传部长、人大一名副主任、政协一名副主席，还有陈运哲、陈运开等陈高丁后裔代表都参加研讨会。王明娟也从北京赶来，她还拉了省发改委的郑新副主任到研讨会上坐了半个小时，这半个小时已经足够，让王书记、陈运哲、陈运开等都兴奋不已，也让他们对吴高仁刮目相看。杜教授他们都准时出席，他们在场上对陈高丁的历史和现实意义多角度挖掘，杜教授在研讨会上是当然的权威，抛出了许多新的观点和论断。最终记者的报道都提到这点：在经济发展的同时，要注重文化的挖掘和保护。挖掘陈高丁的文化价值以及清廉思想等，对西水县的经济发展有重要意义。

王明娟参加完研讨会，即将飞回北京。吴高仁送她到机场，王明娟说小官吏，我这次可是为你鞍前马后，你记得欠我一个人情。吴高仁说当然记得，看来来世我做牛做马，衔环结草也无以回报。王明娟看着窗外，说我才不要什么下辈子呢？那太虚泛，记得什么时候好好请我喝顿酒。看是陈高丁的坟墓完工或者你借陈高丁鼓捣出的什么东西有个形象的时候。小官吏你可别告诉我，你这么折腾仅仅是为了迁走陈高丁的坟墓。如果仅仅是这样，我可帮错了。吴高仁长叹一声，说和聪明的女人打交道就是不一样。高手啊，高手。除了佩服，没有其他选择。我是想借陈高丁拉项目，搞个陈高丁文化园之类的，文化搭台，经济唱戏。

机场已到，王明娟谢绝吴高仁送到安检门口的建议，说小官吏，你的事情还很多。我认得路，也知道办理登机手续。你就回去忙活你的事情吧。看在你坦诚相待的分上，告诉你个爆炸性的内部消息：郑新副主任将空降你们市当市委书记，好好把握机会吧。吴高仁听了目瞪口呆，直到王明娟已经消失在入口处，他还没缓过劲来。老半天，他给王书记发了一条短信，王书记的回信很简短：马上回来，好好筹划。

6

陈高丁坟墓的搬迁顺利进行。顶窟的村民对此没有多少异议，他们正忙于自己村庄的整体搬迁。有少数几个人提出看法，被村民小组长一顿呵斥：地理先生吃饭靠的不就是一张嘴，说好也是他，说不好也是他。再说了，村庄搬迁了，都要复耕复林了，不要说三年，三十年也听不到鸡鸣声。要听到也只有野鸡的鸣叫，你还操什么心？村庄进度上不去，县里把补助给您扣下来，到时候听不到鸡叫声，倒可以听到你们的哭声。一顿骂，那几个人赶快低头去干活。吴高仁在办公室里听到小组长表示忠心的汇报，从抽屉里掏出两包烟，扔给小组长：不错，加快进度，保证质量，还有，注意安全。

陈高丁坟墓搬迁得到陈运哲和陈运开的支持。陈运哲对报送过去的规划设计很满意，图纸中，陈高丁的坟墓就落在传说中的宝穴，墓园大气，墓碑前有石马、石像，甬道悠长，两边绿化考虑周详，设置山门、凉亭、碑亭，整个效果不是一个墓而已，而是一个以墓为核心的文化公园。陈运开表态，陈高丁坟墓的搬迁费用，包括从山脚下直通坟墓的道路，陈高丁后裔随缘捐赠，不足部分由运开集团负责。有了钱，地又不成问题，施工自然紧锣密鼓地进行。

吴高仁正在办公室看着报纸。突然一个标题让心咯噔一跳《西水县毁林修坟墓死人复活争抢地盘》，文章把修建陈高丁墓大肆渲染，还有正在修墓的图片，几棵被挖倒的树木横卧在那里，枝干被修剪过，那些枝叶显得伤心欲绝。吴高仁打电话叫来小高，问他这几天是否有媒体记者前来采访。小高回忆半天，也没有想起接待过哪家媒体，也没有接到电话联系。吴高仁用报纸敲着桌面：说话要经过脑袋，人家是来捅你的屁股，还会事先张扬？只有那些锦上添花、歌功颂德的记者才会生怕你不知道。吴高仁就是担心记者会抓住“青山挂白”做文章。“青山挂白”

这名词听得文雅，其实就是在青山中修坟墓，破坏观感还破坏生态，顶窟虽然不在路旁，关键这坟墓修得有点大。吴高仁让小高去了解一下，自我解嘲说这阵子就和陈高丁耗上了，数百年前的死人能让今天的他不得安宁。

不到一个小时，小高就跑回来复命。前几天陈高丁坟墓来了个陌生人，因为吴高仁有交代，驻场监督施工的工作队队长轻易不让陌生人靠近。当天去工地的陌生人是个农民工，身穿一身破旧的衣裳，头戴一顶斗笠，声称是受雇在旁边的果园里干活，因为忘记带火，烟瘾上来了，看到有人干活，就跑过来借火。他说得有板有眼，工作队队长就放松警惕，还接过他递来的香烟聊天，说到天气，说到干活辛苦、钱不好赚等等，话题宽泛轻松，跳跃性极大。接到小高电话，工作队队长才恍惚想起，当时该人还问起修的是谁的坟墓，后裔真有钱等。听施工人员说是陈高丁的坟墓，他还赞叹陈高丁是个清官。回忆起这样的细节，感觉不对劲的工作队长到四周搜寻一遍，在不远处的果园里看到当天陌生人穿的旧衣裳，戴的破斗笠，还有干活的一把锄头。工作队队长才知道这些是陌生人的道具，他是记者无疑。工作队队长知道坏事了，让小高赶快汇报吴主任，自己也从山上赶过来，接受批评处理。

吴高仁告诉小高，让他打电话给工作队队长，要他不必赶过来，继续坚守施工现场，该干嘛干嘛。明确告诉他，说主任说了，不会因这件事追究他的责任，让他安心干活。小高有点怀疑，吴高仁笑骂：你们这些人，脑袋就是一条筋。看什么事情就看一面，你们怎么不会从另外一个方面来看这件事？塞翁失马焉知非福，这个故事读过没有？如果没有，那就赶快去补课。小高看主任高兴，知道他刚才说的让工作队队长安心干活的话不是冷嘲热讽，就赶快去打电话。

吴高仁看着电脑，给王明娟发了一条短信，告诉她有媒体在炒作陈高丁坟墓搬迁的事情，后面还加了一句：老天爷看我干活辛苦，来帮我了。王明娟没有马上回短信，时隔十几分钟才回短信，吴高仁知道她肯定是先上网查看，他相信这阵子网上的舆论肯定多了起来。小心玩过头。王明娟的短信很简单，里面的信息量丰富。放心，我开研讨会的目的是什么？把陈高丁炒热啊。现在不是送上门来了吗？助我一臂之力了，这舆论套用一句广告语：可防、可控、可治。王明娟回了一个敲脑袋的表情，看着那小铁锤一下一下地敲着脑袋，吴高仁摸摸自己的头，好像扯动了某条神经，有点痛。

吴高仁给县委常委、宣传部长打了个电话，汇报媒体上有关陈高丁坟墓的报道。吴高仁说估计这篇报道会火，我立即让人准备新闻通稿，积极应对。他还向正好外出考察的王书记打电话，汇报此事之后重点说想通过炒热陈高丁这件事，借此引进文化开发项目，搞个陈高丁文化博览园，打名人牌，来个文化搭台，经济唱戏。原来只想让陈高丁腾地，后来想到这个思路，但不知外界影响反应如何，还不敢声张，只是悄悄做准备。还悄悄准备，都把陈高丁的坟墓搞得这样大，你如果不是有想法，吃饱了撑的啊？吴高仁说领导就是领导，目光独到，明察秋毫，把手下的想法看得一清二楚。看来以后得更加夹紧尾巴做人，要不会让领导提起后脚。

王书记在电话那头哈哈大笑，说你还夹着尾巴做人？已经尾巴翘上天了，这么大的思路都不事先汇报。吴高仁赶快检讨，同时为自己辩解：领导不是说要把工业园区做大吗？可是您没有要求如何做大每个细节都要汇报，我哪敢用不成熟的思路来烦领导，如果那样岂不是让领导批评没有办事能力？我听说当领导的都是只问结果不问过程。我上次研讨会之后回来可是有向您汇报要拿陈高丁做点文章。他老人家占了我一块地盘，安逸几百年，还让我给他修墓，我不拿他做点文章不是亏大了？王书记也不多说，让吴高仁赶快找县长汇报去，让县长对整个想法心中有数。吴高仁不敢声张，这想法当时就和县长透露过，县长也有此想法。吴高仁当即答应，立即找县长汇报。和书记通完话，吴高仁让小高先拟份新闻通稿，要点有三：一是陈高丁迁坟墓是给工业园区发展腾地，新的坟墓要和他的旧墓以及他的历史地位相称，还有略有提升，才有利工作顺利推进；二是陈高丁是个历史名人，西水县要借助陈高丁的名人效应，提升文化品位，就要先做大文化名人品牌，挖掘内涵的同时，必须有个载体；三是工业园区要借力陈高丁的名人效应，发展以陈高丁为文化核心的文化项目，文化搭台，经济唱戏，谋划发展。

媒体的反应在吴高仁的预料之内，数天之内，各路媒体蜂拥而来。吴高仁让小高协助县委宣传部新闻科、外宣科全权接待，安排好住宿、安排好生活、安排好车辆，记者要前往现场，热情陪同，要采访群众就放开采访，采访到政府工作人员，就送上一份新闻通稿，吴高仁及以上领导概不接受采访。几乎每天，都有记者前来，也都有文章见报，一时间，陈高丁和西水工业园区成为热词，本市及周边地区都知道西水县有个历史名人陈高丁，也知道西水县有意打名人牌，有意在西水工业园区引进以陈高丁为文化核心的文化项目。

热闹过后，媒体逐渐冷下来了，后来也就没有记者过来了，这也正常，再热的点都会冷却，时间长短而已。吴高仁很得意，毕竟采访到的老百姓都支持陈高丁坟墓迁移。再说迁坟墓是和给工业园区腾地挂钩，还是和未来开发项目挂在一起，动个几亩山地就不是什么事了。现在随便哪个项目不用动到耕地？动山地是很小的事情了。吴高仁现在考虑的是：吆喝出去了，要认真选买家了。这陈高丁文化园谁来投资呢？普通的说法是只要有钱有资质就行，不过内心深处，吴高仁最希望一个人来投资，这个人就是陈运开。

7

周六，吴高仁收到陈月升短信的时候，正在家里翻报纸。看报纸是吴高仁的特殊爱好，吴高仁的老婆说，报纸就是吴高仁的二奶，一天不见就坐立不安。当时吴高仁正在研读报纸上有关文化产业发展的一篇文章，眼光的热烈和迷离绝对像男人看到美女。陈月升的短信只有一句：他上午会悄悄过去看看，大约十一点到。吴高仁立刻放下手机，换掉休闲的家居服，直奔陈高丁坟墓的施工现场。陈月升短信中的他就是陈运开。

吴高仁让小高带上几份材料，到现场候着，自己也随即赶到。工作队队长说领导不好好在家休息，工地有自己监督，领导是不放心啊。吴高仁笑骂，你这家伙别拐弯提醒我，说你自己连周末也没得休息，言语之中我是个周扒皮，没办法，劳碌命的人就是要干活。你得把这项工程抓实盯紧，我不是拿这当风景，我指望它是只金鸡母。今天有重要客人，我得赶过来。工作队队长赶快请示吴高仁要做哪些准备，吴高仁挥挥手，无需任何准备，该客人只是悄悄出场，我也是顺便碰上，大家该干嘛就干嘛。

陈运开到场的时候，吴高仁其实已经看到，但他装着没注意，向工作队队长了解情况，和工人聊天，好像他也碰巧在周末来监督施工质量。吴高仁觉得自己在演戏，但这戏还得演，人家陈运开又没有正式告知要前来察看，凭什么自己专程来等待？陈运开看到吴高仁在那指指点点，也就走过来，认出曾经登门拜访的工业园区管委会主任。两个人正面接触，握手寒暄。

吴高仁就和陈运开一起看了施工现场，吴高仁介绍了陈高丁坟墓迁移情况。站在施工现场，可以看到陈高丁的坟墓背倚青山，两边各有一条山岭环抱。坟墓前是一条蜿蜒而上的道路，如今要修建成水泥路，路坯已经完成。顶窟占着一个“顶”字，其实并不高，算是丘陵而已。那个“窟”字，其实是关键，上了一点高度，被两座山环抱之下，是一块平地。前面视野极好，很有层次感地渐次降低高度。顶窟最多的东西是竹子，风一吹，竹叶沙沙作响。村庄里原来到各个方向干农活，走的都是小路，如今这些小路，长草，长青苔，走在上面，就很有历史感，吻合了当今寻古仿幽的期待。

吴高仁手指规划中要修建道路的方向，说别看现在交通比较不方便，这地方比较偏，只要那条路一通，这里离路边就很近，立刻成为一块宝地。陈运开也不绕圈，说我看到报纸上的报道，说当地有意建设陈高丁文化园，这是宣传噱头，说说而已，还是有实质性的意向？吴高仁说我们绝对不会仅仅为了宣传而折腾一个已经去世数百年的人，自己曾经在政协文史委待过，认真研究过陈高丁，觉得他是个好官。刚好陈高丁的坟墓受损，并且陈高丁的坟墓在原地也影响了工业园区的扩张，才动了迁移陈高丁坟墓的念头，两全其美，更为重要的是，可以圆数百年来陈高丁后裔的愿望，把老祖宗下葬在当年就选中的地方。文化产业发展是趋势，也是未来发展的一个重要方向，西水县有此资源，当然要充分挖掘，自己是工业园区的管委会主任，满脑袋想的就是招商引资，有此机会自然不会放过。

那吴主任想把文化园做得多大？做大与小是一个问题，关键还是要做精。不论怎么做，陈高丁肯定是关键，但我不想陈高丁仅仅是一件外衣，脱了陈高丁这件衣服，其他什么都不是。我希望陈高丁文化园能够处处流露出陈高丁的气息，把陈高丁融进去，无处不在。成为这个文化园的灵魂。换句话说，陈高丁文化园不能停留在“挂羊头卖狗肉”的层面。陈高丁文化园肯定有地产、商贸等，商家来投资，考虑的是商业利益，这个无可厚非，不过这个项目是要做有文化的商业项目，而不是商业项目中有文化。同样的字，挪个地方，谁主谁次，天差地别。

给我2000亩地，我来做。陈运开直截了当。1000亩做文化园，1000亩做我的运开集团总部。细节我将派一个专门的工作班子前来洽谈，我只定方向性的。规划中的那条路要提前修建，命名为高丁路。只要陈董事长有这个意向，我会及时向县委、县政府主要领导汇报，细节具体商谈。具体环境我也不再介绍，您肯定很清楚。吴高仁说这句话的时候，心中很清楚陈高丁坟墓迁移工程启动之后，陈运开今天已经是第三次悄悄前来了。前两次吴高仁故意不声张，也不和陈运开正面接触，欲速则不达。报纸上吹风出去说西水县要建陈高丁文化园，吴高仁就知道陈运开不可能无动于衷。他这个不纯粹是商业，而是某种标志，时间的标志，地位的标志。关键的是，从陈月升那里，吴高仁知道陈运开正要选择一个拓展的方向和地盘，在市区里，拓展的空间太小，运开集团已经成长为一个大人，原来的衣服已经穿不下。而且，陈月升透露，陈运开不想把总部搬到大城市，到了大城市，尽管运开集团不算小，但和它平起平坐的企业不少，超过它的也有一些。陈运开想做的就是站在最高峰。陈高丁文化园给了陈运开一个契机。

陈运开回来顶窟之前，专门去见了陈运哲。他们两个人是族兄弟，属于在两条道上的领跑者。陈运开和陈运哲交谈了一个小时，具体内容不得而知。不过见面之后，陈运开先后三次回到顶窟。前两次都是悄悄来，悄悄走。第三次，陈运开在出发前，和陈月升说了一句：我们两次去都没有看到那个吴主任。地理先生干的就是察言观色，揣摩意思的活儿，陈月升明白陈运开就是想不经意地和吴高仁主任接触，当即也不说话，只是悄悄给吴高仁发了个短信。他知道，只要有这个短信，陈运开肯定会偶然和吴高仁见面。吴高仁又欠了自己一个人情，回去吃他的喝他的也就心安理得。

陈运开上车的时候，对吴高仁说了一句：是你那句话触动了我。吴高仁边挥手边想起来，就是那句“头发白沙沙整天想外家”。他朝着陈运开的车屁股再使劲挥了两下手。

吴高仁当即给王书记打电话，汇报了陈运开的意向。王书记很高兴，当即表扬吴高仁，要求组织得力小组，从发改委、招商局、建设局、国土局、文化局、旅游局等县里相关部门及工业园区抽调人员组成谈判小组，深度对接，有效推进，促成项目早签约早落户早开工。吴高仁要求王书记指定一名县领导具体牵头负责，工业园区管委会主任只是正科级，和县直单位平级，很多事情不好协调。王书记在电话那头哈哈大笑，说吴高仁嫌官小了，拐弯要官。如果这件事情前一段时间提出来，他王书记也没办法。不过，刚刚得到可靠消息，下周将有考核组前来，考核吴高仁，拟提任副县长。我以为你也知道这消息，要和我汇报呢。吴高仁头嗡的一声，没有镜子，但他也知道自己的脸红了，不是害羞，是血往上涌。属于天上掉馅饼又刚好砸到他头上的感觉。当时王明娟告诉他郑新要前来当市委书记的时候，吴高仁就隐隐约约闪过一丝想法，觉得自己的命运会有转机，只是没预料到这么快。郑新在陈高丁研讨会结束不久就空降上任，当时吴高仁给他发了一条短信表示祝贺，郑新回了两个字：谢谢。郑新上任之后，曾经到西水县两次，但没有到工业园区。吴高仁忙着陈高丁坟墓的搬迁工程和接待那些记者，再说一个正科级干部离市委书记确实有点远，不是一两个路口的问题，而是好几条街。吴高仁不敢轻易去找市委书记。

王书记在电话那头，告诉吴高仁好好准备材料。到时候你就直接协调，工业园区管委会这副担子你暂时跑不掉，好好准备谈判，只许成功，不许失败，你可别辜负了领导的期望。吴高仁知道王书记口中的领导不是他自己，而是市里的那位。放下电话，吴高仁又向县长做了汇报，县长也知道了吴高仁要提拔的消息，先是表示了祝贺，然后和王书记一样，要求吴高仁全力以赴，争取这个项目。

吴高仁看到手机里有短信，是王明娟的。小官吏，头上要多一顶帽子了，看来，更不怕冷了。这回就是从七品，有没有飘飘然？吴高仁回了一条：想拎着头发让自己飘起来，后来发现白费劲。还是离不开地面。王明娟的短信马上再次过来：哈，这就对了，还是离不开土地。我会脚踏实地，积极向上。我又不是组织部长，用不着给我汇报思想。吴高仁索性把电话挂过去，我发现自己的脑袋很笨，有时间在那键盘上按来按去，不知道挂电话，多辛苦手指头。哈，你思维也有短路的时候，看来也聪明不到哪里去。是不是让意外的消息给弄得手足无措啊。看来，小官吏还要继续进步，要宠辱不惊。这估计有难度，我现在折腾的陈高丁，如果看到他的坟墓被修得如此气派，估计也睡不安稳。吴高仁说了陈运开今天前来的情况，王明娟稍一思索，说你明天就赶过去，找陈运开，体现诚意。不过这协议要等你上任后再签，汇报时可以做个成绩汇报，但不宜大范围公开，你一签协议，媒体肯定报道，难保不会有其他声音。弄不好，考核时不会加分反而丢分。吴高仁说：到底身处京城，考虑问题角度就是不一样，我刚才还想到明天要赶过去，不过我的想法可是争取在考核前把投资意向协议签下来，可以浓墨重彩写一笔，看来确实火候不到，还得好好学习。别拍马屁。对，对，对，我忘记了你不是马。两个人调侃一番，吴高仁挂断电话，发现天特别蓝，空气特别清新，忍不住想高歌一曲。他又掏出电话，挂电话给老婆，在电话里嚷嚷：炒几个菜，我要回去喝酒。

8

吴高仁顺利被提名为西水县副县长候选人。经过县人大常委会任命，吴高仁就成为西水县排名第九位的副县长，被熟悉的朋友称为“吴九副”，吴高仁成为副县长之后，还兼任西水县工业园区党工委书记、管委会主任，他的主要时间和精力还是在工业园区，刚好吻合“九副不如一正”的说法。在考核和后面提请任命的过程中，吴高仁没有忘记和陈运开的接触。陈运开第三次来看陈高丁坟墓迁移情况之后，吴高仁第二天就赶到陈运开的运开集团总部，和陈运开面谈。陈运开在办公室接待了吴高仁，不过这次和上次的见面可谓天差地别，陈运开和那次吴高仁去见陈运哲一样，也是亲自泡茶，亲自端茶。陈运开说起小时候的种种故事，非常轻松，谈笑自如。聊天中，陈运开说了两件事，专门以茶代酒谢了吴高仁。一件事是吴高仁打听到陈运开的父亲喜欢吃老家的水面，就是面条。但这面条不是纯粹用面粉店里的面粉加工，而是按照一定比例掺了本地小麦的面粉，从外观上看，面条有点黑，好像不大雅致，不过这面条吃起来特别有小麦的味道，香而且有筋道。吴高仁知道后，不时派人送面条给陈运开的老父亲，让他的老父亲吃起面条就念叨吴高仁的好。另一件事是有关陈运开的一个堂婶，老人家住在工业园区老家里，儿子是陈运开的秘书。前不久老人急病，是吴高仁亲自护送到县医院，不过老人到了医院没几个小时，就去世了。当时在医院的只有老人的女儿和一个侄儿，老人的儿子跟随陈运开出差在外，正紧急往回赶。当地风俗，老人去世之后要马上换上寿衣或者其他干净的衣服，老人的女儿和侄儿因为伤心，手足无措，吴高仁亲自为老人换衣服，让老人的儿子到家之后，看到的是衣服整齐的母亲。该秘书汇报了吴高仁的行为之后，陈运开喝了一口茶，说了一句：有情有义，有心。

吴高仁被陈运开一说，觉得好像自己如小学生一样，做了小动作又被老师发现。陈运开说知道吴高仁的心思，这陈高丁文化园自己肯定要投资，何时签个投资意向协议听从吴高仁的意见，不过具体细节肯定要细谈，这么一个投资不是拍拍脑袋就决定的。吴高仁也赞同细谈，谈得越深入后期项目推进越快，也越少后遗症。自己不喜欢吃夹生饭，滋味不好不说，还容易噎着，甚至出大问题。

陈高丁文化园最后尘埃落定，由运开集团投资15亿元兴建，工期六年，分三期。整个谈判过程很辛苦，谈了三个月。陈运开要回来投资没错，但在商言商，他要追求利益最大化。吴高仁作为业主单位领导，肯定要考虑整体发展和全方位的效益，包括经济效益和生态保护、周边协调、征迁利益，等等。项目签约的时候，市委书记郑新出席签约仪式。临走时，他嘱咐吴高仁：把好项目建好，建成一个好项目。要科学规划，凸显文化，提升品位。

项目签约第三天，陈高丁文化园破土动工，规划中的那条入县通道也同步开工。西水县组建陈高丁文化园指挥部，吴高仁任总指挥。指挥部抽调了县、镇、村干部组成多个工作组，分头开展相关工作。尤其是征地工作快速推进，征地款就高不就低，最大限度让利，并且全部现金支付，协议一签，当场付款。项目签约当天，吴高仁就要求运开集团立即先期支付5000万的征地补偿金，随后也要保证相关款项及时到位。20个小组同步推进，从签约到开工，三天之内征地428亩，创造了该县征地的奇迹。

王明娟给吴高仁发来短信：小官吏看来是春风得意马蹄疾，不过谨防得意忘形，注意别马失前蹄。吴高仁让王明娟找个时间过来喝酒，陈年米酿已经很久没喝了，为了这个项目，几乎没放开喝酒过，酒虫子蠢蠢欲动。王明娟说看来小官吏不以为然，以为可以马放南山，人无远虑，必有近忧。有些酒要慢慢喝，急不来。

吴高仁果然没乐多久。规划论证中，陈运开还是想把商业的部分做大，要改变原来说1000亩做文化园，1000亩做运开集团总部的计划，压缩文化园到800亩，而且这800亩里面商业街等的比例大为增加。吴高仁开始了拉锯般的谈判，说服，规划、建设等部门也纷纷提出意见和建议。吴高仁依然是宽慰大家，任何项目都是谈出来的，都是磨出来的，磨合，磨合，不磨怎么会合？

正当吴高仁和运开集团拉大锯磨合的时候，又出大事了。出事的原因是县委报道组一个新来的记者，认为该项目推进速度很快，尤其前三天就征地428亩，是个好新闻，立即写了一个稿件发到报社，文章立即见报。吴高仁看到报纸，脑袋大了，知道问题严重，他当初就一再强调，这项目报道仅限于签约这个层面，后面推进不再报道。吴高仁清楚这项目是边报批边推进，有些手续正在跑，不宜公开，属于只做不说。报道一出，立即引发关注，有家以“国字号”冠名的报纸来了一名记者，该记者名声响亮，擅长写批评性报道。在他的笔下，先后有多名官员中枪，被撂倒在地。最近一组系列报道，该记者写了几个地方的文化产业项目，大批当地政府借文化之壳，大肆圈地搞形象工程，最后因为后续基金乏力成为烂尾工程，或者搞成四不像。该记者不仅在他供职的报纸推出了一组系列报道，而且还在继续刊登，看来县委报道组的这篇报道引来他的关注，陈高丁文化园“有幸”入选，成为他跟踪的对象。吴高仁这时候已经没有时间和精力去批评报道组那个新兵蛋子，他知道这时候就是把这个新兵剐了也没用。

那个“国字号”媒体的记者一到就直奔国土局，要看被征土地的批文。国土局长声称管理批文的那个干部刚好出差，要数天之后才能返回。该记者知道这是搪塞之词，也不说破，只是说自己有时间和耐心，可以等。礼貌告辞之后，该记者又去建设局，要求查阅相关规划。王书记要求吴高仁主动接触，一定要把事情妥善解决。吴高仁正要前往建设局会见该记者，小高又从施工现场打来电话，说有几个群众签了协议之后，临时反悔，今天拦在挖掘机面前，阻挡施工。工作队长几个人原想做说服工作，希望能够解决，说服过程中，队长爆了一句本地话粗口，群众借题发挥，说政府干部辱骂群众，不依不饶，目前人群有聚集之势。吴高仁说我知道了，打电话通知工业园区管委会一个副主任，让他先到现场协调处理，自己见过记者后随后就到。

吴高仁在车上赶快打电话向王书记汇报这两件事，他赶到建设局时，该记者已经不辞而别，建设局办公室主任以为麻烦走了，正兴高采烈，根本说不清楚该记者去向。吴高仁想骂一句笨，想想还是忍了。只是掉头往施工现场赶，他预计该记者可能会到现场。

吴高仁也给王明娟发了一条短信，告知大略情况。快到现场的时候，吴高仁看到顶窟上端的那条山脉，这条山脉被当地人视为龙脉，山不高，有秀气。吴高仁其实知道群众今天的闹事并不是临时起意，而是借题发挥。那几名群众只是先头部队，属于试探性质。那几个群众属于陈高丁后裔里的一房，在顶窟也有一座祖先的坟墓，他们认为陈高丁文化园的修建会断了他们这一房的龙脉，最近一直在商量要阻止施工，吴高仁已经知道此事，正让人劝阻说服，只是事情突然变化。吴高仁想起王明娟的话，看着那条山脉，突然想起，越过这座山需要多长的时间？好不好爬？这时候王明娟回了短信，问吴高仁是否到了现场？吴高仁回答快到了，现在正在看山，考虑翻山越岭的可能性。王明娟立即又回了一条：关键是先找记者，有人拿文化园做文章，说你好高骛远搞形象工程，说郑书记任人唯亲，一到任就提拔你，拉帮结派。当地群众不要激发矛盾。市委郑书记已经让一名市委常委、统战部长前往协调处理。该常委叫陈运哲，刚刚从外地调回。

吴高仁让驾驶员停车，陈运哲调回本市任职他知道，才宣布三天。吴高仁曾想去拜访他，考虑领导刚宣布任职，事务繁忙，想稍等几天再去，只是给他发了短信而已。吴高仁把头靠在椅背上，看着前方的那座山，他要好好考虑一下，如何越过那座山，从哪个方向爬上去。

击鼓传花

1

丁志敏一下子把自己给推到风口浪尖了。

这次谈话好像没有预兆，快下班的时候县委王书记没有通过秘书，亲自打电话给丁志敏。那时候丁志敏正收拾桌头的文件，准备去酒店陪省农办的一个副主任吃饭。丁志敏是西水县的县委副书记，像这类迎来送往的活动很多。手机振动之后，丁志敏一看是王书记的电话，习惯性地稍微调整了一下呼吸，才按下接听键。“丁副，麻烦你到我办公室一下。”丁志敏边答应边站起身来。丁志敏的办公室和王书记的办公室都在同一层，县委大院的六楼。其实就隔着一个办公室。丁志敏向王书记办公室走去的时候边思考：书记找自己什么事情呢？这是丁志敏的习惯，一有什么信息，他的脑袋就快速运转，好像某个机构接到突发事件的信息，多部门马上启动。违章建筑、小水电。丁志敏在脑袋中马上出现这几个字，或许书记找自己跟这件事情有关，可能自己要冲锋陷阵了。这个念头在市委书记来调研之后，丁志敏就有预感了。

王书记招呼丁志敏坐下来，扔给他一支烟。丁志敏先给书记点上，自己再点上，呼出了一口烟雾。“丁副，今天找你是想跟你商量个事情，清理违章建筑和小水电这件事恐怕要你挑起来，力度才够，你有办法。你看怎么样？”书记的口气是商量，其实已经定了。这时候能做的事情就是爽快答应，否则最后事情还得做，反而给领导留下不好的印象。果然如此。丁志敏在心里说了一句。“服从安排。这是块硬骨头，不好啃，但不好啃也得啃。”丁志敏表态得挺干脆。“这就好，我相信你会有办法。这件事情比较敏感，要注意方法，既要清理违章建筑，又不能引发大的波动。群众都举报到市委书记那里了，市委书记过问了，我们必须给群众一个交代。”“我明白。”丁志敏知道这件事迟早落到自己身上，但他不说，只是那天市委书记说了后就开始在心里琢磨这事了。他知道书记会找自己的，作为一个副职，慢半个身位最为合适，慢太多，会留下反应迟钝的印象。太快，有抢镜头嫌疑。丁志敏简单回答，不喋喋不休地说自己的思路。“根据上级要求，县乡换届要在元旦前完成，最近事情多啊。你要多辛苦。”王书记弹了弹烟灰。“应该的。”丁志敏还是简练地回答，这是他的风格，少说多做。丁志敏知道书记这句话不是随意的感慨，本次换届选举，西水县县长风传要调任市直某局局长，民间版本已经把丁志敏列为接任县长的最热门人选。能否当上县长，上面的关系重要，王书记的意见也很重要。王书记来西水县之前，已经在另一个县任两年县委书记，届中调整到西水县，下一届留任已经很明确。谁和他搭档，市委包括省委组织部都会听听他的意见。丁志敏能否上去，王书记的意见很关键，对他安排的工作，丁志敏必须无条件服从，不能留下不配合的感觉。

“我看这件事你牵头，成立个城乡环境整治领导小组。不要把清理违章建筑和小水电放在文字表面，但主要职能是这个，顺便把城乡环境卫生工作抓一抓。”王书记还是商量的口气，但丁志敏知道这是布置工作了。“行，我着手准备。下周一开个动员会吧。舆论还是要先行。”“好，动员会我去参加，你布置，我讲一讲。人员你抽调，一路绿灯。”王书记边说边站起来，丁志敏知道这谈话就结束了，他已经提前一会儿站了起来，“那我先走了。”丁志敏边说边往外走。在前往酒店的路上，丁志敏的脑里就忙开了，之前只是预感，现在这预感成为现实，他就必须认真考虑了。这事不好做，敏感的神经太多。给群众一个交代，不如说给市委书记一个交代。这件事拖不得。按道理，丁志敏只要小心翼翼，平稳度过这换届前的三个月就可以了。可是事情的发展不是按照自己设计进行的，这时候，书记要配合，市委书记那里要体现。这件事做得好，加分。做不好，那是另外一回事，任何事情都是双刃剑，没有纯粹的好事。这组长不好当啊。如今这领导小组很多，多到当事人有时候都不知道自己任了多少个组长副组长，变成纸张上轻飘飘的一行字。可是这组长很有分量。

丁志敏通知秘书高庆德，让他先拟个开展城乡环境卫生整治的通知，准备自己的讲话稿，还要和县委办综合科对接，准备书记的讲话稿。一件事情要做，先开会发文件，几乎成为规定动作了。高庆德接到电话，思维短路了几秒，倒不是感到这稿件难写，当秘书这么多年，写领导讲话稿是基本功。高庆德第一感觉就清楚这是块烫手山芋，自己的领导怎么会接这个活？可是不接怎么办？丁志敏一个电话，自己不得照样忙？“嗯，好的，好的。”高庆德回答得很干脆，放下电话，他长叹一声。他知道丁志敏被放到煎盘上了，稍有不慎，伤筋动骨。高庆德从丁志敏当常委就开始跟他，已经六年了。他和丁志敏的关系，已经超越了简单的领导和秘书的关系，他不再是纯粹的拎拎包泡泡茶拿拿文件，许多事情他都养成独立思考的能力，能够在合适的时候提些建议。丁志敏对他的建议还很看重，经常采纳，不少事情，丁志敏开个头，小高就知道怎么做，还做得挺好。丁志敏曾经对小高说：“你的能力，放到乡镇当镇长，绰绰有余，可是我感觉你留在我身边，我轻松很多。只是要委屈你了。”“这样子我已经很满足了。我喜欢跟在您身边，可以学到许多事情。”高庆德忙急急回答，也是，自从跟了丁志敏，高庆德从普通科员到保密局局长到主任科员，六年走了几大步，别人也不容易做到。“不用表态，我看再过一年半载，还是得把你放出去，我不能耽误了你。现在仕途进步，慢一步，步步慢。”丁志敏摆手制止了高庆德的话。

动员会开了，高庆德没有想到丁志敏会亲自接受县电视台采访，承诺要在三个月内见成效。也不是丁志敏没事干，关键是他清楚西水县开展城乡环境卫生专项整治是市委书记来调研定的调，既然要做，就干脆背水一战，置之死地而后生。问题这环境卫生整治不仅仅是清理清理垃圾扫扫街道撕撕“牛皮癣”，很重要的一点是拆除违章建筑和清理小水电。丁志敏还对着镜头豪情满怀：该拆的拆，该炸的炸，坚决清理到底。这样的表态，有多少人鼓掌不知道，但至少有人等着看热闹，有人为他着急，高庆德听丁志敏接受采访时慷慨激昂，急得在旁边一直拉扯自己的裤线，好像这可以制止丁志敏的话头。他看着县电视台那个主持人一个问题接一个问题，恨不得把她的话筒抢了扔了。“怎么样？那架势要吃人？”采访完，回办公室的路上，丁志敏笑笑对高庆德说。“其实您没必要把自己先亮出去，弄不好，还没做就成为靶子了。”“是出师未捷身先死吧，既然这事难做，我们就要高调去做，连说都不敢说，怎么做？”“这不是您的风格？”“风格？看人点菜看病下药，如果有固定模式，那才麻烦。没迈步就被断了后路了。我就是要出乎意料。行了，别担心了，天不会塌，地不会陷。该干嘛干嘛。”高庆德端着水杯跟在丁志敏背后，听他说得轻松，但高庆德知道，事情没那么简单。

2

丁志敏把老干局局长陈克达违章搭盖的房子给拆了。陈克达的房子在县城南园。南园的房子开发得比较早，都是有天有地的那种，幢与幢的距离有六米，看起来也挺漂亮。问题是有些住户在自家屋檐下延伸出去，把六米的路生生切了将近三米，圈成自己家的院子了，放摩托车、自行车，修个洗衣池、摆几盆花之类的。好端端整齐的房子就凹凸不平了，原来畅通的路也就不顺畅了。没建的居民就有意见，不断有人投诉。有外面的客人也笑话说南园不像县城规划建设的房子，倒像农村的哪个新村建设点，房子是新的，思想疙疙瘩瘩，也就体现在房子凹一块凸一块。陈克达是最先抢建院子的人，他的家在那幢楼的最为靠边的一户，他不仅仅把前面的地圈了，还顺便把旁边的通道圈了，多出了直角的一块空间。不过因为他的身份特殊，几次清理违章搭盖，没有人敢去动他。曾经有个城监大队的副大队长，想拿他当突破口，带着人到他家门口，陈克达打了几个电话，房子还没动，该副大队长的手机就响个不停，只好在“是，是，是，好，好，好”的应答声中带着手下灰溜溜地撤回。他的没拆，其他人也有样学样，违章搭盖的日益增多，建设部门要清理，那些人就不服气：有本事你们把他的房子拆了，他的拆了，我们自己动手。他的没拆，看谁敢动我的。不能老欺负老实人吧。

丁志敏让有关部门给陈克达等违章搭盖的住户发了限期整改的通知书。通知书上白纸黑字，要求十天内自行拆除，否则相关部门要采取措施强制拆除。十天过去，所有的违章建筑都在原地健康地存在，这个结局丁志敏早就预料到了。他还知道陈克达拿到通知书的时候，连看都没看，就撕成碎片，他把碎片扬在自家门外的时候，飞扬的碎纸还飘到送通知的人后背。丁志敏在第十一天采取行动，这天刚上班，丁志敏就让那个城监大队的副大队长带着十个清理攻坚队队员携带铁锤、钢钎上阵，还有一部钩机。拆。随着丁志敏一声令下，钩机轰鸣，挥动铁臂，陈克达另行搭盖的侧壁就被砸了个缺口。你们干什么？陈克达的人随着怒吼声跳出来。陈克达没想到丁志敏会拿自己开刀，他看到限期整改通知书的时候，不假思索地撕了也认为这仅仅不过是走过场的虚张声势。他觉得丁志敏即使要拆，至少会找自己谈话，做做思想工作。陈克达家族在西水县是大家族，不要说科级干部，副处级以上就有四个。再说陈克达是老干局局长，别看这老干局好像是服务那些日暮西山的老头子老太太，关键是那些老头子老太太都曾经是风云人物，什么事情惹了他们，他们可能就“发挥余热”，甚至因为无所顾忌，那火药的猛烈程度超过年轻人。陈克达当老干局局长，把这些人服侍照顾得非常好，那些老头子老太太对他都赞誉有加，说起陈克达，都很亲昵地说小陈如何如何，口气比对自家的孩子还亲热，尽管陈克达已经50多岁了。

看到陈克达出来，城监大队的副大队长看了看丁志敏，丁志敏不理会陈克达，只是说了句“继续拆”。陈克达看到丁志敏，说丁副今天决心很大啊，拿我祭旗了。丁志敏知道陈克达家族人脉广泛，自己也快到退二线的年龄了，仕途上无所追求，又仗着有那些老干部给他说话，有恃无恐，压根不把这次的整治行动当回事，那几天碰到丁志敏，只是笑笑地打个招呼，连说到这话题都没有。丁志敏要的就是这个态度，如果陈克达央三托四来说情，丁志敏还得想招化解，他不说，丁志敏少了许多事。“丁副难道连个面子也不给？”陈克达问丁志敏。“不是我不给面子。你连法规的面子也不给，连县委、县政府的面子也不给。我哪有什么机会给你面子？面子其实不是靠人给的，得自己挣。”陈克达也不再说，回屋拿手机打电话。丁志敏示意拆除继续，不要停。过一会儿，陈克达拿着手机出来，边递手机边说“林老要和你说话，他打你的手机你关机了。”丁志敏不接手机“我正执行公务，我不方便接手机，过后我自己去和林老汇报。”丁志敏在出发前就要求所有参与行动的人全部关机。陈克达见丁志敏不接手机，还是坚持把手机递过来“丁副这可不好，林老可是我县德高望重的前辈，不接他的手机，在西水县可是没有先例，即使丁副是县委副书记。”丁志敏想了想，接过手机。陈克达嘴角漾出笑容，可是没等他的笑意出来，他就傻了。丁志敏接过手机，好像没接稳，手机掉在地上，电池片都摔了出来，自然无法接听。“你？”陈克达又气又恼，知道是丁志敏故意让手机掉在地上。过后我赔你手机，让开，丁志敏低沉有力地说。“我就不让，看你们今天有本事连我也一起轧过去。”陈克达跑到钩机前面，挥舞着手。“把他拖开。”丁志敏对攻坚队队员下令。这些攻坚队员都是退伍军人，个个膀大腰圆，丁志敏一开口，他们中的两个人就上前，一边一个，把陈克达架到一边，还不放手，陈克达想挣扎也动不了。这天陈克达的老婆刚好去买菜，她的习惯是买完菜就到公园里打太极拳，等她锻炼回来，那些违章搭盖的房子已经拆完了，原来摆在那里的花草什么的，被搬出来堆积在一边，现场一片狼藉。攻坚队已经拆到第三家了，看陈克达都没扛住，那些违章搭盖的房主没有太多的争议，拆除出乎意料地顺利。

丁志敏看现场顺利，他走到自己的车上。坐在车内看外面的拆除行动，他知道今天肯定还有事情。高庆德看看丁志敏，说丁副今天怎么一开始就碰硬，先拿陈克达下手？“我是绕过先易后难这种思路，我们以前都是这样处理，看着似乎是快了，关键是老百姓不服。过后看硬的没拆，软的也变硬了，重新盖而已嘛。我们不能老是柿子挑软的捏。我这是攻坚克难。”“不过我觉得陈克达的房子是拆了，可后遗症依然存在。”“聪明。陈克达的违章搭盖被我拆了，可他心里的违章搭盖还在，那个比较难拆。恐怕也不是我自己一个人能拆得了的。如果这么简单，你小高一个人就够了。还需要我冲锋陷阵？对了，你给公安局局长打电话，让他按照我昨晚说的，派几个人过来。估计快用上他的人了。”“您是说陈毛会闹事？”“有动脑筋，知道问题的关键点是陈毛。但没有分析透，火候还差一点。陈毛如果不闹事就不是陈毛了。”陈毛在县城也算是个名人，他喜欢穿着个背心，把胳膊上的龙虎文身亮出来，左青龙右白虎，张牙舞爪的。陈毛最显著的特点就是经常出入拘留所，好像拘留所是他另一处房子。有次他被拘留后要释放了，同室的人提醒他被子没有带走。他笑笑说，不用带了，马上就要再用了。在从拘留所回家的路上，他和人打了一架，家门都没进，就又进去了。同室的人看得目瞪口呆，陈毛笑笑，丝毫不在意，好像他根本就没出去，只是上了一趟洗手间一样。

丁志敏在车内听歌，他喜欢听《隐形的翅膀》，“每一次，都在徘徊孤单中坚强。每一次，就算很受伤也不闪泪光。我知道，我一直有双隐形的翅膀。带我飞，飞过绝望。”这歌词好像丁志敏的定心丸，能够把内心许多的嘈杂压下去。“干你老，谁他妈不想活了。”听到陈毛的骂声，丁志敏知道事来了。他整整衬衣的领子，下车。攻坚队拆到陈毛家了，他的家在另一边，和陈克达家左右对称。丁志敏走到跟前的时候，陈毛还在叫骂，丁志敏也不说话，看着陈毛。“看什么看，有什么好看的。不要以为当个鸟官，就威风八面。连七品芝麻官都不算，牛什么牛。”“嗯，不错，还知道七品芝麻官。”丁志敏突然开口。“你就是丁副书记啊。不是听说你要升官了吗？升官了，你就是七品芝麻官了。你是大家说的父母官了，那你怎么还拆我们的房子啊？”“我现在最想的就是把你们这些违章搭盖给拆了。升不升官不是这时候想的。我可没拆你们的房子，我拆的是你们的违章搭盖。”“违章搭盖？我当时盖的时候你们怎么不说违章？我盖了，用了，才说是违章啊？我花的那些钱找谁要去？”“没说？当时的通知书算不算说啊？小高，给他看看。”小高把几张通知书递给陈毛“什么时候通知，通知事项，白纸黑字可都是在上面呢。”陈毛接过去，没看，撕了，把碎纸张扬开。丁志敏笑笑“撕也没用，那是复印件，原件还留着呢。你还要，我会让他们再复印两份给你。”“我不管通知不通知，你们说违章就违章了。今天别想动我的房子。”“我好像记得，上次他们来执法清理的时候，你说只要陈克达家的拆了，你没有二话，马上就拆。可是你今天把当时说的话当放屁了，陈克达的违章建筑今天可是第一个被拆的。”“我不管别人的什么事，反正今天谁动我的房子，我就卸下谁的胳膊大腿，顶多我再进去，我又不是没进去过。”“不错，坐牢坐出光荣感了。念念不忘。要进去还不简单，公安局的就在这里，只要你一动手，暴力抗法，妨碍公务，哪一条你都要进去。”“就你这架势？说好听点，武侠小说里说的玉树临风，说不好听点，蚊子一样，找不到两两肉，也就会仗着公安局在这里耀武扬威。”陈毛很不屑。“呵呵，我就知道你不服气，陈毛果然不是被吓大的，我今天带了公安局的人，我还真不想他们动手。听说你是打架高手，我今天倒要见识见识。”“就你？没搞错吧。我两下就让你趴下。”陈毛很意外。听说县委副书记要和陈毛以拳头见高低，围观的群众很吃惊，再看看腿脚粗壮的陈毛和瘦巴巴的丁志敏，大家感觉这还没打就分出高低了。这丁副书记不是想用打县委副书记的名来治陈毛的罪吧？要治罪还不简单，还用得着这样做吗？不要一拳头下去肋骨断了几根。丁志敏不理会嘀嘀咕咕的声音，对攻坚队和公安局的劝阻也不听。“我今天就是要让陈毛服气，让他知道他的拳头算不了什么。”丁志敏边说，突然一出手，陈毛就摔个仰八叉。陈毛不相信丁志敏有这实力，骂骂咧咧地爬起来，说还没说好就动手，偷偷摸摸搞小动作。丁志敏不理他，等陈毛摆好架势扑过来，他侧身一让，脚步一滑，顺手一推，陈毛又在地上了。旁边的人才知道丁志敏是太极拳高手。陈毛爬了起来，又扑上来，可是他没弄清楚，就又躺在地上了。几招过去，陈毛连丁志敏的边还没挨上，就很狼狈地亲近土地好几回。围观的人不禁笑了，陈毛也干脆，爬起来说“我确实不如丁副书记，我认了，你拆。”高庆德没想到丁志敏会和陈毛交手，他倒是知道丁副书记是太极拳世家，只是在这样的场合出手，好像有点不对劲。丁志敏见陈毛服了，拍拍手，和攻坚队队员说你们继续，自己叫上小高，上车。他还有重要的事情呢。

3

丁志敏直奔林老的家。确实如陈克达所言，林老德高望重。林老是西水县人，从普通干部到县委常委、组织部长，县委副书记、县长、县委书记，在市人大副主任的位置上退下来，回到西水县老家，在离县城 20 多公里的老家建了个别墅，享受青山绿水的生活。林老的职位不算很高，关键是他提携了许多人，西水县半数以上的干部和他有千丝万缕的关系。他的话不说一言九鼎，但至少是板上钉钉。丁志敏今天拒听了林老的电话，林老肯定很生气，何况丁志敏平时也是和林老有走动的人，尽管不是林老直接提携之人，林老还是多次说丁志敏有想法，能干事。林老说这句话不代表官方鉴定，可是很管用，想想在那么多唯林老马首是瞻的大大小小官员、干部当中，林老的这句话就是定调，就是结论，他说一谁敢说二？他说是谁敢说否？可是丁志敏今天把林老给得罪了，后果很严重，丁志敏必须亲自走一趟。其实还没去拆迁现场，丁志敏就知道自己必须走这一趟。

丁志敏吃了闭门羹。丁志敏给林老家打电话，保姆小琴接的电话。小琴很为难地说："林老身体不舒服，在休息，不会客。"丁志敏知道这是林老传递生气的信号，刚才他打电话如果丁志敏给他面子把拆迁停下来，说不定他就主动邀请丁志敏去喝茶了，现在陈克达的房子拆了，林老肯定就不舒服了，他不是身体不舒服，是心里不舒服。丁志敏按了门铃，小琴走出来开门，但没有让丁志敏进去。"老爷子很生气，摔了茶杯。你这时候进去，不合适。""我不为难你，你就告诉老爷子，说我在门口等，等他气顺了。同意见我。""估计很难。你还是先回去吧。""不，我今天就在这里等，你要做的就是不时提醒一下说丁副书记还没走，还在门外等呢。其他的不用多说，好了，你进去吧。"丁志敏看到小琴进去，舒了一口气。小琴是林老家的保姆，一个山里的女孩子，初中毕业想到县城打工，就有人把小琴介绍到林老家当保姆。介绍人不是丁志敏，但林老不知道，其实这是丁志敏在幕后操作的。丁志敏有次在林老家喝茶，听林老说原来的保姆要辞工了，想找一个新保姆。丁志敏没有说话，回来却紧急选定了小琴，他想想，没有自己出面，而是通过另一个人，把小琴推荐给林老。小琴到林老家当保姆，很乖巧，很讨林老的欢心和信任，家里迎来送往都让小琴安排，虽然不是在县城，小琴也感觉很舒心，宰相门前七品官，林老不是宰相，可是他家里人来人往，她的作用就很凸显。小琴知道感恩，她知道自己能有今天，完全是因为丁志敏，何况，丁志敏在林老家给的工资之外，另外给小琴发了一份工资。

丁志敏把座椅放下来，斜躺在那里，放音乐，《隐形的翅膀》在车内环绕。丁志敏让小高和驾驶员可以到附近走走。"今天考验耐心，快不了。你们可以去转转，几个小时之内用不到你们，等一会你们先去吃饭，回来给我带份盒饭。""一直等下去？""等。"丁志敏有点咬牙切齿，他不知道自己怎么会有这感觉，很突然，也很自然，他发现这点之后赶快把这情绪藏起来。他明白今天无论如何要等下去，这个结要打开，否则以后就是死结了，在这里成为死结，那就是套在丁志敏脖子上的绳子。小高知道这时候丁志敏需要清静，说不定还要打电话发信息，就把驾驶员拉远了。丁志敏看小高和驾驶员走远，不禁在心里赞叹小高有悟性，不像驾驶员一样坚持要守在一旁。驾驶员的思维就一条筋，这又不是要去打架，人多力量大啊。丁志敏嘴角带笑，有点苦，不过驾驶员这样也难得，眼中只有领导一个人，其他的不管不顾。丁志敏掏出手机，打了一个电话，“丫头，你要回来救驾了。”丁志敏把事情说了。“你怎么这时候去惹老爷子啊，你不是自己找不自在吗？”“我别无选择，只好义无反顾。”“那要我怎么样？这时候给他打电话他也听不进去。”“别，你这时候打电话，只会火上浇油。你只要回来一趟，把我带进家门，其他的我自己解决。”“好，我马上出发。”“不要马上，你两个小时后出发。”“我在路上要两个小时，那你要在我家门口等四个小时啊。”对方有点急。“这点加法我还算得清楚，我就是要在你家门口耗四个小时，耗到老爷子火气下去点，才有转机，否则，你回来我进得去也没用。”

丁志敏的电话是打给林老的外甥女肖秋，市委组织部的一个科长。肖秋从小学开始，读书的时候一直住在林老家里，林老把他当女儿、当孙女一样宠着。他当时还在任上，有些活动也带着肖秋，不知道的人就以为肖秋是他的小女儿或者孙女。肖秋大学毕业，直接就进了市委组织部，然后副科长、科长。丁志敏和肖秋，是因为在市委党校，当时丁志敏到市委党校参加为期两个月的副处级干部培训班，肖秋是市委组织部对应培训工作科室的副科长，他们就此认识。人生如此的萍水相逢很正常，关键是有次他们班级集体活动去爬山，肖秋爬不动，不少人嘻嘻哈哈地径直往前走，没有把心思花在市委组织部的一个小女孩身上。确实在这些副处级干部眼中，肖秋一个副科级的女孩子没有什么。肖秋落在后面，看他们越走越远，只有丁志敏陪在身边，干脆不急，两个人慢慢走着，边走边聊。等他们快到山顶，那些人已经开始往下走了。肖秋的意思是干脆和大家一起往回走，丁志敏却不同意，说无限风光在险峰，虽然山顶不是险峰，半途而废也没道理，无论如何也得坚持到底。肖秋也就跟着丁志敏往山上走。到了山顶，风光如何姑且不说，但至少风大空气好。站在山顶的大石头上，肖秋有点紧张，丁志敏自然地拉着她的手。往下走的时候，丁志敏不时伸手拉着肖秋，让她小心行走，有时候到平地也不放开，两个人叽叽咕咕聊着，恍然之间，肖秋发现自己的手被握着，才羞涩地缩回去。回到党校，丁志敏踌躇了一会儿，邀请肖秋到宿舍泡茶。当天是星期五，学员参加集体爬山回来，纷纷赶回家，宿舍楼很是清静。丁志敏和肖秋泡着本地的名茶，闲聊各类话题。没有谁主动提出要走，当天晚上，两个人都没有回去。自此，两个人就有了默契。

小琴隔着玻璃，看了几回窗外，和林老说："那个人还在门口等着呢？""爱等让他等。"小琴看林老生气，就顺着说："好，不让进就不让进，今天也让他知道马王爷长着三只眼。""你说什么？那我不成老妖怪了。""哈，爷爷，你不是老妖怪，是老神仙。好，咱们不说他，要不您去写写字，您不是常说，心躁气盛的时候写写字，就能心平气和吗？来，书房的纸我都铺好了。您去写字，您上次说我生日的时候您要送我一件礼物，我不要别的，就要您写的字。您给我写个'一蓑烟雨任平生'好不好？""你喜欢苏东坡的语句啊，小小年纪好像经历多少沧桑大彻大悟一样。""跟爷爷您学的，您不是常说不管发生怎么变化，要有自己的想法，要不受他人左右嘛？""好，我们不管他，我们写字去。"林老起身往书房去，小琴知道老爷子情绪终于舒缓一些，高兴地跟过去。

4

肖秋到达的时候，丁志敏已经等了4个多小时，其间除了吃了小高带回的盒饭，去附近公厕上了几趟洗手间，都在车上，不停地听《隐形的翅膀》，还有就是接到若干电话，基本都是说他强拆陈克达围墙的事情。丁志敏知道这件事肯定是今天的热点话题，远远不止这些电话的热度，毕竟能把电话直接打过来的人还是极为少数。这些少数就让丁志敏不堪其忧，干脆把手机关机，塞到口袋里，落得清静。看到肖秋下车，丁志敏也赶快下车。肖秋笑问当门神的滋味如何？丁志敏摇摇头，说这滋味不好受，有点温水煮青蛙，没有热得火急火燎，可时刻感受到煎熬的味道。幸亏有个盼头，在门口可以等到肖秋，成为自己煎熬中的希望，如今看到肖秋，这世界就晴朗一片。肖秋低声笑骂无非就是让我回来当开门的钥匙，还给戴个高帽。丁志敏和肖秋不常联系，也不发暧昧的短信，如今网络上这些事例不少，一不小心就成为绯闻的主角，再说万一让对方的配偶看到，那就是轩然大波。他们两个在特殊情境下互相吸引，但各自有家庭，没有谁想把家庭拆散重组，不时通个电话问候一声，偶尔找个机会聚聚，表面上云淡风轻，把那份感情埋在心里，很雅致的一种情感。

肖秋有林老家的钥匙，自己打开门就往里走。丁志敏也不吭声，拎着茶叶跟在后面就进去，好像个小跟班。听到门响，午休后正在喝茶的林老抬头看是肖秋，还没说话。肖秋就飞奔过去，“舅舅”，她边亲热招呼边搂住林老的脖子，顽皮地在他的脸上亲了一下。林老正要说话，看到跟进来的丁志敏，脸就黑了：“小秋，你怎么把他带进来？”肖秋故意很吃惊：“舅舅，你说丁副书记？他正在门口，说要来拜访您。我回来刚要进来，就顺便让他进来了。他不是来过几次嘛？怎么？舅舅不想见他，他得罪舅舅了？”“哼！你问他去。”“哎呀，丁副书记，你怎么得罪我舅舅了，这可不好，没体现尊老。过几天就重阳节了，你可要注意把握啊。”丁志敏知道这是肖秋给他说话的机会，林老却不管，站起来要走。肖秋过去把他的肩膀按住“舅舅，你就让丁副书记说说嘛，也许是什么误会，你不是老说伸手不打笑脸人嘛。现在人家都到家里来了，就给他个机会。如果说完，他没道理，该赶赶该轰轰，不用您动口，我来，如果是我错误将他放进来，我只好将功补过，一定把他赶出家门外。”肖秋故意说得大义凛然，可是边说话边朝小琴使眼色，小琴果然聪明，赶快拉拉丁志敏的衣角，示意他坐下，又去端了一杯茶。这样大家就坐下来了，多了一点正常的交谈，少了那种紧张凝滞。

“好，丁副书记，你说说。”肖秋搬张椅子，坐在林老身边，那架势既亲昵，其实也是预防林老听不高兴站起来拂袖就走。丁志敏把陈克达带头违章搭盖、拒绝改正的事情和自己上午带队强拆的事情说了，当然他也说了自己手机关机，林老要和他通话可是自己不小心没接住手机，加上当时现场紧张，没有及时给林老回话，造成林老误解，自己赶快过来赔礼道歉。在丁志敏说话的时候，林老黑着脸不说话，肖秋倒是不时点头，鼓励丁志敏往下说的信号一般。丁志敏说完，肖秋恍然大悟:“原来是这样啊。这工作我知道，上次市委书记去西水县调研，专门强调要做这事情。《市委要讯》还刊登了信息，下周市委办要组织督察，我也被抽去了。”丁志敏知道肖秋这句话是说给林老听的，他只有点头的份。肖秋却不接这话题了，好像很跳跃一样“舅舅，我以前听您说过，你曾经碰到过要浇汽油自焚，那故事很惊心动魄哦，不再说来听听？”看林老不搭腔，她就开口了“你不说我说。”也不等林老的意见，就顾自开说。这故事其实丁志敏也知道，当时在林老家，林老用这个故事鼓励大家要有勇气面对各种各样的情况。当时林老还在市人大副主任的位子上，有次带队到县里调研某道路工程建设，该道路有个路口还遗留有征地尾巴，当时这地块属于荒地，道路征地的时候，有个村民连夜和他兄弟抬了一些条石垒了墙基的模样就说这地是他家的住宅地，要求按照住宅地的标准安置赔偿。镇、村说没有相关手续不予确认，这人却死缠烂打，不让推土机动这地块，还以死威胁，说谁动他的地就杀了对方全家然后自杀。当天，领导车队要经过的时候，县里为了组织各施工场面就开动挖掘机平整路口，该村民以为连同他那点地也要同时平整，就拎了一桶汽油扑过来，作势要拎开盖自焚，还扑到某镇干部前要借打火机，口里还叫嚷着“要让我死我就死吧，要死大家一起死。”按照安排，领导的车队只是路过，并没有停下来的计划。碰到这件事情，当地领导很尴尬，想让林老的车队照常通过，林老却要求停车，下车走到跟前。在车上，林老已经听明白是怎么回事，他让电视台记者全程拍摄，下车后直接走到闹事村民面前。该村民知道这老者是今天最大的领导，叫得更加起劲。他的兄弟也在旁边叫嚷：“何苦要逼出人命，今天领导都在，如果出了人命你们要负全部责任。”林老瞪了他一眼，发话让镇干部把他拉开。然后瞪着闹事村民：“你不是要死吗？死很容易。要不要我给你个打火机？”闹事的村民没想到林老说这句话，他觉得林老应该批评下县、镇的干部，至少也要问问他是怎么回事，安抚几句。有哪个领导不怕出闹出人命的事情？可今天怎么了？没等他缓过劲来，林老吼了一嗓子“要不要？”边吼还边从口袋里掏出打火机，啪地按亮了。闹事村民一怔，本能地往后退了一步。林老熄了打火机，一把抢过村民手中的汽油桶，顺手交给跟着的干部“把他拉开，挖掘机开过来，把那什么狗屁墙基给挖了。”这气魄把那村民和他兄弟震住了，只是在旁边哭喊，不敢再扑过去。挖掘机轰鸣作业，那块地很快就被平整了。林老在旁边，告诉县、镇、村干部“尊重农民，爱护农民但不是没有原则的迁就农民，对这些无理取闹的农民就要有理有据地对待，要及时采取措施，树立正气，不能‘会哭的孩子有奶喝’。”上车之后，林老交代县里干部注意那两个村民的情绪反应，他告诉大家：谁说他要死，他汽油桶里装的是水。连打火机都没带，只是虚张声势，我一掏出打火机，他就退了。纯粹瞎闹。

肖秋把故事讲得很生动，林老的脸部表情松了下来。他故意虎着脸："好了，好了，别再演戏了。还装什么顺便带进家门，故意讲故事，丁志敏你很会走路子嘛。"丁志敏笑了笑，不敢接话。肖秋却故意叫起来"舅舅，您别把我想得那么别有用心好不好。我可是为您考虑，要不然过几天重阳节市委书记慰问您这些老干部您怎么办？您总不能说'书记，您要西水县抓的环境整治工作在我的有力引导下至今无法进展？'，你一向英明，可不能落下个骂名，那个叫什么？对了，为老不尊。""看看，给点颜色就要开染坊了，越来越没大没小。"肖秋知道已经雨过天晴了，就撒娇着"舅舅，我可是还没吃饭就开始宣传您的光辉业绩，为您树立形象鞍前马后，现在可以吃饭了吗？""你这孩子，还没吃饭也不早说。"林老让小琴赶快去准备饭菜，"还是下面条给她吃，这丫头就喜欢吃面条。还有，多准备一份，人家丁副书记中午可是在车上吃的盒饭，现在到了家里，总不能还不让吃碗面条，到时候说我那么抠门。"小琴松了口气，欢快地去准备面条了。

丁志敏赶快抓住机会，把自己整治环境的思路向林老做了汇报，违章搭盖不整治，问题就会越来越多，到时候县城成为规划漂亮现实狼藉的地方。小水电问题更多，小水电投资少，见效快，是世界上能源开发回报率最高的，年回报率在10%左右，有的高达20%～30%，并且使用年限高达数十年，吸引了民营资本大量涌入，虽然给县财政提供了一定的贡献。不过现在出现了拦截水源致使河床干涸、河道堵塞、泄洪能力下降等问题，某些开发商为了增加库容，多蓄水发电，就擅自加高大坝、堵塞溢洪道等。而且一些开发商开发农村水电主要目的是向电网卖电，获取商业利益，当地农民少有受益，当时当地农民没有意识到资源的宝贵或者没有投资能力，多是一次性把水能资源简单地出租给开发商，一次性收取低廉租金，现在意识到水资源的宝贵，有了投资能力，和开发商的矛盾就出现了，不时出现群体事件。林老听得很认真，感慨地说："是啊，这些问题不解决，后果很严重。"肖秋插话说："问题早就出现了，也不是没人发现。只是现在许多当官的，都是考虑自己的任期不出现问题。我们小时候玩游戏，就是击鼓传花，在鼓声中传花，鼓声停了，花在谁手里谁就要起来表演个节目，现在这些问题就是花，不知道何时爆发就是不知道什么停的鼓，不过谁被轮到谁就倒霉。所以丁副书记敢要解决问题确实胆量很大。”“当官半行字。在文件上就占那么一点位置，说是就是说不是就不是了，也不是我胆量大，但有些事总得有人去做。”丁志敏被肖秋一说，也感觉到一种分量。“好，好一个当官半行字。我支持你。”听了林老的话，丁志敏和肖秋都笑了，两个人的目光很难注意地在半空中交集了一会，意蕴深长。小琴过来招呼他们两个人去吃面条，林老告诉丁志敏，让他吃完面条赶快回去，估计这时候很热闹，有关丁志敏的议论会不少。“你手机可以开机了”丁志敏要出门的时候，林老说了一句。丁志敏感觉到林老很睿智，后背有种被看穿的冰凉。肖秋也说再陪舅舅说会话就回市里去。

5

丁志敏一出门，回头看到肖秋在门里小幅度地挥手，丁志敏很想握住那小手，但他知道这时候不是时候，赶快调整情绪，只是微微点了点头，掉头上车。手机的信息挤在那里，像等候学校开门的小学生，铁门一开就蜂拥而上。丁志敏在车上边看信息边删，间或回一个，也都是很简单的几个字。小高不吭声，他知道这时候不能出声，好的秘书都知道什么时候该说什么时候不该说，即使自己有再急的事情。丁志敏还打了几个电话，也是很简单，都是我知道了，我正在路上之类的短句。车都快到县政府门口了，丁志敏把手机扔到座位旁，靠着。“说吧，我看你都憋不住了。”小高赶快调整姿势，把身子扭过来，头歪歪地对着左后方“听说陈克达组织人员到信访局上访。扬言县里不解决就到市里。还有，网上很热闹。”丁志敏没动，小高把身子扭回去，也不再说。他知道丁志敏在思考，把信息传送到，然后等领导发话，如果什么信息都没有，这秘书太无能，如果有什么信息都往领导那里送，送完还喋喋不休，那秘书就是脑袋短路了，肯定当不长。“去宿舍。”丁志敏说了一句，司机减速靠右，然后掉头，往丁志敏的宿舍而去。下车后，丁志敏打开车门往下走，小高拎着公文包、拿着水杯跟上去。到了宿舍门口，小高已经把东西拿到一只手，另一只手掏出钥匙开门。西水县的外地领导都住在一幢楼里，100平方米左右的套房。小高放下公文包和水杯，就进书房打开电脑。搜索一下，有关丁志敏的词条多了不少。小高刚点击搜索引擎，丁志敏就进来了，小高原来就没有坐在电脑前的转椅上，只是弓着腰操作，看到丁志敏进来，赶快直起身子把转椅拉出来一点点，丁志敏走过去，又把转椅往回推，刚好舒服而完整地接住丁志敏的屁股。丁志敏接过鼠标点击那些词条，小高静静地退出去，烧水泡茶，他把一杯茶轻轻放在丁志敏左手边上，又悄悄退出去在客厅的沙发上坐下来，发短信给信访局长，询问最新情况。

网络上很热闹，转载和评论都很多。两个问题，一个就是丁志敏暴力强拆，还配有照片，是陈克达挥舞着双手挡在钩机前面，这里陈克达的身份是无助的普通市民；另一个就是丁志敏和陈毛交手，也有照片，是丁志敏把陈毛摔在地上，文字内容是丁志敏暴打市民。跟帖的基本就是一个声音：骂。有说要把打人官员人肉搜索的，有说把信息转给媒体的，有呼吁纪委介入的，也有说不管当官有理没理，先把他搞下来再说。丁志敏觉得网络是个平台，尽管内容很杂烩，但可以了解不少事情，只是这些信息要经过脑袋过滤，不能见风就风见雨就雨。丁志敏揉揉太阳穴，靠在转椅上，他得理个思路。打电话发信息问这事的人不少，要好的部下、朋友和市直部门的领导，县里的班子成员也有几个，县委常委、宣传部长打来电话说好几家媒体要来跟踪采访，被他拒绝了，问是否还采取什么措施，丁志敏知道这不仅是职责所在，也有示好的成分。丁志敏谢绝了宣传部长删帖的建议，现在的网络，删也删不完，何况这是很吸引眼球的帖，网站未必肯删。组织网民跟帖也没有必要，越炒越热。丁志敏决定：要回应就自己回应。不过在发帖之前，他觉得有必要向王书记汇报一下。事情发生后，王书记没有给他电话，即使陈克达率众上访，丁志敏知道书记在等自己的说法。丁志敏和王书记聊了20分钟，王书记态度坚决“我是你的后盾，放开手脚干。干事情就会得罪人，如果一个领导，连得罪人的勇气都没有，能干多少事情也可以想象得到。”这样的表态让丁志敏很温暖，他就担心书记批评他惹事，这个关键时刻，书记的支持很重要，书记的支持就像后面有了屏障，不会有空落落的危机感。

回到宿舍，丁志敏在网上发布了两条消息：“陈克达身为领导干部，带头违章搭盖拒不整改，在执法人员执法过程中，妄图阻挠执法，对此不正之风决不姑息，将坚决纠正。相关具体情况可以咨询西水县委宣传部。”“陈毛并非被暴打，而是试图袭击我，被我以太极拳化解他的攻击行为，他并没有受伤，更没有遭遇暴打，他已经服气，自愿接受拆除。欢迎广大网民继续监督。”发完这两条消息，丁志敏让小高整理一份新闻通稿，说明当天情况，送宣传部：“只要有记者前来采访，就给他一份通稿，我不再接受采访。”

陈克达越闹越起劲，天天带着人来信访局上访。他带的人除了开始两天有被拆除的住户外，其他的都不认识。小高汇报丁志敏，说他打听出来了，这些人都是陈克达雇来的，每天每人100元，还管盒饭。丁志敏不理会，要小高告诉信访局长，让他去闹，无须采取什么积极行为。陈克达也曾到丁志敏办公室，堵在门口要丁志敏给个说法，丁志敏打电话叫来公安局长，让他来两个人把陈克达带离现场。陈克达蹦跶叫骂的时候，王书记发现了。王书记很厌恶地看了看，没有说什么，自顾自走了。丁志敏给肖秋打了电话，说了这几天的事情。肖秋要丁志敏别急，她来想办法。丁志敏笑笑，我不急，这点事我就急，我干什么工作啊。再说，我就是和你聊聊，你就别想办法了，你总不能找陈克达封官许愿，说你不闹了我给你个副处级干部当当。像他这种船靠码头车到站的人，没有什么希望就没有顾忌，讲道理根本没用。组织部对有希望有盼头的人有杀伤力。肖秋有点不高兴：什么办法你别管。林老给陈克达挂了电话，陈克达听到是林老的声音，很激动："林老，您可要为我做主啊。我那算什么事，他丁志敏算什么东西，敢不接您的电话。我看他根本就目无尊长。看这次我不闹死他，我快退下来的人我怕什么。"陈克达还要再说，林老就说了一句"凡事适可而止，别玩火。"然后就把电话放下了。陈克达愣了愣，"让我停下来？那我面子往哪里放？以后还要不要过日子了。丁志敏，我跟你没完。"

陈克达继续天天去信访局闹，丁志敏不管他，说不能有人上访就不干事情，顾自带着小高和水利局、电力公司等部门的头头脑脑，跑到乡下看小水电站去了。在乡下的时候，他接到电话，说陈克达带着几十号人到市里上访，市里已经通知西水县，要求立刻把人带回来，妥善处理，不能再出现越级上访的事情。丁志敏在心里骂了句他妈的。随行的几个局长说开了，这个说什么事情都往下面推，下面压力很大；那个说既然要开通群众诉求渠道就让他去说，别一有上访就要下面自己带回来，还得限期处理，某种程度上助长了上访的风气，大事小事就往上面跑。丁志敏看了看，说牢骚太盛防肠断，该干什么就干什么，接人的事就让信访局去干，否则他们就下岗了。丁志敏知道，陈克达这回估计是要搬起石头砸自己的脚了，王书记两天前已经找陈克达谈话，陈克达这是无所顾忌了。丁志敏回到县城的时候，听说陈克达已经被信访局的接回来，接他们的中巴车直接开到宾馆，陈克达还以为要请他们这些人吃饭，如今这事也不新鲜，对上访的人管吃管喝，当大爷供着。报销路费的也有，甚至还顺便到周边玩几天才回来，只要他们听话肯回来。不过陈克达没有享受到这待遇，到县宾馆刚下车，县纪委的几个人已经等着了，宣布对陈克达实行"双规"，陈克达一下子瘫了下去，不到一天，就核实陈克达贪污、受贿将近10万元。陈克达很快就被宣布逮捕，走进看守所的时候，听说他掉泪了，不过丁志敏没有看到，他正忙着拆除横山小水电站。

6

横山水电站在横山乡，河流在两座山间流出，以前很有青山绿水的味道，不过自从横山水电站建成之后，拦水坝在上游一截，坝下的河流就基本断流了，河床都长出了野草，石头裸露，成为河的概念只有在夏天暴雨之后。坝下的群众就很有意见，曾经组织起来想去把拦水坝给扒了，水电站的老板有所准备，双方各数十人对峙，差点酿成群体事件。百姓见来不得硬的，就不时上访。下游的事情没解决完，上游的百姓也不干了，当时建水电站，是乡、村和投资商签的合同，租金不高，一签却是30年。租金落进当时的村委会和乡政府的口袋，早花完了，老百姓用电却没有多少优惠，一度电才优惠三分钱，上游的百姓也上访，要求提高优惠的幅度。当时签合同的村干部都退了，乡政府的领导也调走了，现任的乡、村干部没有得到实惠，还要替前人擦屁股，也都窝着一肚子火。水电站老板是个粗壮的青年人，30多岁的样子，脖子上常年挂着个硕大的金链子。看到丁志敏，老板非常热情地迎来上，老早就伸出双手："欢迎丁书记前来视察工作，今天是要写进横山水电站历史的好日子。"丁志敏淡淡地笑笑，伸出手摸了老板的手掌一下就想往回收，没想到老板已经用双手紧紧握住，还使劲晃了几下，只好任由他在那里挥洒热情。小高觉得好笑，就这样，还写进历史，那算什么历史。丁志敏在老板的带路下，走了一圈，也不提问，让老板自顾自地说话，从发电量到当地老百姓的上访："其实什么事情都好商量，干嘛动不动就上访，现在的老百姓，看不得别人的好，小肚鸡肠。"老板说个不停，话头没说完就到了会议室。会议上早就摆上了水果、香烟，进门的地方还放着几只凳子，每只凳子上摆着盆清水，旁边有个水电站的员工拿着簇新的毛巾，给领导洗完手后擦手。

茶喝了，丁志敏知道交锋要开始了。“老板，看了县政府关于小水电站的通告和相关通知书没有啊？”“通告？看了，看了，政府文件我们都及时组织学习，对政府的决定我们从心里拥护。”“那意思是老板要带头拆除了？”“领导，我看了通告，里面可是有拆除、暂停发电、减少发电量、限期整改、继续发电等好几档啊。我这小水电站不至于列入拆除的行列吧。”“看来你没有认真学习，你这小水电站人为改变了生态，影响下游灌溉和生活，影响防洪，和上下游群众有激烈的矛盾冲突，都属于拆除的行列。”“领导，话可不是这么说。我当年建水电站，可是层层审批，你看这些批文可都在，上面都盖着相关部门红通通的大印。这些印章应该是真的吧？不是什么橡皮泥捏的或者地瓜刻的。我昨天才去县城逛了一圈，这些部门的牌子还在那些房子挂着，应该今天没有那么快就都取消了吧。”老板年纪不大，可是说话锋芒很足。丁志敏很头疼的就是这些，当时建水电站，除了是股风气外，甚至当时的情形是鼓励发展，有着解决用电难的大背景，审批部门还把快办当成成绩，成为改变机关作风的亮点，同时也不排除利益驱动，不少水电站就有相关部门人员的股份，甚至他们才是大老板。“我承认，当时有当时的背景，现在有现在的现实，碰到问题就要解决问题，不能击鼓传花，把问题再传下去。”“丁书记，我是个粗人，不会说大道理，但有些事情总不能是‘当官嘴巴两片肉’，说行也是你们说不行也是你们。真要拆，也行，不过我们得按照协议来。”老板把几份协议推过来。丁志敏看了，是当年签的协议，里面提及如果当地乡、村要提前终止合同，必须给予赔偿。另一份是补充协议，去年签的，重点条文是提前终止合同，厂房和生产设备赔偿按照评估的价值给予五倍赔偿，合同剩余年份按照当年发电量产值的五倍赔偿，并且每年按照20%递增。补充协议之外，还有一份评估报告和今年前几个月的产值报告。算下来，是笔大数字。丁志敏发现自己低估对方了，但他不露声色，他知道自己必须先中止今天的行程。

"我今天来，是先看看，听听你们的想法。具体如何，也不是你们单方面说了算。我还会再来的。""领导能来，我们很高兴。我随时恭迎领导，不过您是大领导，也要听听我们百姓的心声。今天不在这里吃个便饭？和我们老百姓共进午餐？给我们鼓励鼓励？"丁志敏觉得这话里有点掩饰不住的得意，他很气愤，但他知道这火不能发。小高这时候走进来，举着手机，说有个科局长要向他汇报工作。丁志敏接过手机，边接边摆手边往外走，其他人也跟着，上车后，车拐过一个弯，丁志敏把手机掐断了，递回给小高。丁志敏的工作手机是小高拿的，刚才小高用自己的电话挂了丁志敏的手机，按下接听键给丁志敏。丁志敏知道小高是给自己解围，但其他人不知道，以为真有人找丁副书记。

聪明如小高的也搞不懂丁副书记这一招。今天到水电站现场，明摆着会碰钉子，如果一个副书记到场就能让老板自愿拆掉水电站，那这也就不是硬骨头了，连块软骨都算不上，只是一块比较老的肉而已。水电站可是块肥肉，没有谁会轻而易举地退出来，明知道不可能还去，不是犯傻就是另有图谋。不过丁副书记碰了钉子就跑，有点灰溜溜的样子，怎么看也没有什么图谋。小高一直琢磨，丁志敏也不说话，上车就靠在椅背上，看了几条短信，回了几个字。拐了几个弯，前面带路的是乡长的车，看来今天到乡政府吃顿饭就回县城了。"去省城"丁志敏简单地交代句。车没有跟着乡长的车，一上大路就朝另一个方向奔驰。小高不用吩咐，就给乡长打了个电话，说领导有急事必须赶回县城，就不去乡政府食堂吃饭了。乡长正愁吃饭的时候肯定得挨克，毕竟领导在老板面前丢了面子，听说丁副书记不来乡政府吃饭，乡长先松了口气：先躲过这阵再说，下回见面领导的火气肯定多少消了一些。丁副书记今天很恼火，不过他不是恼火乡长，自己都没招，还指望乡长有招？如果乡长有招，也就不用自己出动了。丁副书记也不是恼火水电站的老板，他知道那个人不是真的老板，只不过是个前台人物，酒店的大堂经理一般，只是场面上的迎来送往。丁副书记知道真正的老板是吴正凡。吴正凡是西水县人，不过在市里发展，办了家建筑公司，承包建筑工程，和市直部门的不少头头脑脑都有往来，算条不小的鱼。西水县的好几家小水电，其实都是他投资的，只是他从来不出面，每家小水电都有一个大堂经理式的老板。吴正凡原来说好今天要到场，会当场答应丁志敏的要求，拆除横山水电站。丁志敏到了水电站，没有发现吴正凡的时候，预感这家伙要变卦，他悄悄拨了吴正凡的手机，传来的是移动小姐那甜得有点发腻的声音“您所拨打的电话已关机，请稍后再拨。”丁志敏表面上不动声色，内心里把吴正凡骂了数十遍。吴正凡一直在生意场上周旋，事业不是在西水县发展，当然用不着给丁志敏这样一个大面子。吴正凡其实是给肖秋面子。肖秋要当组织部副部长的消息已经传了很久，吴正凡的弟弟吴正飞恰巧就在市委组织部，在肖秋的科室里当个副科长。吴正凡钱不少，可是整个家族，最有希望在仕途上进步的就是吴正飞，也是唯一一个，吴正凡渴望在家族上烙上权的印章。肖秋当组织部副部长，空缺出来的科长位置吴正飞就有希望，并且肖秋很有发言权。肖秋的话对吴正凡就有举足轻重的作用。肖秋找吴正飞谈话，把要表达的意思说了。吴正凡和丁志敏通话的时候，满口答应，隔着电话，丁志敏都好像看到吴正凡拍胸脯的样子。丁志敏才很有把握地直抵横山水电站，最后发现被吴正凡放了鸽子，丁志敏赶快先行撤回。在车要拐上大路的时候，丁志敏看到肖秋发来的短信，准确消息，肖秋不是原来说的担任市委组织部副部长，而是下到县里当常委、统战部长。肖秋缺乏基层工作经历，要在仕途上前进，就必须经历基层工作这个坎，丁志敏知道这是林老在布局，问题是肖秋下到县里，对吴正飞今后升迁的影响力就小了，难怪吴正凡改变主意，关机回避。生意人看重投入和回报，他肯定发现自己用一个甚至几个小水电站那么一大笔钱去讨好一个县委常委、统战部长没有必要，索性就关机了。丁志敏下定决心，要跑一趟省城，去找省建设厅柯厅长了。这水电站不整顿，就像一个个定时炸弹，说不定哪天就爆炸了。丁志敏头脑中又出现小时候玩击鼓传花的游戏，谁知道这鼓点什么时候停，花在谁的手上呢？不过无论在谁手上，这节目肯定不是引来笑声。

7

你真的要去捅这些马蜂窝？在柯厅长的书房，两个人在泡茶，一泡茶喝淡了，另一泡茶叶再换上。这样的喝茶一年有那么两三次，很难得。没有几个人知道丁志敏和柯厅长有如此的私交。丁志敏和柯厅长的私交是因为他的老婆，准确说是他的岳父和柯厅长父亲的交情。柯厅长的父亲是个老革命，在“文革”中被打倒，被押回他当年战斗的地方一轮轮批斗。当年丁志敏的岳父是个农民，在某天柯厅长的父亲被斗得奄奄一息的时候，丁志敏的岳父举着个海碗，慷慨激昂地上场：“这老不死的还挺顽固，我们灌他一碗尿好不好？”台下的群众没料到有这一招，很兴奋地大声叫喊“灌下去，灌下去。”丁志敏的岳父重任在肩的架势，把海碗举到柯厅长的父亲鼻底下，用手把他低垂的头往上摆弄，大声叫道“把尿喝了。”然后低声说：“赶快喝下去。”老革命这时候由不得自己，以为难逃侮辱，听到低声的那句，他觉得有点异常，眼一闭，就喝了一口，一进口，他才知道那根本不是尿液，而是人参泡的水。他的眼泪唰地下来。“流眼泪也没用，继续喝。”丁志敏的父亲吆喝道，台下的群众也大声呼喊：“喝，全部喝完。”柯厅长喝完了那碗“尿”。以后有批斗，丁志敏的岳父就来这招，几乎成为固定模式。柯厅长的父亲被平反后，曾经把丁志敏的岳父接到省城，在全家人面前交代，要全家人都记住这老人的大恩大德。丁志敏和老婆结婚后，就把这条线续上了，不过他们的来往不公开化，柯厅长秉承他父亲的教诲，任何敌人或者朋友，公开化了、场面化了就都是双刃剑，利弊很容易就转换，有时候一转换就是决定性的，无法挽回的。

丁志敏讲了自己的忧虑，讲了击鼓传花。柯厅长还是有点犹豫：“你这时候不要什么大动作，只要平稳过渡三个月，县长就是你的了。省里相关方面我已经理顺了。这时候去做这些，太冒险。”“这时候我不去做，不心安是一回事，还有不知道这鼓点何时停啊。随时这花都可能落到我手里，那时候恐怕就不是县长没得当，还有更大的事情，很可能会死人。”“嗯，我知道了。好，我来想办法。有空去看看老爷子，他一直念叨你呢。在我这个儿子面前，老是念叨你，好像你才是他亲生儿子。”柯厅长故意用有点酸溜溜的口气说。“哈，怎么样也改变不了你们的父子血缘。我明天就去看他。最近一忙，都没去看他了，确实不应该。”“老人嘛，就喜欢热闹，老是担心谁忘了他。去看看他就很高兴。倒是最近网上你的新闻不少，这方面要注意，网络杀伤力很大啊。”“我知道，我做了回应，有些东西只能这样，让他自然熄火，越想应对很可能火就越烧越旺。不少网民只要涉及政府部门涉及官员，几乎一边倒，有理没理来几句，甚至没看清什么就开骂。”两个人就网络上的事情又聊了一阵，丁志敏起身告辞，回到下榻的宾馆。小高也刚刚回来，他出去前告诉过丁志敏，他还是去找几个朋友，就媒体和网络的事情做些沟通，探讨有什么办法，丁志敏知道小高办事稳妥，就答应了。小高见到丁志敏，汇报说和新闻界的一个重量级人物谈了，他会发话，估计想跟进的媒体会止步了。至于网上的，还是等自然冷却，不管它。“好，你到外面买点鸭脖子、鸭头什么的，再买几瓶啤酒，我们喝几杯。”小高知道丁志敏心中有数了，想放松一下，就乐颠颠地答应了，赶快出门操办。

“不好意思，不好意思，丁副书记，昨天临时有事，偏偏手机没电了，让丁副书记空等。我这几天以实际行动向丁副书记赔礼道歉。”丁志敏在回县里的路上，接到吴正凡的电话，言语中的热情都要溢出来了。丁志敏知道肯定是柯厅长发力了。“好啊，我等着吴老板，记得多带一片手机电池片，或者我让人送您一片。”“不用，不用，不敢劳丁副书记大驾，我已经自配了三片手机电池，保证不会出现类似情况。您是想大事干大事坐轿子的人，小事就由我们这些扛轿的来做。”丁志敏挂上手机，小高及时把音乐声调大一点，车厢里就回荡着《隐形的翅膀》的歌声“我知道，我一直有双隐形的翅膀。带我飞，飞过绝望。”

回到办公室，县委常委、纪委书记就过来了。小高泡了茶，退出去。县委常委、纪委书记谈了陈克达的案件，已经查实，陈克达贪污、受贿28万元，检察院已经批捕，他要在监狱里蹲上好长一段时间了。丁志敏握了握纪委书记的手，没说什么。纪委书记知道丁志敏不宜对这案件多说，他说我会让检察院、法院注意细节，注重证据，把这起案件办成铁案。丁副书记点点头。纪委书记刚走，宣传部长过来了，网络上的跟帖已经逐渐平静下来了，原来说要来采访的媒体也没有再联系。宣传部长有点兴奋，丁志敏知道小高的运作起作用了，不过他没说，有些事情做了就可以，不必说，类似于宣传部长感觉良好的时候，更不必说破。丁志敏拉宣传部长一起到违章建筑拆除的几个点走一趟，电视台的记者跟着，当天晚上，西水电视台就出现丁志敏和宣传部长视察的镜头和一组组拆除的数据，电视台播音员的声音很有激情，煽动性很强地说要继续跟踪报道，坚决清理整顿。丁副书记知道自己该上上电视台，这几天，不仅仅是陈克达被“双规”的消息在流传，也有他丁志敏被撤职，甚至被“双规”的小道消息也在流传，他有必要上上电视，以正视听。宣传部长指示电视台台长，电视台要加大宣传报道力度，丰富环境卫生大整治专栏，要把丁副书记在现场的形象和他那句“坚决清理，决不姑息”的强硬态度做个片花，作为固定内容，在每天专栏开始前都播出。丁志敏知道宣传部长这招厉害，既宣传了他丁副书记，又把丁副书记拉到前台，当成挡箭牌，就是有人指责电视台甚至他宣传部长那些曝光性的新闻，他也可以把丁副书记抬出来，说是奉命行事。

吴正凡邀请丁副书记再次莅临横山水电站是在五天之后。这五天，丁志敏不再催问吴正凡，他知道吴正凡肯定会给自己一个交代。丁志敏不觉得自己的面子够大，否则几天前就不会灰溜溜地离开，关键是柯厅长。吴正凡正要承包的某个建筑工程，竞争激烈，基本上没有胜算，前天开标的时候却大逆转，成功承包到手。项目一到手，吴正凡就连夜赶到横山。丁志敏知道吴正凡要兑现给自己的大礼包了，就带着小高，想想又通知发改、建设、水利、安监、电力等部门的领导，一起前往。刚到横山水电站，吴正凡就带着一干人等迎上来。没等落座，吴正凡就向丁志敏汇报："三天之内，炸掉横山水电站拦河坝，水电站停止使用，恢复两岸生态。其他可山、靠山等几个小水电站，按照相关部门通知，或者降低拦河坝高度，或者进行河道清理，保证落实整改措施。"电视台记者本以为今天只是例行的走一走，没想到却是这样突破性的新闻，忙不迭地录音、拍摄。丁志敏也觉得吴正凡的礼包够分量，这第一把火烧开了，以后的工作就好推进了。"我就不急着请各位领导落座，还是先请各位领导再视察下横山水电站，无论如何，横山水电站曾经为西水县的发展做出点小小的贡献，三天后，它就不存在了，我们也来个告别之旅吧。"吴正凡说得有点伤感，丁志敏也不搭腔，只是带头开步，一干人等就跟在他后面，沿横山水电站走了一圈，那个粗壮的经理看丁志敏的目光有点闪烁回避，丁志敏也装着没看到他。

三天之后，横山水电站的拦河坝如期炸毁，水电站的机组停止运转。丁志敏没有出场，他正忙着筹备全市维稳工作西水现场会。半个月后，该场会议在西水县举行，丁志敏在会上做了典型发言，不过开会的中途，出了个小插曲，陈克达的家属举着写有"冤"的纸牌冲击会场，会场安保事先做了安排，不过当时刚好有两个安保人员相约上厕所，一个安保人员走到旁边接电话，只有一个安保人员把守。陈克达家属趁势进入会场，大声喊冤，说丁志敏打击报复。尽管他们很快被带离现场，但与会的市委政法委书记很不高兴，在总结的时候当场批评西水县思想不重视、认识不到位、组织不严密、工作不过细，县委王书记的脸阴得要出水，丁志敏那更是要狂风暴雨了，在会后的聚餐上，两个人频频举杯，连续喝了六杯白酒，向市委政法委书记道歉。现场会结束之后，丁志敏又开始投入违章建筑和小水电站的清理，他要求相关部门要趁势而上，不松劲不懈怠，力求扩大成果，突破提升。半个月后，丁志敏接到肖秋的短信息，省委组织部考核组将在三天后到达西水县，开展考核工作。不过他几乎同时知道，有领导在事关他的信访件上签了字。丁志敏盖上手机，他脑中出现的是击鼓传花的场景，鼓声什么时候停呢？丁志敏转了转脑袋，好像答案在哪个地方猫着，他一转就可以看到。

给我一杯忘情水

1

陈开山来电话的时候，我正在睡觉。手机响起，我抓过来，看到屏幕上显示陈开山的头像，还有那句“快接电话啊，我都把电话打过来了”。手指头轻轻一划，陈开山的头像隐去，声音马上传过来：“国家干部，吃饱在梦周公了！”我说：“你这小子，这个点打电话，不是广告就是你，反正都属于骚扰电话。”陈开山在那头嘎嘎笑着，就像一只扑扇翅膀的鸭子：“好了，安子，别发酸了，我快到你小区门口了。我都大驾光临了，你就烧水泡茶，准备接驾吧。”

挂断电话，我马上起床。陈开山是我的死党，在广东做生意，几年才回来一次，每次都是人到家门口前几分钟才来个电话，好像突然袭击的暗访人员。

水刚烧开，陈开山就到了。他拎着两瓶酒，进门象征性地问“需要换鞋吗？”我擂了他一拳：“虚情假意，什么时候看你换过鞋。”陈开山笑得很开心。“也就你这里会问一问，其他地方我要么不问，直接走进来，要么不敢问，乖乖换鞋。”“什么意思？我这里是中间地带？表演舞台？看你人模狗样，就一个字：假。”陈开山挥挥手：“拿杯子去。”边说边从公文包里掏出两包鱼皮花生，撕开封口丢茶桌上。“这时候就喝啊？”“当然，今天是周末，你又不用去点卯。喝酒还要挑黄道吉日，你现在是抖上了？还是官（肝）大挤到位（胃）？”我边笑陈开山狗嘴里吐不出象牙，边拿出两个啤酒杯。陈开山自己拧开一瓶酒，咕咕咕倒上了。我也拧开一瓶，照样满上。陈开山端起杯子，长叹一声："我那生死不明的绵竹酒啊。"仰头把一杯酒倒进喉咙，抓两个鱼皮花生丢嘴里，嚼得心满意足。

连续三杯。我们很节俭，各吃了六颗鱼皮花生，酒下去了一半。陈开山歪在沙发上："安子，改天还是要找找绵竹，到大湾去喝一场。这酒不能对瓶吹，喝起来脱裤放屁一样，麻烦。""你小子有酒喝还叽叽歪歪。""算了，不要龟笑鳖无尾，鹅笑鸭大吃了。我知道你也想到大湾喝酒。"我不说话，和陈开山比了一下，又一杯下去了。半个多小时，各自一瓶酒门清。陈开山说了句我眯一下，这酒量越来越不行了。话音刚落，歪在沙发上就开始打呼噜。我也迷迷糊糊地睡过去。

醒来的时候，陈开山已经走了。手机里有条短信：公司有急事，我先回去。改天到大湾喝酒，那是我们的梦。无论好坏，都是梦。我打电话过去，陈开山已经在高速上："没事，我带了司机，坚决不会酒驾。我回来就是找你喝酒，酒喝完，就可以走了，再说公司真有急事。""你小子把我当药啊。回来放个屁，没等臭味飘散就溜了。"陈开山嘎嘎的笑声顺着电话传过来几声，他把电话挂了。我坐在沙发上，看着两个酒酒瓶发呆。

我和陈开山是同乡，前后届。当我从师范学校毕业，晕头转向地砸到小湾学校的时候，陈开山已经在大湾小学修炼了一年。那天我徒步20公里到小湾学校，陈开山嘎嘎的笑声传过来，那架势好像被困山谷的武林高手看到又多了一个倒霉蛋似的，我脱下运动鞋砸过去。都说男儿有泪不轻弹，再说一起分配过去的两个女同学已经哭得稀里哗啦了，我只好忍住。陈开山把鞋子踢还给我："没事！能砸鞋子说明还有体力，不错，不错。"我和陈开山就此成为死党。我们的学校相距三公里。周末的时候我们就泡在一起，带着几个馒头，还有一壶水，把周边所有的山爬了一遍。喝酒、钓鱼、采杨梅、偷鸡鸭、钓狗，我们几乎共同做坏事，也做好事。我的床经常被陈开山弄坏，吃完了他就躺在床上，说试试仰卧起坐。一个鲤鱼打挺，床板没事，床杆断了，只好找村里唯一的木匠修理。开始时每一次木匠看我的眼神都有内容，好像我那张床到了晚上就春色荡漾。我只好咬牙切齿地把陈开山公开出卖，后来我一叫他修床，他就知道是陈开山惹的祸。

小学放学时间一致，我和陈开山各自从学校出发，相向向大湾行走。大湾在大湾小学和小湾学校中点的地方，差不多各自走一点五公里左右。我们相逢。每次的道具相同：两瓶绵竹酒，两包鱼皮花生。我和陈开山各自一瓶酒一包鱼皮花生，坐在路旁的草地上。那时候，还是泥土路，尘土很厚，路上基本没有车，也没有行人。我们灌一通酒，吃一颗鱼皮花生，看太阳慢慢下山。夜色逐渐笼罩过来，有风的时候，尘土飞扬，野草衰老苍黄。我们感觉很像电视上大漠杀手出现的前夕，可是没有，眼前连杀手也没有。苍凉的感觉浸染中，我们各自的酒瓶子空了。把酒瓶子哐当扔到路下的小河，然后起身，各自默默地回校。有几回，走着走着，我们会听到嗷的一声狂喊，或者是我，或者是陈开山，或者我们遥相呼应。那时候，我们像受伤的狼。也有掉泪的时候，各自的眼泪噗噗落地，把尘土砸出一个一个小坑。

我和陈开山最后一次在大湾喝酒，是他辞职下海的时候。那场酒我们喝得很凶，半小时喝完三瓶。因为告别，我们多带了两瓶。我们把酒瓶子砸到河里，剩下的一瓶酒也扔进去。扔完，我们的心也空落落的，什么东西被掏了一样。我们拥抱告别，陈开山说“我不敢轻言成家立业，也不说再见。哪天有机会就再见，否则就是永别”。我擂了他几拳，什么话也没说。陈开山辞职下海，本身就是一条无法预见前程的路，说什么也没用。我知道陈开山的心不在学校，而且，他的感情无处安放。我们的眼泪砸到尘土，有泥土的气息飘散。那天，我们没有同时离开，我让他先走，看着陈开山的背影越来越远。嗷，我狂喊一声。嗷，陈开山回了一声。我们互相呼应，声音越来越远，夜色铺天盖地地涌过来，我独自一个人在大湾坐了半个小时。

2

陈开山的童年不仅仅是灰色的，简直称得上黑色，把陈开山的人生浸染得斑驳陆离。陈开山还没出生的时候，他的父亲就死了。陈开山的父亲是高中生，在为自己的派别写完标语之后，回家路上遭遇火拼的流弹死亡。陈开山的父亲怎么死的也许并不重要，重要的是陈开山还在母亲何素菊的肚子里时，他就没有父亲了。陈开山后来庆幸，当时他已经八个月，母亲何素菊别无选择，只好把他生下来。如果往前推，世上也许就没有陈开山了。

陈开山出生六个月后，母亲何素菊改嫁。陈开山并不知道自己没有了母亲，只是哇哇地哭，那是饿。这是陈开山的奶奶得水婶后来反复告诉陈开山的："你那时惨哦，哭得凶。我只好把手指头塞进你嘴里，你也吸得起劲。吸不出奶，又哇哇哭。"得水婶就喂陈开山米汤，稍大一点就是稀饭。或者把地瓜煮熟了，在碗里捣烂，把地瓜泥抹在手指头，往陈开山嘴里一抹。陈开山就这样跌跌撞撞地长大了。由于营养不良，陈开山长得非常瘦小，而且黑。村里的同伴都叫他瘦狗。

陈开山跟着奶奶过，不过，奶奶不是孤身一人，她有个女儿，还招了个上门女婿。陈开山和姑姑、姑丈不是很亲近，他本能觉得能为他遮风挡雨的是奶奶，有什么事他都往奶奶身后躲。奶奶毕竟瘦小，陈开山的记忆里，自己常被人欺负。他在村里同伴的眼里，就是另类。没有人愿意和他玩，同龄的小孩子说到陈开山，开口闭口都是"瘦狗无父无母"。陈开山经常为这和人打架。打输了，那是活该，陈开山回家也不敢说。说了，只会招来姑父的责骂。陈开山长大后，理解姑父的难处，他谨小慎微，又是上门女婿，躲事都来不及，哪里敢惹事？只是在陈开山小的时候，他很瞧不起姑父，甚至恨他，觉得他不是个男人，就像鸡群里的阉鸡。陈开山打赢了，意味着要受一顿打，打输的孩子会被家长领着，找上门。结果基本一样，奶奶赔不是，姑父先把陈开山骂一顿。对方还是不解气，骂骂咧咧“无父无母教示”。姑父就出手了，把陈开山打一顿。在陈开山的哭嚎中，对方心满意足而归。这剧情基本没有更改，隔三岔五就上演一次。后来，陈开山再挨打就不哭出声了。他让眼泪哗哗地流，不跑也不求饶。有些东西跑没用，求饶更没用，陈开山很小的时候就明白这一点。“这孩子犟”，陈开山的奶奶抹泪。女婿是家里的顶梁柱，奶奶无法指责他。

陈开山的命运发生改变是因为一只小鸟。陈开山在山上抓到一只小鸟，用麻绳系住一条腿，把麻绳缠在手上，托着一只鸟在村头空地玩。生产队长的儿子小铁直通通地走过去，伸手说：“把小鸟给我，我要。”小铁和陈开山同龄，霸道惯了。陈开山把小鸟往身后一藏：“不给，是我抓的，为什么要给你？”“瘦狗，你敢不给？”小铁扑上来就抢。“不给，就是不给。”陈开山不让步，两个人争抢撕打起来。陈开山把小铁推倒在地上，爬起来就跑。小铁大哭。他父亲老铁带着小铁找上门，身后跟着一群孩子。

陈开山的姑父看到一群人上门，知道陈开山又惹事了，他狠狠地盯了陈开山一眼。陈开山不说话。陈开山的奶奶无奈地长叹：“阿山，你能不能让你姑父、让我省省心？”老铁没等站稳，就骂一句：“无父无母教示，死父的人，难怪你经常打人。”“是他先打人的。”陈开山不服气，嚷了一句。陈开山的姑父甩了他一巴掌：“你给我闭嘴。”老铁不罢休：“你做戏给谁看。孩子打人了，就这样算了？我看和你有关，你这个给人做布袋的（入赘的上门女婿），就是教这样的孩子。今天你们不教示，我来替你教示。”“他抢我的小鸟，还先动手。”陈开山看到姑父的嘴唇颤抖着，知道今天少不了一顿打，但依然争辩。“是瘦狗先动手，他们可以作证。”小铁不哭了，有父亲撑腰，他一点也不害怕了，指着身后的孩子。“是瘦狗先动手，是瘦狗先动手。”陈开山听到那群孩子七嘴八舌地叫嚷。他不说话了，只是死盯着那群人。陈开山的姑父听到嚷声，知道惹祸的根源在那只小鸟。他火大了，扑过来说："把鸟给我。"陈开山知道小鸟到了姑父手上，肯定完了。他把小鸟藏到身后，眼睛里有一丝渴求，几分恐惧。姑父甩了他一巴掌："你这死孩子，还硬。"他一把抢过去，没等陈开山反应，就一手握住小鸟的身子，一手捏住小鸟的头，手一拧，小鸟的头就耷拉下来了。他把小鸟扔到旁边的尿桶里，气急败坏地嚷："让你玩，让你玩。"陈开山不吭声，他抬起头，死死地盯着姑父。那群孩子没想到会这样，安静下来。陈开山转过头，盯着他们，手里的拳头紧握。突然，陈开山长嚎一声："我恨你们！有一天，我要你们死。"他冲出人群，带着哭腔大喊着："我恨你们，有一天，我要你们死。"

陈开山的奶奶带着几个亲戚，在陈开山父亲的墓前找到陈开山。他已经哭得嘶哑，但依旧用石头砸着父亲的墓碑，哭叫："你为什么要生下我。你只会生不会养，我恨你。"陈开山的奶奶哇哇大哭，姑父原来手里还握着一把竹枝，想狠狠抽陈开山一顿，看此情形悄然把竹枝扔了，抹着泪掉头走了。

在奶奶的叙述中，母亲何素菊绝情："她的外家（娘家）就在我们家附近，可是从来没来看你一次，也没买几颗糖果给你。"陈开山冷漠地摇摇头。他头脑中没有母亲的模样，也没有父亲的。他觉得自己生下来就是"瘦狗"，就是让人欺负的。姑父气急败坏，姑姑唉声叹气，奶奶不是哭就是数落母亲。陈开山把一个石头使劲在地上砸，砸出一个个洼。姑父干活回来，挑着尿桶，看到陈开山蹲在地上，黑着脸喝道："不要挡路，到一边去。"陈开山也不抬头，屁股一转，挪开一点，继续用石头砸地，砸出一个个洼，也不管奶奶在念叨什么。

3

上穿岭只有我孤独的身影。这是我写给陈开山的一句话，不过没有寄出。上穿岭是一座山，我们常在周末爬上去，在石头上坐一会儿，吹吹风。据说上穿岭有个山洞，洞里有一条蟒蛇。我们去了很多次，不要说看到，连痕迹都没有。我们骨子里想和这蟒蛇来个偶遇。知道这事的村民说我们两个是“吃饱没事做”，我们不否认，点点头承认，觉得村民直奔主题，切中要害。

我和陈开山，在相当长的一段时间是大湾小学和小湾学校家长的话题。我们打过一次架，严格意义上是联手打人。我们在无所事事溜达，释放青春激情的时候，看到一个卖人参的小贩，拎着个人造革黑色提包走村串户。本来没有我们的事。我们看到他在向一个少妇推销，纯属凑热闹去看看。少妇见了我们，脸红红地说这家伙不是好人。后来想想，应该是这家伙看到只有少妇一个人，荷尔蒙发作，拿言语挑逗她。不过当时一听少妇说话，我们基本不用头脑过滤，直接挥拳揍人。不是好人那就是欠揍，思路高速直通车一样。那小贩被一顿拳打蒙了，挣扎出拳阵撒腿就跑。我们两个追出去，从屋檐下木头堆里各自抽了截木棍，呼啸着追过去。

我们没有再回现场。小贩跑了，那少妇我们又不认识。我们没有必要折回。我们有股欢畅，心满意足地跑到村里的面店吃水面。水面是舂臼面，当地特色小吃。自种的小麦磨成粉，和面不仅仅是在面盆里，而是放到石臼舂，翻来覆去，把面团舂活了，然后上板，用一把很大的刀切成面条，比正常的面条粗，而且和机制的圆形面条不同，舂臼面是方形的。舂臼面比普通的面条煮的时间要长，捞到碗里，不粘不散不烂，浇上香油，加上用大骨熬成的汤，放几簇自家种的空心菜或者韭菜，吃起来有嚼劲，筋道足，足以让人体会到风卷残云。老板知道我们要一碗面条、一碗扁食，混合成一大碗，每个人两大碗。听我们要了面条，老板又征求意见地看我们一眼。我们点点头：“切。”老板明白了，意思是切一点猪头肉，上两瓶绵竹酒。心领神会，基本不用多费口舌。

4

陈开山离开学校和“阿那个”有关。“阿那个”也是老师，陈开山无可救药地喜欢上她。我看不出“阿那个”是否喜欢陈开山，曾提醒他不要“剃头挑子一头热”。陈开山振振有词，说“阿那个”没有说不喜欢就是默许，默许就有戏，有戏就要争取。“我每次去她都很热情地泡茶。她知道我喜欢她。”

我不想再说什么。我知道陈开山把信心从尘埃里捡起来，是很不容易的。其实在“阿那个”之前，陈开山还喜欢一个人，我们都叫她“那个”。许多年之后，我和陈开山聊天的时候，说起“阿那个”“那个”，我们都心领神会。有时候一脸坏笑，那感觉很像在说代号“007”什么的。“那个”同样是老师，当陈开山在大湾小学对付那些小孩子的时候，“那个”也在那里诲人不倦。“我们当年可是提前过上了‘我挑水来你浇菜，你做饭时我扫地’的日子。”在一个月夜，各自搬一张竹椅，陈开山说起当年，还吧嗒着嘴，无限回味。当年老师要自己做饭、种菜。每个老师分两畦菜地。“那个”在家里没干过农活，握着锄头挥舞老半天就挖了几个鸡爪坑。陈开山笑笑说你挖到放假还没整完菜地，最好的结局就是天天淋酱油下饭。陈开山不仅言语消遣，关键是有行动。他挥舞锄头，半个多小时就把菜地挖完，整平。作为回报，当天的晚餐“那个”多做了一个人的饭，陈开山就此和“那个”合伙做饭。陈开山对电炉犯怵。做饭用电炉，常常用了一段时间，电炉丝隆起，就搭到锅底。当时的锅又不绝缘，拿汤勺去搅动锅里稀饭的时候，电刷地过来，手禁不住往后扬，把汤勺哐当给扔了。那麻麻的感觉好久还让人心惊肉跳。我和陈开山在一起的时候，最为推诿的就是谁煮稀饭，石头剪刀布、翻扑克牌、猜拳、摸石子，什么方式都用过，就是不想煮稀饭。

有了“那个”做饭，陈开山的日子阳光灿烂。陈开山到大湾喝酒的时候少了。好几次我等不到陈开山，一直走到他的学校，看到陈开山从水沟里提水，“那个”用一个塑料勺子舀水浇菜。我知道陈开山要离开我了，只能调侃他“见色忘友”，但总不能让他不谈恋爱吧。我趁机宰了陈开山一把：每次买绵竹酒和鱼皮花生他包了。陈开山一脸幸福，乐颠颠地答应。

我知道陈开山不容易。陈开山当年考上师范的时候，身高只有1.43米，而师范男生的最低身高是1.55米。陈开山距离要求的海拔太远，但他三科全县第一名，有两科还是满分。陈开山这辈子就毁在身高上，小时候的营养不良，身高很执着地保持缓慢增长。陈开山的姑父已经发话，想再读书，除非上师范，其他的学校免谈，回家干活。那时候师范不仅免费，还有生活补贴，每个月发21斤饭票、8斤馒头票、18元菜票，关键是毕业还包分配。陈开山的奶奶不敢说什么，陈开山的姑父有四个孩子，已经活得很艰难，再让他掏钱供陈开山读高中，更艰难。他只能挑100斤的担，现在已经120斤了，不能要他挑150斤。陈开山奶奶的眼泪顺着脸庞流下来。陈开山也哭了：“奶奶，我自己想办法，我们不哭。哭没用的。”自从小鸟被姑父拧断脖子扔到尿桶，陈开山在父亲的坟墓前大哭一场之后，陈开山就没有再哭过了。“读三年高中，到时候身高又不够，那不是白烧钱吗？”陈开山记得姑父脸黑黑地说这句话。

“我当时给师范的校长写了一封信，说了自己的情况。”我和陈开山在大湾喝完一瓶绵竹酒的时候，陈开山大着舌头告诉我。“我告诉校长，如果这次没有被录取，我将永远失去读书的机会，我的灵魂只好永远在老家的屋顶飘荡。”我想象当年陈开山把信丢进邮筒的时候，就像把灵魂从那小小的口塞进去。“我当时想，如果等不来通知书，我就从门口的水潭跳下去。”我的脑中立刻想到1.43米的陈开山从那水潭浮起来，然后连棺材也没有，就被一张草席裹着，给埋到村外的小山上，连坟头也没有，只是个畚箕倒扣着。或许偶尔有人路过的时候，会说到那个“畚箕扣”。“畚箕扣”在我们那里指夭折的孩子，犯忌，连掩埋尸体的时候用的畚箕也没人要，就倒扣在小小的坟包上。用不了多久，畚箕的竹条腐朽，坟包也平了。

我们两个人坐在大湾的道路旁，叙述着这样的情形，冷静得好像在说别人的事，但我看到陈开山泪光闪闪。“我那时候天天去村里的小卖部，我们全村的邮件都是寄到那里。我不敢直接走进去，只是在送信的走后半小时，假装顺路。我指望小卖部的人能叫住我，告诉有我的信。我天天经过，但天天失望，不敢抬头。每天去小卖部，我基本绝望，告诉自己别去了，但时间一到，脚依然挪动，希望和失望交织。我的姑父已经开始骂我‘赤脚的命就不要想穿鞋’。我后来理解他了，生活的重担把他压得已经撑不住了，可是我还天天去。后来有一天，小卖部的人突然叫住我，说有我的信。我颤抖着撕开信，不知道为什么，我那时候有想尿尿的感觉。看到录取通知书那几个字，我的脸轰地热了。我知道那是血涌上来。‘我被录取了！’我大叫一声，一路狂奔。我没有回家，不知道为什么。我不是回家告诉奶奶，更别说告诉姑父，下意识地，我跑到父亲的坟前，跪在那号啕大哭。我第一时间把这消息告诉我那从来没见过的父亲，或许这就是血缘，虽然看不见，但执拗地存在。等我哭到声嘶力竭，回到家，看到家里有好几个人，他们各自拿来了几个鸡蛋。那天开始到开学，我天天吃鸡蛋。到开学的时候，我家里还有好几个鸡蛋……”我听着陈开山的故事，一下一下地揪着路旁的野草，不知不觉揪了一把。

“我们最近在练歌，合唱《明天你是否依然爱我》。”有一天，陈开山很高兴地告诉我。我却隐隐有点不安，这不是个好兆头。“明天你是否依然爱我？”我重复了一遍歌名。陈开山却没有意识到，只是兴高采烈地说自己的话：“她唱歌很好听，尤其是气息流动，鼻翼轻轻起伏，让人沉醉。”恋爱的人都是幸福的，我只能尽力驱赶心中的那份阴影。

新学期开学没几天，陈开山拿着两瓶绵竹酒追到我学校的时候，我就知道坏事了。“那个”调离大湾小学。拿到调动通知书的时候，她倒了一杯水给陈开山，直截了当地告诉陈开山，她的父母不同意两个人的婚事。陈开山原来还想晚上去村里小吃店买几样卤菜，为她祝贺一下。听了她的话，陈开山把那杯水从窗外泼出去，把水杯扔了，吼了一嗓子。陈开山冲到小卖部，买了两瓶绵竹酒和两包鱼皮花生，就尿急一般急急往我的学校赶。那天学校只有我一个外地老师住校，我们就在宿舍里喝，后来挪到操场上喝。两瓶绵竹酒喝完，又去买了两瓶。边喝酒，边听陈开山絮絮叨叨地述说，然后是他一遍一遍地唱《明天你是否依然爱我》。到后来，陈开山已经唱不成调了，还唱。我们两个人都醉了，就躺在操场上。半夜醒来，看到满天的星星，遥远深邃。陈开山也醒了，我们一起看星星，不说话。

从此，陈开山听不得《明天你是否依然爱我》。多年之后，陈开山回来，我和他各自骑着一部自行车在县城里兜风。突然，陈开山把车扔到路旁，蹲在路边瑟瑟发抖，双手捂脸，泪流满面。路旁的音响店，正响着《明天你是否依然爱我》。我知道，陈开山的伤还在，好不了。

5

“阿那个”是陈开山的第二次恋爱。尽管我提醒过他，但陈开山依然义无反顾：“你知道什么叫飞蛾扑火吗？我就是。”陈开山宁愿自己是那只飞蛾。“阿那个”还没表态，“阿那个”的父亲先发话了，“阿那个”的父亲是一个老板。

老板讲话很斯文。他泡茶给陈开山喝，好像很随意地问几个问题。“你的身高多少？ 1.55 米，哦，我女儿身高是 1.63 米。嗯。你毕业也有好几年了，有没有想争取调到县城？不过现在要在县城建房子也不那么容易。”老板好像自言自语，说几句后不吭声了。陈开山则已经被击打得落花流水，平时挺会讲的人突然忘词了，卡在那边，面红耳赤。老板把抽了一半的烟使劲摁到烟灰缸，不说话。陈开山感觉到一种压力排山倒海而来，他默默地起身走了。

陈开山刚上师范的时候，身高只有 1.43 米。他知道这是自己的硬伤，每天下课后就在操场上和跑道较劲。400 米的跑道，每天都跑上 15 圈，身高蹭到 1.55 米。就在陈开山满怀信心想冲刺新高度的时候，身高像遇到休止符，戛然而止。陈开山对着镜子照了几次之后，长叹一声。

从“阿那个”家里出来，陈开山知道自己和“阿那个”再无故事。他突然想到童年的那只小鸟，那被姑父拧断脖子扔到尿桶里的小鸟。陈开山摸了摸脖子，用自己的手掌比画着对脖子砍下去，“嚓”，陈开山好像听到脖子断裂的声音。

陈开山找到我的时候，我正背着个桶包准备返校。我们放弃了等那辆一天一班的客车，选择走路。那条 20 公里的山路我们已经走过多次，陈开山疾行，不说话。我跟着他的节奏行走，等陈开山开口。奔走一段后，陈开山从背包里掏出两瓶绵竹酒，递给我一瓶。陈开山仰头倒了一大口酒，用有点冷酷的口气说：“从此，不谈爱情。”我跟陈开山碰了一下酒瓶，喝一大口。我知道，我和陈开山喝酒的时光越来越少了，也许，次数寥寥无几。

我抓过陈开山的手，把他的右手和我的右手并在一起。疤痕不清晰，但隐隐还是可以看到右拳上的伤痕。那也是一次酒后，我们以为可以调动。只是渴望调回老家任教，这希望比尘土高一点，接近匍匐于地。教师调动名单公布的时候，我和陈开山的名字都没有出现。我们的希望归于尘土。调动的教师欢天喜地地跨上汽车，我和陈开山买了绵竹酒，直接去了大湾。

我们喝到星星挂满天空，才慢慢地走回宿舍。我们讲到听来的自杀事件，那也是一个外地老师，多年申请调动没有成功，在一次欢送同事调动之后，用一根绳子把自己挂到学校的会议室。陈开山突然挥拳，砸到墙上。我也没有犹豫，两个人的拳头连续击打，比赛一般。校长闻声而来，看到我们两个人站在宿舍墙前，正欣赏着自己的右拳，上边有血流下来，滴到地板上，绽开一朵朵血花。我们有种自虐的快感。校长说了许多，我们无言。我们的冷无法用言语温暖。我们冲到学校的广播室，把广播打开，放着潮剧。在咿咿呀呀的潮剧声中，我们唱着赵传的那首《我是一只小小鸟》：“当我尝尽人情冷暖，当你决定了为你的理想燃烧，生活的压力与生命的尊严，哪一个重要？我是一只小小小小鸟，想要飞呀飞却飞也飞不高。”我们唱着这几句，泪流满面。校长看着，没有说话，拍了拍我们的肩膀，转身离开。那天，高音喇叭响到凌晨，第二天，有很多学校周边的村民谈到我们声嘶力竭的吼叫。

陈开山选择了深圳。他的信断断续续，像深山老林的网络信号。许多时候只是只言片语。“深圳很热闹，可是我找不到安放自己身体的地方，灵魂更是随处飘荡。”信封上，基本上写的就是“广东深圳陈寄”。我知道自己基本上不用回信，或许我的信抵达的时候，陈开山已经换了地方。

“今天，我要去参加一个招聘会，因为穿的衣服太差，居然被谢绝入内。一套西装有个300多元也就可以了，可是我没有这敲门砖。”信封上，很难得地出现一个详细地址。我读完这封信，默默地点燃一根香烟，猛吸几口。那时是我结婚的前三天，我穷得叮当响，恨不得一个钱当两个使用。我到邮局给陈开山汇去400元。陈开山已经到了没有勇气和我直来直去的程度了。我想起最初的几个月，我劝陈开山如果真混不下去就回来吧，领几个工资度日子。陈开山拒绝了。“开弓没有回头箭”“男人的尊严”，这是他给我的回信，只有两行字，连称呼和落款都没有。

陈开山在深圳的故事，是后来我们喝酒聊天的时候，他断断续续地给我说过几次。我从来不追问，他想说多少就多少。我知道，每个故事后面，都是伤疤之下血淋淋的痛，没有必要揭开。

倒是陆陆续续有陈开山的消息流传，说他喜欢吹牛，云里雾里。我听后一笑。陈开山的吹牛是他的盔甲，自从那只小鸟被他的姑父拧断脖子扔到尿桶里之后，陈开山就需要一件盔甲。多年以来，这盔甲到处是补丁。盔甲之下，陈开山伤痕累累。

我理解他，就像我理解我自己。好几次，有好奇者在我面前说起陈开山的种种，我总是简单回答。有些东西我从不解释，也没必要解释。

6

陈开山再次出现在我的面前，悄无声息。那时候，距离他离开已经六年。陈开山推开我的家门，我正在吃晚饭。山村里天黑得早，陈开山的动作很大。“安子，我陈开山回来了。”口气就像胡汉三。我停止咀嚼饭菜，看着陈开山愣了几秒。他明显长胖了。陈开山嘎嘎笑了，说：“你小子看到外星人了？”

陈开山拉着我到门口，看他停在门口的汽车。“我终于混出来了。”陈开山长长地舒了一口气。“我开了一家公司，以后我就是我们陈家在深圳的开山鼻祖。”陈开山没有让回忆停留太久。他拎着两瓶酒，还有一堆七七八八的特产，把我家的方桌堆满了。陈开山扬眉吐气：“这都是小钱，我现在买得起。给叔叔阿姨的一点心意。”

我泡上白芽奇兰茶。基本上都是他在说话，讲他的公司，讲他的业绩。从陈开山的叙述之中，我看到他在深圳光辉的形象。“你终于脱离尘埃。”我很高兴，虽然我对陈开山的叙述有所保留。

其实在大湾小学教书的时候，陈开山就有个绰号，叫“大炮山”。“大炮山”是我们老家的说法，就是善于吹牛，言过其实。那几年暑假，陈开山都是回家晃一下，看看奶奶，就离家到了城市。陈开山告诉同事，他在城市一个公司兼职，白领，吸引了不少仰慕的目光。同事说陈开山不是普通人，一个小学老师，能兼职当公司的高层，不容易。陈开山微微一笑，大手一挥，很是意气风发。陈开山没有想到，他暑假兼职的时候会碰到同事。那天他低头拉着一板车碎砖头送到堆放垃圾的地方，看到有个人挡住路了，很和气地说："对不起，让一让。"说完，陈开山礼节性地抬头，想点头致谢。那时刻，两个人都愣了。同事看到陈开山在拉砖头，一身尘土，汗水把旧军装浸染得干一块湿一块。同事想说话，陈开山把头扭开了。同事赶快离开，他没有看到，陈开山的脸色通红，甚至有点狰狞。

"大炮山"的绰号就此叫开。"那个王八蛋"。陈开山有次和我谈起这事说得咬牙切齿。我觉得那同事在陈开山的伤口上撒盐，把伤口撕开得血淋淋。陈开山读初中的时候，就有姓曾的老师说起他，说他喜欢吹牛。"明明是吃稀饭就咸菜，他非要说成喝肉汤吃干饭。他太担心被人瞧不起了，只好给自己编织一个梦，皇帝的新装一样。"曾老师说完长叹一口气，"陈开山不容易"。曾老师的话让我一直记住。我听到陈开山说话的时候，耳边就响起曾老师那声长叹，还有"陈开山不容易"那句话。

我和陈开山找了个茬把那个同事揍了一顿。我们借口他养的鸭把陈开山刚种的菜苗全部给吃了。那同事是本地人，平时就瞧不起外地老师，看到陈开山主动开骂，火一下子就点着了。他骂了几句，好像不够显示尊严，主动靠近示威："你欠揍吧？我掐死你，外乡仔。"他的话音还没落，"你欺负外地教师"，随着一声怒吼，陈开山手中的尿勺把就挥舞过去，砸在那个人的头上。我们猛地上前，把他按在地上一顿狠揍。打完之后，我们迅速离开，跑到学区报告说有人欺负外地教师，还到派出所报警，声称人身安全得不到保障。事情后来演变成为本地教师欺负外地教师，故意谩骂侮辱还想动手打人。全乡的外地教师群情愤然，声称不妥善处理就全部回家，不上课了。事情惊动了乡政府和教育局，最后那同事被训了一顿，还在教师会议上公开检讨。陈开山很喜欢讲这个事，我们把一个骄横的人按到尘埃里去了。陈开山的策略不时改变，那同事的挑衅几乎可以忽略不计。我成为陈开山的同伙，不断帮他完善细节，拔高形象，我们合作到位。"我理解你，你需要一件盔甲"。这是我很抵近内心的一句话。"我们喜欢当刺猬，我们喜欢扎人，我们要让人害怕。尽管我们孤独，尽管我们弱小，我们就是一只刺猬。”我们两个人在上穿岭疯疯癫癫地唱着，没有调，高兴怎样就怎样。

偶然的机会，陈开山听说曾老师在深圳，辗转联系上，找到请他吃了一餐饭。这餐饭在五星级酒店请的，很豪华。陈开山显得很随意，“小意思啦，我常常请客人到这里吃饭的”。曾老师不知道，这餐饭花了陈开山两个月的工资，请客前，他还专门找朋友借了点钱装口袋里。“我是担心两个月工资不够，那脸就丢大了。”陈开山在电话里告诉我。曾老师回到老家，到处宣传陈开山的大方、热情和风光。“你就当拿那钱做了一回广告。”我听到陈开山嘎嘎的笑声传递过来：“我主要是感恩，当年曾老师替我说话。这事还是你告诉我的。”“切，吹个牛还要找这么多理由，你累不累啊。行吧，我替你补衣服，补盔甲，你就披挂上阵勇往直前吧。”“人往高处走，水也要往高处流。我们不能随波逐流，要逆向，逆流而上。改天去找你喝绵竹酒，去大湾。”我知道陈开山又开始伤感了，赶紧挂断电话。

7

陈开山开始时在深圳的奔跑有点不雅。他干过许多活，送啤酒，送矿泉水，帮人卸货，发小广告，反正什么能挣点小钱他就干。“深圳遍地黄金？嗤。”陈开山的神情很黯淡。“我他妈还曾经到医院当过三天护工。第三天，那个老人死了，我第一次如此近距离地看到死亡。他的身子突然就那么挺了两次，然后就停下来。我叫来医生的时候，医生宣告他死亡了。就那么一会儿，他身处两个世界。我当时想，如果我从医院的顶楼跳下去，是否也有飞翔的感觉？是否像歌声中的那只小小鸟，能够飞得高一点？不过后来想想，我跳下去飞翔不是向着蓝天，而是尘埃，我连做个在天空飞舞的尘埃都只是暂时的，我就放弃了。我拿到老人家属给的工钱，慢慢走下住院部 15 楼，我想回到地面的速度慢一点。

但我最终还是回到地面，车来车往，人流涌动，但似乎跟我无关。”喝着酒，陈开山的叙述缓慢而伤感。我没有插嘴，让他述说，这家伙披着盔甲已经好多年。我需要的是不时和他碰杯，开啤酒。桌子上啤酒瓶林立。

“我在深圳的出租屋里，活得连老鼠都不如。我们那间小屋，住着三个人。一个姓刘的在电子工厂打工，我们叫他电子刘；一个是做假证的，我们直接叫他证件。电子刘没文化，没有读过书，从老家到深圳打工的时候才知道一个星期有七天。电子刘上班的工厂，一星期上五天半，只有上班的时候才管饭。每到星期六中午，电子刘就死撑着吃。到撑不动了，才放下筷子挪到宿舍睡觉。睡下去他就像冬眠的蛇，不说话不动。但再不动，吃得再饱，食物还是消化了。到星期天，电子刘开始喝水。‘饿假渴’。一杯杯水把肠胃里的食物冲刷得干干净净。整个星期天晚上，电子刘都在听着自己的肚子咕咕响，直到疲乏不堪地睡去。星期一一早，电子刘赶到工厂的食堂，稀饭一吃就是六七碗。电子刘说那时候他才知道一星期他妈的有七天，辛酸啊。”陈开山吹瓶，灌了一瓶啤酒。

“假证呢？他说有一回，他骑着一辆破自行车去送假证，在右拐时不小心蹭到一部汽车。司机冲下来的时候，假证反应迅速，把自行车一扔，撒腿就跑。假证跑了一段路，看司机紧追不舍，绕着往小街小巷钻。幸亏假证路熟，拐过好几条街道后，甩掉了司机。假证那天跑出专业运动员的速度了，要被抓住，一辈子得给车主打工。后来那几天，假证拉屎都费劲，蹲下去很困难。站起来要我和电子刘把他拉起来。”

“我告诉他们两个那年我没有西装被轰出来的经历。我们把自己撕开了，血淋淋，痛苦不堪。我们趴在床上讲完后，突然发现一只老鼠在地板上跑。我们不吭声，看着它跑来跑去。这只老鼠很精灵，我觉得有《猫和老鼠》里那只老鼠的范儿。我们不说话，看着它停在屋子中间，有点卖弄地看来看去，后来吃起地板上的饼干屑，旁若无人。没有什么约定，我们三个突然跳起来。老鼠吓坏了，想跑。假证已经把门关上了，我们用扫把、畚斗当工具，把它敲死。电子刘在死老鼠身上还踩了两脚，假证拎着死老鼠的尾巴，咬牙切齿，凭什么你活得比我们自在。”

“我看着血肉模糊的死老鼠，快感之后有点悲伤，然后是害怕。我们的脸相狰狞。扔了死老鼠后，我们三个人都不说话了，看着糊着报纸的天花板发呆。”陈开山的目光有点迷离。

“我们当年还会唱《我是一只小小鸟》，后来，我发现自己尘埃都不是。小小鸟飞不高，总归有飞。尘埃呢，在地面，运气好，才会被风扬起来，飞舞，但最终还是归于尘埃。我期待的就是那阵风，那阵风。后来，我遇到了那阵风。我临时打工的老板，装修店面缺了两箱瓷砖，恰好原来供货的商家断货，工人又催得急，老板让我拿着瓷砖碎片去另外商家购买。我在离店面两公里的地方找到了相同的瓷砖。如果说只要两箱，商家肯定不送货，我又不能自己扛回去。我便说我们老板那边有六家店面，今天只是送样货，送或者不送，你自己定。卖砖的被我唬住了，叫人送货上门。看着一溜儿的店面，卖砖的还一直敬我烟，要我在老板面前美言几句，促成生意。我发现了让我这颗尘埃飞舞的风，这风得自己刮。我知道有人说我‘大炮’，可许多时候，这‘大炮’是我的风，吹尘埃也好，打蚊子也好。我只是想让自己飞舞。谁他妈说我‘大炮’，他们是坐着说话不腰疼。我是个没爹没娘，不，有娘，可是她不认我，那就是没有。对，我没爹没娘，我放个屁都比别人费三分劲。我靠的是自己，自己。我用的就是这‘炮弹’一直轰，一直轰，为自己轰开一条血路。安子，你知道，打出一颗炮弹，连着要好几颗。说一句话，要十句，甚至百句来完成，我活得比谁都累。”

我们两个人喝了30瓶啤酒，醉得一塌糊涂。陈开山絮絮叨叨，喝到后来，蒙眬中记得我们流泪不止，然后睡去。

第二天，陈开山准备回深圳。他点了一根烟，“安子，记住我们的绵竹酒”。看着陈开山走出去，上车，那是一辆高档汽车，是陈开山的一件武器。我发现，陈开山又披挂上阵了。这家伙死不了。

陈开山不时回来找我喝酒。有时候在电话里，陈开山嘎嘎笑，鸭子一般，说我这里就是他的加油站，是续真气的地方。“你可得好好保重，好好活着，你不能让我找不到回去的地方”。“狗嘴里吐不出象牙”。我笑笑骂道。陈开山嘎嘎笑了，“好了，我忙去了。对了，改天回去找‘阿那个’喝酒”。

8

我知道陈开山找“阿那个”喝酒是什么意思。陈开山很在意“阿那个”，就像一个武林中人，某天遇到高手，打输了。多年过后，武功大增，回来再次比武，想找回场子。我笑骂陈开山是“死鸭子硬嘴巴”。陈开山嘎嘎笑得很开心。

几年前，陈开山回来的时候，我出面约了“阿那个”一家，还有几个朋友。我知道陈开山要唱戏，唱戏没有观众不好，就约了好几个人，把场面做大。我觉得自己很卑鄙，只有我们两个人知道这是唱戏，而且是悲剧。

“阿那个”一家如期赴约，酒菜上桌。杯来盏往，喝得酒精飘散。陈开山跟大家插科打诨，但我知道他很清醒。绕来绕去，就说到他的公司他的事业，不漏声色地把自己的形象一点一点树起来。酒到中场，酒桌上的大多数人对陈开山的事业有了了解，有人就和陈开山碰杯，说一些恭维祝贺的话，陈开山要的就是这效果。

陈开山到后来，转变方向，基本上只与“阿那个”的老公喝了。“阿那个”的老公出于尊重，陪“阿那个”出场，他和这桌上的氛围有点隔。陈开山开始时把酒桌的氛围调得很浓，“阿那个”的老公除了礼节性敬酒或者接受敬酒，比较被冷落。陈开山知道他酒量不大好，冷落之后开始进攻。他的用意我知道，要让“阿那个”感觉自己事业辉煌，还要知道找的老公连喝酒都不如他。我看了陈开山一眼，觉得这小子是狠角。

“阿那个”的老公几杯酒下肚，脸色通红。陈开山很得意地看了“阿那个”几眼，眼中有话。

“阿那个”在陈开山再次敬酒的时候，站了起来，要替老公喝酒。陈开山不同意，说“为什么你要替他喝酒？”“阿那个”妩媚一笑，说“他是我老公啊。我替老公喝酒天经地义，你也可以让你老婆替你喝啊？难道她没替你喝过？人总有喝多的时候嘛。下次看到嫂子，我一定和她交流交流，替老公喝酒是一个女人的美德。”“阿那个”把酒干了，笑盈盈地看着陈开山喝下。她主动倒酒，叫上女儿：“宝贝，我们敬一下陈伯伯，让伯伯下次也带上姐姐跟宝贝玩，好不好？”“阿那个”的女儿六岁，很可爱，奶声奶气地说：“好啊，好啊，伯伯你下次带姐姐来和我一起玩好吗？”我知道，“阿那个”这几句话是温柔一刀，陈开山的老婆很不喜欢和他一起出去喝酒。陈开山曾经开玩笑说请他老婆出场比请市长还难。不单单自己不出场，陈开山的老婆还拒绝让女儿跟着陈开山到酒桌上。陈开山结婚比较迟，女儿才两岁，确实不宜带出来。

“阿那个”喝了两个满杯，脸色微红，有着别样的神采。陈开山看得有点愣了，“阿那个”又倒满一杯酒，说：“我敬大家，女儿明天要上课，老公要上班，我先离席了，不好意思。”陈开山不让“阿那个”走，但“阿那个”很坚决，说：“我干了，你们随意。”她把酒喝了，把酒杯放桌上，起身准备离开。陈开山只好让步，说：“要不你和你女儿先回去，你老公留下继续喝。”陈开山这招和酒一样有后劲，“阿那个”又是妩媚一笑：“他仅仅是个政府部门的小干部，明天还要上班，不像你大老板，可以睡到自然醒。”这句话看似合理，实际上又捅到陈开山的痛处。当年“阿那个”的父亲不同意他们的理由，就因为陈开山仅仅是个小学教师，说如果陈开山是个政府部门的干部，他就同意了。

看着“阿那个”一手拉着女儿，一手挽着老公走出去。不知道她女儿说了什么，一家三口笑了，“阿那个”还亲昵地拍了拍老公的头，渐渐走远。我知道，今天晚上陈开山败得落花流水，惨不忍睹。“喝酒，换大杯”。陈开山让服务员开酒，他用大杯打了一个通关，大家说陈开山喝酒豪爽。只有我知道，他是用酒疗伤。陈开山喝得酩酊大醉，直接哧溜到桌子底下，鼾声如雷。

我知道陈开山想再次找“阿那个”喝酒属于屡败屡战。这家伙是撞了南墙也不回头的人，非得把自己撞得头破血流。我想起当年我们在小湾学校用拳头擂墙的情形，看着血流下来，不是痛，是一种快感。

“你小子是不是觉得伤得不够深？我觉得你有自虐情结。要不你挥刀自宫算了。”陈开山在电话那头嘎嘎笑了，然后长叹一声：“我觉得当年的痛是一种药，一种清醒剂。我时常有一种迷茫感，这样努力赚钱是为什么？”“有钱烧包？”“不是，我时常有无力感，我需要这样的痛驱赶我往前奔跑。我知道自己有病，不轻的病。我的药就是那种痛。改天去大湾喝酒，说好几次了。我那生死不明的绵竹酒啊。前段子，我回家的时候，差点把我父亲的坟墓给炸了。”

陈开山说的事，是我后来知道的。他回家给我打电话，我正在外地开笔会，和一群诗朋文友喝得晕沉沉。陈开山电话进来的时候，我意识模糊。第二天看他的来电显示，努力想了半天，才想起他说“奶奶身体不好，我回了一趟老家，匆匆又走了”。我给他回拨过去，他的手机已经关机。我估计他在车上睡着了，没再拨打。后来，陈开山的事在老家传开。

陈开山的奶奶得水婶上了年纪，属于机器即将自然报废的年龄。陈开山回来看了几次，想送她到医院，得水婶坚决不干，说自己已经到了年纪。得水婶病情再次加重，陈开山匆匆返回。到家了，陈开山的姑姑正请一个神汉跳大神。神汉嘀嘀咕咕半天，陈开山听明白是自己的父亲作祟，老是回家看望母亲，不时亲热地拍拍肩膀或者摸摸额头，这些行为是为人子与母亲的亲密举动，但他不知道阴阳相隔，一举一动都伤筋动骨。陈开山平时不大相信这些，那天却怒火大发，从跳大神的香炉里抓了一把香，跑出家门。其他人不知道陈开山要干什么，包括神汉也迅速不在状态，跟着陈开山出去。陈开山跑到父亲的坟墓，香还没燃尽，他不理跟着的人，只顾大声吼道："如果你再不守规矩，不好好待在你该待的地方，到处乱跑，别怪我不客气。如果明天我奶奶身体还不好，信不信我把你的坟墓给炸了，让你连个窝都没有。"吼完，他把香使劲插在坟墓前，回头就走，留下一群人目瞪口呆。当天晚上，陈开山的奶奶症状竟减轻，第二天基本康复。

我和陈开山通电话的时候，陈开山感慨"恶人还得恶人治"。再也无话。

9

相当长一段时间，陈开山的母亲何素菊只是活在奶奶得水婶咬牙切齿的骂声中。"她把你生下来就不管了，可恶啊。回娘家的时候，经过你身边，连抱一下你都没有，给你一颗糖都没有。天底下没有比她再狠心的母亲了。怕老公也不是这样怕法啊。她就是怕你成为她的负担……这个骚妇……你才六个月啊，她就急急忙忙改嫁了"。奶奶的骂声日积月累，进入陈开山的脑海。陈开山想破脑袋，也想不起小时候什么和母亲有关的太多细节。陈开山唯一记得自己有一次独自一个人在路旁玩石子，其他小伙伴不和他玩，陈开山无聊地拿一颗石子在地面上划来划去。这时候有几个人走过来，陈开山不在意，以为这行人跟自己没什么关系。突然，有人小声告诉陈开山，说"你母亲来了，那个女的是你母亲"。陈开山抬头看了一眼，显然何素菊也听到这句话。她看到陈开山，迟疑了一下，陈开山也抬动屁股。这时候，何素菊身边的男人瞪了她一眼。陈开山知道这是何素菊后来的丈夫。何素菊的目光移开，继续往前走了。陈开山抬高的屁股放下来，拿起石子继续在地上划来划去。有一只蚂蚁匆匆忙忙地奔走，不知道要回家还是寻找食物。陈开山恶狠狠地用小石子一压一辗，那只蚂蚁就成为齑粉，和尘土混合在一起。

不知道是谁，把这个事情告诉了得水婶。得水婶恶狠狠地把何素菊咒骂一通。奶奶告诉陈开山，“一辈子都不能认这个女人，她不是你母亲，她是个骚妇”。奶奶看着陈开山点点头，才放心地停止咒骂。有时候奶奶会摸着陈开山的头，长长地叹一口气。

陈开山长大以后，知道得水婶和何素菊一开始就合不来。自己父亲还没死的时候，婆媳就经常拌嘴。父亲死之后，得水婶基本上把儿子的死因都归结到儿媳身上，说何素菊长得一副克夫相。何素菊改嫁，得水婶担心儿媳把孙子也带走，要何素菊承诺以后不再理陈开山，不再主动接触，否则不同意她改嫁。何素菊只好答应。何素菊改嫁之后不久，又生了一个儿子，一个女儿。丈夫也要何素菊不能见陈开山，同样担心何素菊带来陈开山。在邻居阿婆有点神秘的讲述中，陈开山知道有几次何素菊单独回娘家，曾想去看陈开山，被奶奶得水婶赶出门，得水婶用尿勺泼粪水，泼了何素菊一身。得水婶还用扫帚大力挥舞，把何素菊追赶到她娘家门口，在何素菊娘家的门口跳脚大骂。何素菊的丈夫知道后，把何素菊暴打一顿，何素菊的娘家兄弟也埋怨何素菊，说她惹事。“要是每次回来都惹事，你就不要回来了”。何素菊的哥哥发了狠话，何素菊还能怎么样。“你母亲回娘家的时候，经常在娘家二楼的窗户前长时间站着，那个地方可以看到晒谷埕，你经常在晒谷埕上玩，她看着看着就自己流眼泪”。

陈开山听着听着，突然号啕大哭。那个阿婆也抹着眼泪，说：“阿山啊，你母亲也不容易，你还是要认她。听说她去找你几次，你都没见她？小铁你都能原谅他，都能资助他。为什么你不能认你母亲啊？你可是她身上掉下的一块肉啊。”陈开山哭得荡气回肠，点点头，又摇摇头。

阿婆说的小铁，就是小时候和陈开山争夺小鸟的那个。前几年得了糖尿病，花了许多钱。小铁的家境不好，就靠200棵蜜柚过日子。这一住院，钱哗啦啦地出去，比点钞机还快。小铁放弃治疗，回家里等死。他老父亲也老泪纵横，无可奈何。回家的陈开山听奶奶说了，奶奶有点解恨："恶有恶报"。陈开山在屋子里转几圈，出去了。他到小铁家，把小铁和老铁都弄得愣愣的。小铁在偏屋搭个床，活着当床，一死，就是停尸的地方了，简单直接。小铁瘦骨嶙峋地躺着，陈开山自己拉一把凳子，坐在床前责问："怎么不治了？"小铁很茫然："治？可是没钱。"陈开山拉开随身携带的公文包，往外掏钱："这三万元，你先拿着，去治病。""我还不起。"小铁有气无力地说。"还你妈的头，不用你还。不够再说。你的命就值三万吗？"陈开山也不多说，站起来就走。走到门槛的时候，听到小铁在身后说："阿山，我对不起你。"陈开山知道小铁说的是小时候的事："说什么屁话？那时我们都是孩子。"陈开山没有回头，他不想让小铁看到自己的眼泪。后来奶奶说陈开山傻："我们不记恨他，也用不着帮他。"陈开山笑笑说："我们不是邻居吗？小孩子的事有什么好记恨的。或许没有小时候那件事，我也不会有今天呢。"奶奶很警惕："小铁你都原谅了，你不会去认你母亲那骚妇吧？这件事你可得听我的，你不能认她！""好好好，奶奶，你就放心吧。我听你的。""她没有去找过你吧。不要看你现在长大了，有钱了，就来认你。""没有，没有，奶奶，她没去找我，就是去找我，我也不见。"奶奶放心了："阿山，有些事要有底的，再大的坑也是有底的。"

奶奶没有看到，陈开山说话的时候，眼睛没看着她。其实，何素菊去找过陈开山几次。开始的时候，陈开山一律不见。何素菊给陈开山打了几次电话，陈开山第一次接听，知道是她后就挂断了。后来一看这号码，陈开山就掐断。陈开山也不知道，自己第一次接听了，虽然挂断，却为什么要存了她的号码。

陈开山和何素菊见面，是在晚上。当晚，陈开山正和朋友在KTV唱歌，有个朋友点了一首《母亲》。他的母亲刚去世不久，唱得泪光闪闪。他唱："啊，这个人就是娘，啊，这个人就是妈，这个人给了我生命，给我一个家！啊，不管你多富有，无论你官多大，到什么时候也不能忘，咱的妈！”陈开山的手机突然响起来，一看号码是何素菊。他没有掐断电话，走出 KTV。何素菊来深圳，她想都找上门了，看看儿子会不会见她。陈开山听到何素菊来到深圳，问清楚她住的地方，驾车而去。

这是陈开山长大之后第一次和何素菊见面，同行的是她同母异父的弟弟和妹妹。见到陈开山，何素菊的眼泪哗哗流下。两个孩子也怯怯地叫哥哥。陈开山等何素菊哭了一阵，说今天我们见也见了，你看看，你也有儿子和女儿，回去好好过日子吧，就当没有我这个儿子。他在宾馆的桌上放下一叠钱。陈开山要走出房门的时候，他那同母异父的弟弟把钱砸到他的后背：“陈开山，我妈要的是你这个儿子，不是你的钱。”陈开山感觉钱砸到后背，很疼。不过，不是后背疼，是心嘶啦一声被扯开的疼。“她要儿子我就要认她，我要妈的时候她在哪里？”陈开山不回头，吼了一句，摔门而去。他听到后面何素菊撕心裂肺的哭声。

陈开山给我打电话，我知道他喝酒了。“你会哭会疼，说明你在乎她，忘不了她。其实你想认她，你就别撑了。我知道，其实你内心的障碍是你奶奶。”“安子，还是你知道我，只要我奶奶活着，什么事都别说了。等吧，几十年都等了，就让她再等几年吧。我发现她老多了，鬓边的头发白了。”陈开山的电话里突然传来歌声，我才知道他在 KTV 喝酒，他刚才是把音量关了：“啊，这个人就是娘，啊，这个人就是妈，这个人给了我生命，给我一个家！啊，不管你多富有，无论你官多大，到什么时候也不能忘，咱的妈！”“我一个人，听了几十遍这首歌。”陈开山在电话那头泣不成声。

陈开山的奶奶去世了。办完丧事，陈开山和我两个人喝酒。“我突然感觉什么东西断了，空落落的。”陈开山干了一杯酒。我知道他讲的是他奶奶，这个老人从小就是陈开山的坠子，无论飘多远，都有一种分量存在。“我奶奶去世前几天，她和我说了几句话，居然是：‘阿山，我知道那女人想认你，你也想认她。不过你想的是奶奶。我活着的时候，你没有认她。你听话，我很高兴。我死后，你自己决定吧。我没有看到，就什么都好了。’”陈开山端着酒，没有急忙喝下去，眼里有种迷茫。“听从你内心的声音吧，人，不要骗自己。”陈开山点点头，说：“过一段时间再说吧，我奶奶刚下葬，我不想考虑太多。安子，谢谢你，这么多年陪我走过。”陈开山碰了碰我的酒杯，一饮而尽。

回到深圳，陈开山又开始了他忙碌的生意。我们有时候通通电话，闲聊几句。听到陈开山那嘎嘎的笑声传过来，我就知道他的日子不错，很滋润。有个晚上，我正在写稿，接到陈开山的电话，他没有笑，平静地告诉我：“安子，我今天让司机把她接来了，明天开始带她在深圳玩一玩。”我知道陈开山说的是谁，我故意不接腔，陈开山顿了顿才说：“我把我妈接来了。”我哈哈大笑，叫嚷着开酒开酒。我拿着手机，按了免提，开了一瓶白酒。陈开山在那边也开了一瓶，我们听到对方喝酒的声音。陈开山嘎嘎的笑声传了过来。

“安子，我们改天到大湾喝酒。”陈开山豪情地嚷道。“好，到大湾喝酒。”我也咕咚喝了一大口白酒，大声回应。那天晚上，我们拿着手机，边喝酒边唱《忘情水》：“给我一杯忘情水，换我一生不伤悲。就算我会喝醉，就算我会心碎，不会看见我流泪。就算我会喝醉，就算我会心碎，不会看见我流泪。”我们一个人喝了一瓶白酒。